THE SPRING OF 1945

东线 1945年的春天

图书在版编目（CIP）数据

东线：1945年的春天 / 朱世巍著. —重庆：重庆出版社，2015.5
（2015.11重印）
ISBN 978-7-229-08962-7

Ⅰ.①东… Ⅱ.①朱… Ⅲ.①第二次世界大战—史料—1945
Ⅳ.①K152

中国版本图书馆CIP数据核字（2014）第280360号

东线：1945年的春天
DONGXIAN: 1945 NIAN DE CHUNTIAN
朱世巍　著

出 版 人：罗小卫
责任编辑：袁　宁
责任校对：胡　琳
装帧设计：重庆出版集团艺术设计有限公司·蒋忠智

重庆出版集团
重庆出版社　出版

重庆市南岸区南滨路162号1幢　邮政编码：400061　http://www.cqph.com
重庆出版集团艺术设计有限公司制版
重庆市国丰印务有限责任公司印刷
重庆出版集团图书发行有限公司发行
E-MAIL:fxchu@cqph.com　邮购电话：023-61520646
全国新华书店经销

开本：787mm×1092mm　1/16　印张：11　字数：208千
2015年5月第1版　2015年11月第1版第2次印刷
ISBN 978-7-229-08962-7
定价：28.80元

如有印装质量问题，请向本集团图书发行有限公司调换：023-61520678

版权所有　侵权必究

特别篇之一：1944年夏秋的西线

一、1944年夏季前的西线形势 / 1
二、诺曼底登陆 / 10

第一章 东线北段的夏与秋

一、北方集团群之夏 / 31
二、1944年秋季的东线概况 / 36
三、北方集团军群之秋 / 39
四、库尔兰之战的开端与贡宾嫩之战 / 51

第二章 巴尔干之秋

一、1944年初秋的巴尔干形势 / 59
二、东喀尔巴阡战役 / 60
三、向保加利亚进军 / 68
四、红军在南斯拉夫 / 70

第三章 冲向匈牙利平原

一、特兰西瓦尼亚的九月 / 81
二、1944年10月初的匈牙利战场 / 91
三、德布勒森之战 / 96

特别篇之二：阿登攻势

一、希特勒在1944年秋 / 113
二、阿登攻势 / 117

第四章 1945年的春天

一、1945年初东线形势 / 132
二、桑多梅日攻势 / 143
三、华沙及其以南攻势 / 151
四、向奥得河挺进 / 159
五、1945年初的库尔兰半岛 / 166

特别篇之一：1944年夏秋的西线

1944年夏秋，希特勒和他的纳粹德国终于陷入长期以来最害怕出现的局面：东西两线作战和美军登陆欧洲大陆。希特勒当然清楚地记得，德国正是陷入类似困境才输掉了第一次世界大战。从俄国人角度看，则是他们盼望已久的"第二战场"终于开辟了。虽然此前西方军队也在地中海和意大利地区与德军作战，但因为规模较小，无论希特勒还是俄国人都不会将其视为"第二线"或者"第二战场"。只有当1944年6月6日，美英远征军攻入欧洲大陆后，"第二战场"才成为现实。

当这一切发生之前，希特勒究竟是怎么想的呢？

一、1944年夏季前的西线形势

1. 西线德军的战备

随着东线战局日趋恶化，西线早晚也会爆发战争，这一点并不出乎希特勒的预料。当德国武装力量整体大为削弱，而敌方力量日益增强的前提下，要合理运用好有限的力量，就不得不在东西两线之间有所取舍和分配。在希特勒看来，他虽然遭受了斯大林格勒和库尔斯克的惨败，但迟至1943年秋季，东线德军——也就是德国陆军的基本主力，在俄国前线依然占据着很大的地盘，继续阻挡着俄国人通向中东欧（德国的中心地区）和东南欧资源地带的道路。同时，德国得到的情报也证实苏联的人力消耗已接近极限。这一切使希特勒相信，他还有足够的力量和空间与俄国人在东线周旋，而不必着急与斯大林媾和——即使斯大林对讲和怀有兴趣；即使包括戈培尔在内的很多纳粹高官也赞成与俄国人谈谈（他们觉得斯大林远比西方政客现实）；即使德国的日本盟友也赞同并试图促成与俄国的"和平"，好腾出力量来对付美国。可是希特勒一概不为所动。

对当时还很平静的西线，希特勒却不能泰然处之。理由很简单：一旦盟军开辟西线战场，将令德国再次陷入如第一次世界大战般的两面包夹困境；经过苏德战争已大为衰弱的希特勒第三帝国，又将承受美英庞大战争机器的全面压力。从战术上看，西线战区不仅保护着重要的西欧工业区，而且这个战区距离德国本土，特别是鲁尔工业区的距离，也实在是太近了。而一旦鲁尔丢失，则等同于德国丧失了心脏。鉴于这些无法回避的危险，希特勒无论如何也不能允许美英军队在西欧大陆战区登陆并站稳脚跟，即使出现美英登陆成功的局面，德军也不能给对手任何扩大滩头阵地的机会和时间，而要尽快发起强大反击把敌人彻底赶下大海——由此取得的胜利，有可能导致美英政局剧变，使之陷入罗斯福下台甚至被捕坐牢之类的乱局。美英或许会因此退出战争，至少也难以组织起新的登陆作战。做到这一切后，希特勒自然就能再次全力以赴对付苏联了。

正是基于上述考虑，1943 年 11 月，希特勒颁布了第 51 号训令，要求强化西线防御。

德国所谓的西线，具体范围包括1940年以来即处于德军占领下的法国、荷兰、比利时三国。这个总计有 2 600 公里长海岸线的战区，面对着美英军队盘踞着的英伦诸岛。1944 年 6 月前，除了海空战、法国游击队的袭击和盟军的一些小规模骚扰外，西线战区基本无战事可言，驻防的德国兵力也较少。至 1943 年 10 月，德国的全部 681.5 万可用兵力中，只有 137 万部署在西线（同期在苏德战场则部署了 408 万人），其中西线陆战部队更是只有 49 个师 62.5 万人（11 月份数据）。

1943 年 10 月　德国"可用兵力"分布：①

东线：	390 万
芬兰：	18 万
苏德战场合计：	408 万
挪威：	31.5 万
丹麦：	11 万
西欧：	137 万
意大利：	33 万
东南欧：	61 万
合计：	681.5 万

由于德军主力陷入旷日持久的东线战争泥潭，留在西线的部队不仅数量相对较少，质量也是相当的不尽如人意。在东线被打残的部队会被送到法国的繁华之地休整，补充好人员和装备再次送回地狱般的俄国战场。西线本身所拥有的一些质量较好的部队，也被不断派往东线。时任西线D集团军群作战部部长的齐默尔曼中将战后回忆："可以毫不夸张地说，实际上西线军队中所有强壮的士兵和补给品都不断被运到东线去了。结果，西线的兵力和战术部署完全成了东拼西凑的大杂烩。可以十分坦率地说，那里的指挥官、部队以及装备都是第二流的。从 1943 年起，西线军队的基本力量只是一些用陈旧武器装备起来的超龄士兵。"②

当要求强化西线的第 51 号训令下达后，西欧战区获得的战争资源有所增加。1944 年 3 月，西线各军兵种的人员总数已增加到了

154万。具体构成为：

> 陆军、党卫军、警察部队89万人，空军近34万人，海军近10万人，服务人员14万，另有7万多外籍人员等。

几个月后，约德尔大将所作《1944年春季战略形势》简报上记录西线总兵力已达到187万人（确数1 873 000人，1944年5月5日）。但报告也指明目前东线德军总兵力近388万人（确数3 878 000人），依然是西线的两倍多。

如果去掉海空军和辅助人员等等，只计算陆战部队（包括武装党卫军和空军野战师），那么到诺曼底登陆前（1944年5月），德国在四个主要战区的力量分布为：苏德战场260万人；西线近89万人（野战陆军近80万人）；意大利战场41万人（包括陆军365 616人③）；东南欧44万人（野战陆军33万人）。具体细目如下：

1944年5月5日 德军（包括各军种）战区兵力分布：④

> 东线：3 878 000人（东线陆战部队244万人，芬兰战区另有15万陆战部队）
> 西线：1 873 000人（陆战部队89万人）
> 东南欧：826 000人（陆战部队44万人）
> 挪威：311 000人

但绝对数量的增多，并不意味着质量也会相应提高，有时甚至是相反。举例说，希特勒曾下令给西线调来60多个所谓"东方营"，其人员基本都是俄国俘虏。而作为"交换"，却把西线的20个德国精锐营送往东线⑥。20个营"换来了"60个营，表面上看的确很"划算"，可谁都知道这些俘虏兵在未来战斗中未必能顶得上几个真正的德国营。

总体来说，当美英军队实施登陆前，德军在西欧非常缺乏精锐的步兵兵团。全部的58个师中居然有33个是几乎没有汽车的"守备师"，而且有18个师还处于组建或重组阶段。按1944年标准编制起来的正规

德国陆军兵力在四大战场的变化状况（概数）：⑤

	1943年11月（统计标准1）	1943年11月（统计标准2）	1944年5月（统计标准2）
苏德战场（东线与芬兰战区）	279万	273万（东线2 579 000）	260万（东线2 444 000）
西线	70万	625 000	886 000
意大利	15万	338 000	412 000
东南欧	32万	399 000	440 000

统计标准2：包括党卫军和空军野战师

步兵师数量很少。西线各步兵师和守备师的人数多少不等，少则只有 7 000 多人，多则也不过 12 000 多人。平均起来大概各有 1 万人。

西线炮兵单就数量来说并不算少，计有 4 925 门大炮（不含迫击炮等）。但与东线不同，西线只有 1 102 门炮是德国制造，其他 3 823 门全都是各战场上缴获来的"万国牌"，分别来自苏联、法国、波兰、南斯拉夫、荷兰、挪威等 11 个国家。口径也是五花八门乱七八糟，包括一些非常罕见的尺寸，如 83.8 毫米、87.6 毫米、94 毫米、114 毫米等等。要给这么多杂七杂八的口径供应炮弹，都是一件相当麻烦的事情。当然换个角度看，大炮的数量还是很可观的。也够给那些"守备师"凑个大致满编。

直接为西线提供空中支援的是德国空军第 3 航空队，盟军登陆前夕只有 1 015 架飞机（其中又只有 570 架处于战备状态）。此外，担负德国本土防空任务的帝国航空队理论上也可以用部分兵力支援西线地区，但毕竟不处于一线，难以及时援救西线的陆军部队。西线的空军高炮部队有 349 个重炮连和 407 个轻炮连。和在东线一样，这些高炮也可以用于地面战斗。尽管如此，第 3 航空队超过 30 万的人力员额还是多得过分，其中仅通讯部队就有 56 000 人[7]，足够编成 50 个满额步兵营。

德国海军在这个海域只有 3 艘驱逐舰、5 艘鱼雷艇、34 艘摩托化快艇、37 艘潜艇。外加一些小型舰艇。[8]相对于美英的强大舰队（以 7 艘战列舰、23 艘巡洋舰、80 艘驱逐舰为主力），德军这点海上力量几乎可以视为没有。实际上，在美英压倒性海空优势封锁下，自 1944 年 3 月以来，西线德国海军不要说正面对抗，连日常巡逻和海上侦察都很难展开。[9]

步兵弱、飞机少、火炮质量差，制海权等于零。希特勒究竟寄希望于什么来抗击西方军队的登陆呢？恐怕只有装甲部队了。按照惯例，一些在东线遭受损失的装甲师被送到西线，接受新的装备和人员补充。可东线战局的恶化，迫使希特勒继续不断从西线抽调援兵，其中也包括大量装甲部队。以至于到 1944 年 3 月底，西线连一个完整装甲师都没有了。幸运的是，盟军并未乘机出兵。春末夏初，希特勒又匆匆忙忙把众多装甲师送回西线，而且和以往不同的是，他不再要求这些装甲师立刻重返东线，而将其留在西线准备迎战。到诺曼底登陆时，西线德军共有 9 个装甲师和 1 个装甲步兵师，总计约 1 860 辆战车，其中有 102 辆"虎"式和 655 辆"黑豹"。这是一支相当可观的力量，尤其德军中重型坦克的火力和装甲都大大优于美英坦克。

诺曼底登陆前的西线德军兵力
总人数：187 万（野战陆军 797 000 人，武装党卫军和空军野战部队 89 000 人）
编成：58 个师（6 月初数字。含 9 个装甲师和 1 个装甲步兵师）

特别篇之一：1944年夏秋的西线

战车：1 860辆（包括102辆"虎"式和655辆"黑豹"）

火炮：4 925门

飞机：第3航空队1 015架

1944年6月1日　德国陆战师部署情况：⑩

	东线	芬兰	挪威与丹麦	西线	意大利	巴尔干
陆军师	148.1/2	6	15	47	23.1/2	18
空野师	0	0	0	3	3	0
党卫军	8.1/2	1	0	4	1	7
总计	157	7	15	54	27.1/2	25

2. 盟军的"霸王"计划

当希特勒忙于强化西线防御时，盘踞在英伦诸岛的美英军队也在紧张集结中。自苏德战争开始以来，斯大林不断要求美国人在西欧登陆以缓解俄国的战争压力，结果拖了近3年。对美国人来说有一点是可以肯定的，就是当德国军事力量处于鼎盛状态时，用几乎没什么经验且准备不足的美国军队去欧洲大陆帮助俄国人，无论如何不是一个上算的买卖。美国的保守层显然也有理由相信，让德国军队充分消耗苏联的实力（同时也在消耗德国自己的实力），并不是一件坏事。对这一点他们也不掩饰。实际上，1942年美军曾准备在两种情况下实施登陆，其条件充分证明了他们的思路：一，要么俄国人快要完蛋了，这时美军就派一支小部队上去意思一下以证明他们是"讲道义"的；二，要么德国军队已经不那么强大了。⑪

到1944年，在东线屡战屡败的德国军队已经不那么强大了。苏联后来宣称，如果此时美国人还不来，那么红军将单独解放欧洲。俄国人此时当然有力量解放苏联自身被德国占领的领土。但要肃清德国在整个欧洲大陆的力量，对消耗严重（实际上比德国更严重）的苏联来说，依然是不可能的。斯大林的目标显然并不仅限于夺回本身领土。如果说在1943年，他还指望通过媾和来保存苏联的元气，那么在1944年，他当然更乐意通过打垮德国来建立俄国在欧洲，哪怕只是半个欧洲的霸权。为了实现这个目的，美军的登陆依然是必要的。

那么，美国人如果还不来，又会如何呢？不难猜想，当斯大林和希特勒互相吃不掉彼此的时候，双方媾和的可能性依然是存在的。此后的东线战争进程将仅仅决定停战线处于什么地方。对美英来说，出现这类局面意味着最失败最可怕的结果，所谓西方民主将永远从欧洲大陆消失，美国势力也将永远无法插手这里的事务。所以登陆对美英也是必要的。

综上所述，1944年是美国人最佳的，或许也是最后攻入欧洲大陆的时机。从军事力量的准备来说也是如此。截至1944年6月1日，美国所拥有的总兵力达到1153万人的庞大规模，不亚于苏联和德国。但其中直接参与战争的人力却并不太多。在地中海战区只有72万人；在太平洋和中印缅战区对付日本的兵力则超过112万人。其余人员中，集中在英国准备进攻欧洲大陆的部队有超过150万人，还有800多万人则继续留在美国本土以及其他一些并不面临战事的地区。这意味着美国在人力储备方面拥有远远超过苏联和德国的优势。因为自开战以来损失较小，美国有足够多年龄适合兵役的青年，也有足够时间操练他们，同时搜集各国的情报以研究其战术为己所用。

同一时期，英军总兵力约450万人。除去用于亚太和地中海的部队，能投入西欧战场的并不是特别多。这就注定要美国人在即将开辟的"第二战场"上充当主角。⑫这次行动被冠以非常夸张的名字——"霸王"。为了实现这个计划，英伦三岛变成了一个名副其实的大兵营，而且里面装的多数还不是英国自己的军队。当时很多英国人感觉自己的国家简直像被外国军队占领了。由此引发的不仅是治安恶化，也确定了英国在政治上对美国亦步亦趋的从属关系。对于曾长期称雄于世界的大英帝国来说，这种寄人篱下的新地位的确不好适应。尤其是西欧远征军总司令的宝座也必须交给德国血统的美国人艾森豪威尔。英国人保住的唯一面子是：远征军陆军总司令由英国人蒙哥马利来担任（但过不了多久，这顶乌纱帽也将被美国人拿走）。

预定进攻西欧大陆的盟军总兵力在287万人以上，其中超过半数的153万人是美军，剩下的大部分是英国和加拿大军队，还有一些法国、波兰流亡者组成的军队等等。值得注意的是，虽然远征军人数如此庞大，可是其中却只有39个陆军师（其中20个美国师）外加12个旅的地面作战兵团。假如按苏联标准，盟国远征军的全部人力可以维持200~300个作战师及全部独立部队和后勤，按德国标准也可以维持150个师。比较之下，盟军地面作战部队的数量显然是过分少了。

从登陆舰里开出来的美军坦克

实际上，盟军的人力构成与苏德军队完全不同，而美国军队尤其如此，对此有必要详细介绍一下：

因为相信空中力量可以决定胜负，同时看到俄国人牵制住了德国陆军主力，美国人虽然人力充裕，却从一开始就不打算建立太多的陆军师。但这并不意味着他们不需要众多的人手。首先，美国空军（当时称为陆航）是算入陆军员额的。因为装备了大量的战略远程轰炸机，因此需要数十万人（其中多数是地面勤务人员）来维持其运作；同时，美国士兵们抱着自视为新大陆救世主的傲慢心态，相信自己理应在生活上享有特权，否则卖命的积极性就会受到很大影响。于是除了必需的作战以及生活物资外，为了满足美国士兵的"个人舒适"，还需要大量的额外补给品。比如一个美国兵的私人物品就要装2个军用防水袋；一个军官的携带量竟重达175磅。这让美军的物资需求总量大到令人咋舌的程度。以至于美国步兵师一个人一个月就需要1吨补给品，装甲师成员则更是需要5吨！⑬为了满足如此巨大的需求量，美国军队除了作战兵团和集团军所属的后勤单位外，还必须投入数以十万计的人力用于维持战区后勤。

以1944年5月集中在英国的美军构成来看：总数152万人中，地面部队只有62万人；而战区后勤部队却有近46万人；还有航空部队42万人（其中大部分同样是各种勤务人员）；以及司令部人员等2万。⑭全部287万欧洲远征军中，战区后勤人员近53万（不包括作战兵团所属的后勤和军、集团军后勤部队）。假如说苏德军队是一个后勤人员向三个作战人员提供物资，那么美军就是一个人为另一个人提供补给。

美英用于入侵欧洲大陆的兵力和装备⑮

总人数：2 876 439人（美军1 533 000人）

编成：20个美国师，14个英国师，3个加拿大师，1个法国师，1个波兰师。另有12个旅

装备：

5 049架战斗机，3 467架重型轰炸机，1 645架中轻型轰炸机或鱼雷机，2 316架运输机，698架其他作战飞机

6 000辆战车，15 000门火炮迫击炮

由于构成比例差异巨大，难以精确评估盟军与西线德军的人力对比。但通过相关资料还是可以得出一个大概。在1944年，一个美国步兵师有15 768人和76辆坦克，⑯远征军所辖各美国步兵师则有14 200~16 700人。此外，一个美国师还可以额外得到11 300人的独立战斗部队和18 700人的后勤部队支援。⑰远征军所属的英国师和加拿大师则有14 800~21 000人。

1944年　美军野战师实力：

步兵师：15 768人，其中步兵8 800人，机枪950挺，反坦克火箭发

射器663个，迫击炮145门，反坦克炮93门，榴弹炮70门，装甲车49辆，坦克76辆，卡车与轻型车辆1 560辆

装甲师：11 581人，其中步兵4 700人，机枪940挺，反坦克火箭发射器669个，迫击炮94门，反坦克炮36门（自行），榴弹炮54门，装甲车80辆，坦克307辆，卡车与轻型车辆1 496辆

空降师：8 533人，其中步兵6 700人，机枪376挺，反坦克火箭发射器182个，迫击炮140门，反坦克炮46门，榴弹炮36门，卡车与轻型车辆408辆

比较之下，西线德军各步兵师和守备师如前所述，只有7 000~12 000人。有些"1944年"编制的步兵师拥有十几辆坦克歼击车或强击火炮。独立战斗部队和后勤人员平均下来，能配给各师的也只有1 500人左右。

大致估算下来，欧洲远征军所属的地面战斗部队，在人力方面大概相当于西线德军标准的80个师及加强部队。面对德军的58个师自然拥有优势。而且美国本土还有数十个师也将陆续装船运到欧洲。

但在地面炮兵力量上，远征军的优势未必有那么大。不同于只有76~122毫米榴炮的苏联步兵师，美国步兵师装备了105~155毫米的重炮，步兵团火力也比俄国人强大很多。但德军的炮兵团标准状态下也有105~150毫米大炮（西线的德国"守备"师一般配备的是杂牌火炮）。德国步兵团更不缺少机枪和迫击炮。从下表列出的数字看，如果不加强一些独立炮兵并派出压倒性优势的空军力量，让单个美军步兵师对抗德国步兵师，不见得能占多大优势。

1944年　美军与西线德军步兵师火力比较

	美军	德军（步兵师）	德军（守备师）
炮兵团	36门105毫米榴炮 12门155毫米榴炮	24~36门105毫米榴炮 12门150毫米榴弹炮	杂牌火炮40余门（76~155毫米不等）
步兵团	105毫米榴炮6门	150毫米步兵炮2门，75毫米步兵炮6门	有些团会配一些杂牌火炮
	57毫米反坦克炮18门	75毫米反坦克炮3门	75毫米反坦克炮6门 50毫米反坦克炮3门
	机枪77挺	机枪90~130挺	机枪150~200挺
	81迫击炮18门 60迫击炮37门	80迫击炮16~24门	80迫击炮30门左右 50迫击炮20门左右

装甲力量方面，美军一个装甲师有11 581人和307辆坦克。远征军总有约6 000辆战车，对德军不到2 000辆占有三倍优势。但在初期登陆时，能立刻送上岸的却只有一小部分。而在质量上，美军普遍装备的M3和M4型坦克，以及英国的"丘吉尔"型坦克，虽然可以对付德国的四号坦克和三号坦克及强击火炮，却远非"虎"式和"黑豹"的对手。美军当时的标准反坦克炮是57毫米，德军则是75毫米。尤其要考虑到的是，德军在西线部署了一批相当精锐而且按德国标准来看几乎齐装满员的装甲师（包括5个党卫军精锐装甲师），无论装备还是人员都是第一流的。

这样看来，希特勒所设想的作战模式并非没有获胜的可能。西线的德国步兵师，即使质量低劣，即使没有机动力，但只要依托沿岸坚固工事，利用手中大量的火炮机枪迫击炮死死挡住美英登陆部队，将他们锁闭在一小块滩头阵地上，再用强大装甲部队冲上去狠狠一击，赶他们下海。

但美国人显然相信他们巨大的空中优势足以抵消德国人的坦克优势，海军的大口径舰炮也可以压制住对方的防御火力。为了入侵欧洲大陆，盟军集中了10 859架作战飞机和2 316架运输机。10倍于只有1 015架飞机的德国第3航空队。尤其是盟军拥有独一无二的强大重型轰炸机部队，可以用来炸断德军的战区机动道路，阻止其调动。庞大的运输机队还可以把数以万计的兵力预先空投到敌军后方。

另一个对美国人有利的因素是，德国人无法准确估测入侵者将在什么地段登陆。一般来说，由于英吉利海峡一线的海岸线距离法国最近，被德国人视为应重点设防的地段。但西线装甲部队却没有被集中到任何一个重点方向，而是从南到北被分散在很广阔的范围内。这说明德国人对登陆点的判断也颇有疑虑。尤其是希特勒本人。需要说明的是，与东线不同，德国在西线设有一个总司令部（该司令部在D集团军群指挥部基础上组建，由老资格的龙德施泰特元帅领导），而西线最主要的重兵集团——B集团军群，则由隆美尔元帅指挥。德军不同部门对装甲部队的运用方式意见很不一致。一派主张纵深决战，则装甲部队应该后置。另一派主张滩头决战，同时考虑到盟军的空中优势可能阻挠德军的增援，所以装甲部队应尽量前置。希特勒搞了个妥协方案，将装甲部队分成两部分。一部分直接交给隆美尔，另一部分则划入"最高统帅部"预备队，也就是由希特勒本人亲自掌握。

虽然德军统帅部未能形成决定性意见，希特勒却或许是受到了他那著名的第六感驱使，很早就把目光投向美英后来实际登陆的诺曼底地区。[18] 1944年4月，希特勒下令将诺曼底作为重点防区。[19] 并要求对这个区域较为薄弱的防守力量给予增强。诺曼底守军主要是B集团军群的第7集团军。根据1944年3月底的统计，第7集团军共有24万人（确数为241 670人）[20]。直接防守在美英预定登陆地段的是第7集团军所属的第84

军。该军共有 5 个师 42 个步兵营，可是其中竟有 8 个是"东方营"。第 84 军防区内还有一个装甲兵团——第 21 装甲师，拥有 121 辆中型坦克和 98 辆强击火炮或坦克歼击车。因为隆美尔有调动该师的权限，所以注定第 21 装甲师将为第 84 军提供最初支援。距离战区比较近的机动部队还有：党卫军第 12 装甲师（149 辆战车）和"李尔"装甲师（229 辆战车）。说来也是一支很强的装甲力量。不过这两个师需要经过希特勒同意才能使用。另外，希特勒还下令调去了第 91 空降师和第 6 伞兵团，以应对敌人可能实施的空降袭击。后来的事实证明希特勒预测正确，可是采取的措施却不够得力——在不改变对英吉利海峡重点设防的前提下，根本拿不出多少兵力增强诺曼底防御。

二、诺曼底登陆

1. "D 日"之战

盟军正在等待时机。经过各种周折，登陆日（所谓"D 日"）被确定为 6 月 5 日。6 月 3 日，盟军部队已经登船，可此时天气突然恶化。这迫使艾森豪威尔不得不暂缓行动。6 月 4 日，盟军气象部门预告说天气将短暂转晴，时间是 6 月 6 日上午时分。艾森豪威尔决定抓住这个时机开始行动，此时已经是 6 月 5 日凌晨 4 时 15 分。这是第二次世界大战中具有最重大意义的决定之一，否

则"霸王行动"将拖延到 6 月 19 日甚至 7 月初。

与此同时，防守诺曼底的德国第 7 集团军依然固执认为气候不利于登陆。他们以此为借口，不仅放松了警戒，还把高级军官集中起来搞图上作业。第 84 军指挥部据说当晚在为军长举行生日宴会。由于海况恶劣，德国海军也没有出来巡逻。诺曼底地区的德国雷达不是在此前的空袭中被摧毁就是遭到电子干扰。但是盟军也露了些马脚。他们用以通知法国抵抗运动的无线电信号被德军识破——但对诺曼底守军而言，这个发现并未起到多少预警作用。因为当地守军高官们刚刚结束前述的图上作业，还在返回部队的路上。

1944 年 6 月 5 日夜，对诺曼底的入侵果然以空降作战拉开序幕。2 个美国师和 1 个英国师总计 23 000 人被投到德军阵地后方制造混乱，具有讽刺意味的是，希特勒调来防备空降的第 91 师师长自己却因为麻痹大意而被美军空降兵打死——他也是参加图上作业的高官之一，遇袭时正好在返回的路上。德军统帅部在 6 月 6 日凌晨 3 时收到盟军在诺曼底空降的第一份战报——此时距离登陆还有 3 个小时。西线德军总司令龙德施泰特随后提出申请要求投入装甲预备队（隆美尔当时也在回司令部的路上）。但德军统帅部——具体些说就是负责指导西线作战的国防军统帅部参谋长约德尔，却表现得非常犹豫。他怀疑盟军只是在诺曼底搞了一次佯动，随后在其他方向可能还有更大规模登

特别篇之一：1944年夏秋的西线

陆。于是约德尔决定等到白天搞清情况后再采取行动。此时希特勒还在睡觉，也没人去叫醒他，而调动西线装甲预备队的权限正是掌握在希特勒本人手中。

6月6日晨，美英军第一梯队5个师（后续还有2个师）在强大海军炮火支援下，开始强行登陆由德军3个师防守的诺曼底海岸。其中，美军第5军（第1、29步兵师）闯入了德军第352步兵师阵地。这是西线少有的一个按"1944标准"组建的正规步兵师，兵力和火力都相当强——包括6个满员步兵营；48门野战重炮；36门重型高炮；1个重火箭炮团；14辆战车。在该师顽强抵抗下，美军第一天就损失了2 374人（阵亡694人，失踪331人，负伤1 349人）。㉑而攻击"犹太"海岸的美第4步兵师（面对德军第709守备师）却要幸运很多，第一天仅损失197人。

英军（当面为德军第716守备师）的推进也较为顺利，可是随后却撞上了第一支赶来救援的德国装甲部队——第21装甲师——的反击。这个师此时有125辆坦克（包括112辆长管四号）和40辆强击火炮，几乎是齐装满员，本可以对英军造成重创。但行动却出乎预料地

不顺利。首先因为等待命令耽误了不少时间（据说是因为师长还没回来）。随后的行军中，第21装甲师遭受了几次空袭，随后陷入与英军反坦克火力的恶战，损失了不少坦克。尽管如此，到黄昏时分还是有一些德国坦克冲到了海岸附近。所幸英国空降部队抓紧战机对德军后方实施了打击，迫使第21装甲师放弃了眼前的胜利掉头而去，既没有给英军造成太大损失（英军当天仅伤亡683人），更是把宝贵战机拱手让给了英国人。第21装甲师未能完成任务，自身却付出了相当惨重的代价，125辆坦克损失了近80辆。㉒

制空权的丧失加重了德军的失败。当登

1944年6月6日诺曼底登陆开始

在诺曼底登陆的英联邦军队

陆开始后的最关键 24 小时内,盟军航空部队出动了 14 674 个架次(损失 127 架),而戈林所大肆吹嘘的德国空军只出动 319 个架次。由于遭到了盟军强大空中屏障的阻挡,更是只有少量德国飞机进入滩头地区,其中一些在飞行中被迫丢弃炸弹以逃避盟国战斗机的追杀。德国空军在空中完全没有还手之力,自身在第一天有 39 架飞机彻底损失,另有 21 架受创,其中 8 架因非战斗原因损毁[23]。

"霸王行动"第一天,盟军共损失 1 万余人(约 2 500 人阵亡)。其中美军 6 603 人(含 1 465 人阵亡);英军和加拿大军 4 000 余人——与预期相比,盟军的伤亡算是相当轻微了。全天下来,盟军取得的成果包括突破了德军的海岸防线,建立起三个纵深为 2~9 公里的登陆场,将 15 万 6 千人(美军 57 500 人)的兵力送上了欧洲大陆。还带来了不少于 500 辆坦克和 600 门大炮。但运到的弹药物资却严重不足,预定的 2 400 吨只卸下了 100 吨。看起来,德国人还有机会。

特别篇之一：1944年夏秋的西线

诺曼底登陆地段　德军一线防御部队实力：

第716守备师兵力7 771人；拥有8个步兵营（含2个"东方"营）；炮兵团拥有39门大炮，但仅有11门是德国制造的。

第709守备师兵力12 320人。8个营中有3个是"东方"营。而该师德国军人的平均年龄高达36岁。炮兵团装备的44门大炮没有1门是德国制造的。

第352步兵师兵力12 021人。拥有6个步兵营。炮兵团装备有36门105毫米火炮和12门150毫米火炮，还拥有14门强击火炮和坦克歼击车。另外，该师得到一个重型火箭炮团和1个高射炮团（36门88毫米高炮）的加强。

在德军统帅部内，希特勒的午间战务会议终于召开。他于14时30分决定把2个装甲师交给西线总部使用。希特勒此刻情绪还不错。诺曼底正是他预测中的登陆点，他和将军们乐观地认为，凭借强有力的坦克兵团，足够摧毁盟军在诺曼底的桥头堡。但最佳时机已经错过，结果拖到第二天和第三天，德军才向诺曼底地区投入了第12党卫军装甲师和"李尔"装甲师。而且出乎意料的是，这些装甲师在调动中一再遭到对方空袭的干扰，随后又遇到了强大海军炮火的阻击，最终没能形成强大的反击合力，只能分散投入战斗。6月10日，西线德军装甲集群的司令部也被盟国空军摧毁。当天，盟军已经把登陆场连成一片，且将纵深扩大到可以保护登陆海滩免遭德军炮击。

盟军舰艇继续源源不断地实际上也是几乎不受干扰地把人员和物资送上岸。战斗进行到6月12日，美英军队已经登陆了16个师和相当于3个装甲师的坦克部队，总计32万人。随着登陆场的扩大和上陆部队力量的增强，盟军陆战部队已经有能力与来袭的德国坦克部队较量。德军也针锋相对，在诺曼底登陆场当面集中了12个师（含3个装甲师和1个装甲步兵师）。希特勒此前已经意识到投入的坦克远远不够，又决心追加党卫军第1、2、9、10装甲师和陆军第2装甲师。老天爷似乎在关键时刻也打算帮德国人一把。6月19日，风暴突然袭击了诺曼底地区，摧毁了盟军的临时人工港口，大量舰艇被抛上海岸，最糟糕的是卸载工作几乎中断了整整四天——但并非完全中断。实际上这4天内仍有2万多兵员和1万多吨物资送达，但远远没有达到预定目标的7万多人和6万多吨物资。㉔可是德军增援部队行动缓慢，令这个名副其实的天赐良机也丧失了。

德国装甲部队原本预定在6月下旬实施的反击，由于协调不利和调动不畅，终于在盟军的强大抵抗下瓦解。盟军另一大进展是迫使防守瑟堡要塞的德军投降。所谓瑟堡，是诺曼底地区西北部半岛顶端的一个港口，同时还是一个铁路终端。登陆开始后成为两军争夺焦点。希特勒认为一旦此港落入盟军之手，将增强其补给能力，于是要求盘踞于瑟堡的2万德军死守。德国将军们战后批判说坚守瑟堡毫无意义，完全是浪费兵力，只要把港口破坏掉，此地被盟军占领也没什么关系。美军当时却不这么认为。美军后勤史料记载，由于未能及时攻占瑟堡，物资运输遇到了很大困难。尤其是发生了风暴摧毁人工港口的事态后，盟军进一步意识到及时夺取瑟堡的迫切性。夺取瑟堡后，盟军虽然面临港口被严重破坏、港内布满水雷的困境，却在7月上旬逐渐将其修复。值得一提的是，修复瑟堡所使用的建筑材料，相当大一部分是从当地仓库里缴获的。到7月底，美军已修复以瑟堡为起点的铁路线，并且克服大型船只暂时无法停泊的困难，利用拖船和起重机把机车、货车、油罐车等重型器材运入大陆。显然，德国将军们所沾沾自喜的"彻底破坏"，并不足以阻止盟军利用该港。事实上，如果没有瑟堡港的支持，盟军未来在欧洲大陆的大规模进攻是不可想象的。旁观的俄国人战后也认为夺取瑟堡于盟

一群向盟军投降的德国官兵

军有巨大意义。

希特勒、美国人、俄国人,都极为重视的瑟堡港口,在德国将军们的描述中却一钱不值。充分暴露了他们轻视后勤的弱点。德国将军普遍的思维定势是:只要以所谓"大胆机动"保住部队不遭受损失不被歼灭就是成功,而对一些关键地盘的丢失则漠然处之。深入些说,其实也证明他们满脑子只有"军队本位意识",战略眼光极为欠缺。

拥有绝对优势的盟军舰队再度把越来越多的兵力、装备和物资送进欧洲大陆。到6月30日,上陆盟军已超过85万人。与之相对,到6月底7月初,龙德施泰特向诺曼底投放了21个师。其中包括9个机动师。但在西线之外,6月22日以来,红军已经在白俄罗斯发动大规模进攻,一举歼灭了中央集团军群的数十万军队。这意味着西线德军将无法得到强有力的支援。此时,身陷诺曼底战场的两军都已付出重大代价。至7月初,盟军已损失6万多人(包括35 300名美军、22 700名英军、3 000名加拿大军),同时报告说俘虏了5万多德军。[25]

德军总损失不详,但6月下旬上报的数字已有65 000人。

不过断言希特勒已经失败还为时过早,因为即使不能从东线获得援兵,西线战区本身也还有大量部队可用。可是龙德施泰特却提供了一份极为可怕的情报:盟军还有67

美军在诺曼底登陆初期击毁的1辆德军"黑豹"坦克

个师的庞大后备军团集中在英国。这意味着希特勒如果从西线其他地区抽调援兵，盟军就可能乘虚而入实施更大规模的入侵。现在我们知道盟军其实只有15个师的后备部队，龙德施泰特的情报实属夸大其词，可希特勒当时的确被蒙住了。由于缺乏兵力，6月底，希特勒被迫放弃在诺曼底地区的反攻计划，命令德军转入防御。赋予他们的新任务是封堵住盟军在诺曼底的扩张。同时还进行了人事调整：7月3日，龙德施泰特被撤销西线总司令职务。由东线老将克卢格接替。

7月份战斗继续。美英军队在恶战中缓慢推进，竭力要突破德军对登陆场的封锁。由于盟军在地面兵力上的优势不大，尤其他们的坦克性能还处于劣势（往往少量德国重型坦克就能迟滞盟军行动），迫使美英军在进攻时极度依赖于猛烈的炮击和空袭。尤其是后者。盟军每每用数以千计的重型轰炸机向德军防御阵地或者后方交通线倾泻成千上万吨炸弹。这种做法对阻碍德军的战区机动成果显著，但因为精度差，直接杀伤效能却未必比得上炮击，有时还会变成对根本没有军队驻防城市里居民的大屠杀——甚至对盟军自己的地面部队造成严重损失。一直打到当月下旬，盟军才分别攻占了圣洛和卡昂（后者有数千法国居民死于盟军的狂轰滥炸）。至此，远征军总算将登陆场扩大到100公里宽50公里深。虽然占据的地盘尺寸

落入美军之手的几辆德军四号坦克

特别篇之一：1944年夏秋的西线

并不如所愿，但到7月24日，盟军登陆兵力已经达到32个师（含8个装甲师），以庞大兵力在欧洲大陆牢牢站稳了脚跟。

此时，德军也投入了24个师，包括西线几乎全部装甲部队9个装甲师。但经过一系列战斗，希特勒寄予厚望的西线装甲军团整体战斗力大为衰退。在盟军优势火力狙击和猛烈空袭下，仅仅6月6日—7月8日，德军就有349辆战车彻底损失。另有大量战车损坏。更糟糕的是，由于东线吃紧，希特勒必须拿出全部力量来堵住俄国前线的漏洞，根本凑不出多少兵力来弥补西线的上述损失。同样是到7月8日，西线装甲部队得到的唯一补充，只有发给第21装甲师的17辆四号坦克——可是同期该师损失的坦克却有54辆。其他装甲部队更是什么补充都没有。

德军的伤亡还在不断扩大。按照德国官方数字，至6月底，西线部队伤亡了47 515人（一说65 000人）；6月11日—7月23日，西线损失累计更是超过11万人，却只获得区区1万人的补充。西线装甲部队战至7月底损失上升到759辆，也只得到53辆坦克的弥补。截至此时，送来的补充兵员不过14 594人。几乎是损失十个才补充一个。

由于战况混乱，德军当时无法掌握全部伤亡情况，其实际损失还要大大超过上述官方数字。根据战后统计，在诺曼底地区的公墓内，埋葬了不少于80 413具德军尸体，其中最大一座墓地内有21 222人，大部分都是1944年6—8月间的德军战死者。德军在西

美军缴获的各种德国坦克和装甲车

线的抵抗力度强弱不均，有些部队打得很顽强，有些则很稀松。在6月和7月内，共有90 504名德军被俘虏。也就是在这混乱时期，希特勒的元首大本营以及德国首都爆发了企图刺杀他的叛乱。而西线德军的两个最高领导——隆美尔与克卢格都与这次叛乱有关。不过也许因为事态得到迅速平息，对战况本身的影响至少在表面上看还不是那么直接。

远征军也付出相应代价。战至7月23日，共损失12万2 000人，战死者约3万以上。这其中包括73 000名美军和49 000名英军和加拿大军人。但是对后备人力充足的美国来说，补充这点损失根本不在话下。实际上整个战争期间，美军多数时候都能让部队保持近乎满员的状态。这是苏军和德军所无法奢望的。当然美军一线步兵未必如此。因为即使在仅占总员额不到一半的美军地面战斗部队中，步兵也只是一小部分。而这一小部分却要承受总伤亡的80%。另外值得一提的是，在两军的凶猛炮火和轰炸下，约有1万~2万法国平民死亡。

2. 撤离法国

虽然代价不轻，艾森豪威尔毕竟已经在欧洲大陆上站稳了脚跟，下一步自然要扩大战果，首要目标就是夺取法国的中心地带。7月25日，远征军以32个师（含8个装甲师）、2 500辆坦克、1万1 000架飞机的庞大规模猛攻已经极度虚弱的德军第7集团军和"西线装甲集群"的24个师。战况急转直下，西线战场上出现了德军重兵集团被围歼的危险。此时，德军用以还击的机动兵力还有588辆坦克和145辆强击火炮。希特勒决定把它们全部投入战斗以挽回危局。

8月6—7日夜间，在300架战斗机掩护下，由"西线装甲集群"改称的德国第5装甲集团军以4个装甲师发动反击——由于盟军空袭的干扰，原计划动用6个装甲师的目标未能达成。结果投入战斗的只有70辆"黑豹"、75辆四号坦克和32辆自行火炮。德国人按照惯例将装甲矛头集中在狭窄地段，重点攻击美军一个步兵师，很快取得了突破。但当黎明来临时，他们的好运气就到头了。实际上，盟军已提前截获了德军计划，令空军做好了准备。很快，盟军飞机铺天盖地般地杀了过来，过于集中的德国坦克群成为绝佳靶标，被倾泻而下的炸弹和火箭弹化为火海。而弱小的德国空军根本无力提供保护——德国人评价这是人类历史上首次仅仅因为空袭而失败的大规模进攻。后来，美军的前进通道上，到处是被盟军飞机摧毁的德军战车。

德军依然不肯认输，反而追加援兵，以顽固态度坚持进攻。艾森豪威尔却有了个新发现：德军装甲部队的反击造成其重心前移而后方空虚，对盟军而言正是可乘之机。8月10日，美军转入反攻。巴顿的第3集团军自南面，加拿大第1集团军自北面，攻向德军后方。德军以一个装甲师向巴顿实施了反冲击，很快被美军打退。而德国装甲部队

主力却依然滞留在西面。尽管巴顿面临的抵抗非常微弱，却在8月13日违背其本意停顿了下来。是谁，出于何种目的命令巴顿停手？至今众说纷纭。公开解释是：巴顿已迫近预定的美英军分界线，艾森豪威尔不希望发生混乱。另一种说法是：盟军的陆军司令官、英国人蒙哥马利，亲自下令禁止巴顿前进。至于蒙哥马利是出于对美国人的妒嫉，还是因为过分谨慎，这就不得而知了。眼前熟透的果子却不能摘取，巴顿和他手下的前线指挥官们当然很恼火。而英军的表现也很不争气。他们的南下行动非常迟缓，一直拖到8月17日才占据法莱斯。好在德国人的行动也很缓慢，直到8月16日才开始回撤。

此时，盟军地面部队的力量膨胀到了新

德军丢弃在法莱斯战场的辎重物资

艾森豪威尔与蒙哥马利

高度。至8月17日，美英军队上陆人员已达187万，拥有39万辆车。两天后的8月19日，远征军在法莱斯地区合围了德军第7集团军与第5装甲集团军总计12.5万人的兵力。虽然由于盟军行动不够迅速，包围圈也不太严密，相当一部分被围德军部队得以在三个装甲师接应下夺路而逃。但仍有大量德军和武器装备被永远丢下。按照盟军方面的统计，在法莱斯包围圈内俘虏了5万德军，另外击毙1万人。清点出德军的遗弃装备包括344辆装甲车；2 447辆机动车；255门火炮；1 800匹死马。[26]艾森豪威尔扬扬得意地徒步走过了包围圈，他后来在回忆录中吹嘘说有长达数百码而不断的密集尸体和烂肉堆可供踩踏而行[27]。虽说盟军在法莱斯收获不小，可毕竟还是放跑了大量德军。艾森豪威尔虽不像巴顿那样公开发牢骚，内心恐怕对他本来不怎么喜欢的蒙哥马利有了更深芥蒂。客观事实是，法莱斯战役后不久，艾森豪威尔就接管了蒙哥马利的陆战指挥权，蒙哥马利被降格到一个集团军群司令的地位上。

仗打到这个分上，希特勒在西线的失败已不可避免。第5装甲集团军名义上逃出了包围圈，却只有一个空架子，以至于8月25日西线德军各坦克部队加在一起也仅剩下74

辆坦克——而诺曼底登陆前有1 533辆战车。西线德军的人事也乱成一团。此时，西线的领导已经由"叛徒"克卢格换成了东线防御大师莫德尔。克卢格被解职后服毒自杀，他不仅被揭露与"7·20"阴谋有关，还被指控在法莱斯战役期间曾试图与美军的巴顿将军取得联系，以商讨全西线德军投降事宜，这一阴谋只是因为他乘坐的无线电车被炸才失败。另一个叛乱知情者隆美尔在战役初期就被美国飞机打成重伤，事迹败露后被体面地"赐死"——也就是允许他自杀，对外宣布为因伤而死，且不揭露其叛徒面目。玩忽职守而导致盟军登陆成功的德国第7集团军司令多尔曼也莫名其妙地死了，公开说法是心脏病发作，实际却是畏罪自杀，否则他可能被送上军事法庭。这些混乱局面都令希特勒越来越相信，西线的失败是因为将军的背叛和军队的腐化堕落——虽然对于前者，我们了解的内幕真相的确还不是很充分。

8月15日，美军进一步扩大战场，又在法国南部登陆。由于德军抵抗微弱，美国人很快把16万军队、600辆坦克和2 500门火炮迫击炮送上岸。希特勒没兴趣在这个地区鏖战，下令德军迅速撤离。当西线德军兵败如山倒之际，驻法国的纳粹占领官员和部队

巴黎起义中被抓获的德国军官

英军把一队被俘的德国士兵押解下战场

开着满载私财、家具、美酒和女人的汽车落荒而逃。潜伏的法国地下力量（其中相当一部分由法国共产党控制）也积极活动，到处袭击撤退中的德军或干扰他们的调动，这往往会招来德军的残酷报复。盟军的下一个目标是巴黎。此前的"7·20"叛乱已经波及了驻防巴黎的德军。8月19日，法国地下力量在巴黎发动起义。虽然希特勒要求实施坚决镇压，巴黎守军执行得却相当软弱。随着战况恶化，城防司令干脆与敌人达成妥协。8月25日，美军与戴高乐的部队占领巴黎。历经长达4年的占领，巴黎终于回到法国人手中。

而对新任德军西线司令莫德尔来说，巴黎的丢失并非只是失去一个具有象征意义的大都市，也意味着他企图守住塞纳河防线的计划失败了。巴黎德军甚至拒绝炸毁塞纳河上的桥——这让美国人大喜过望。巴黎丢失4天后（8月30日），美国的货运军列已抵达该城。包括德国战俘在内的大量人员被投入修复铁路线的工程。具有讽刺意义的是，对这些铁路造成最严重损坏的倒不是匆忙逃跑的德军，而是盟军此前的狂轰滥炸。9月2日，盟军又攻入了比利时境内并很快占领了布鲁塞尔。一时间，西线盟军也有了势如破竹的劲头。

3. 西线危机

莫德尔个人的处境都已经相当危险。战

线崩溃之际，为了避免被急速推进的美军所俘虏，他只能带着司令部到处东躲西藏。月底时他向希特勒提出建议，为了避免全军覆没，德军应从法国境内大规模撤退，力求集中力量保卫德国西部边境。希特勒批准了。在撤退过程中，德军很多部队不战而溃，大批士兵投降。整个8月间，超过8万名德军被西方远征军俘虏。至9月12日，在法国被抓住的德国战俘约有36万人，其中12万人被法国军队或游击队捕获。㉘巴顿的美国第3集团军战果突出。按照其战报数字，至10月1日就以区区3万多人的代价消灭了近23万德军。虽然战报上的德军死伤数字可能有些夸张，但俘虏人数的确达到了96 500人。

> 巴顿指挥下的美军第3集团军战报，至10月1日损失及战果如下：
> 美军阵亡4 849人；受伤24 585人；失踪5 092人。合计34 526人。
> 打死德军32 900人；打伤99 300人；俘虏96 500人。合计228 700人。
> 美军损失轻型坦克143辆，中型坦克363辆，火炮104门
> 摧毁德国中型坦克808辆，"虎"式和"黑豹"439辆，大炮1 751门㉙

按德国官方的战时统计，从诺曼底登陆

美国医护兵在救助一名在巴黎巷战中负伤的德国空军军官

到9月底，西线德军共损失46万900人。但这个数据显然不是很完整。根据盟国方面军的统计，从6月6日诺曼底登陆开始到9月底，光是被俘虏的德军就已经超过55万人。[30]从统计细节上还能发现更多的问题。举例说，根据上述德国战时统计，西线陆军经过4个月恶战仅仅阵亡了区区3万2000多人。可是战后德军公墓组织发布的资料却证实，整个二战期间，埋尸于法国境内的德国军人超过23万（确数为230 764人）。[31]其中1944年6月前死亡者约8万人左右[32]。以此推算，1944年6月以后，在法国境内死亡的德军约有15万人。其中大部分又是死于1944年夏秋战役，其人数在10万左右，大大超过战时统计的3万多人。德国将军齐默尔曼也认为，这个阶段西线德军的实际损失约为50万~60万人[33]。这一数字大概更接近于真实，但恐怕仍估计偏低。

盟军的伤亡要相对轻微。在6月6日至9月11日间，远征军损失超过22万人（含死亡4万人，被俘和失踪2万人）。[34]其中美军约占16万人。近4个月战斗中，美军在西欧战场共死亡46 329人（含战斗原因和非战斗原因）。而整个二战期间，美国陆军的地面及航空部队在法国境内（含科西嘉岛）的作战死亡总数也只有57 530人（包括失踪后宣告死亡的522人）。两军死亡人数上的悬殊不仅证明盟军拥有火力优势，也证明其综合战斗力显著高于德军。

伴随M10坦克歼击车的美国纵队，路旁倒卧着一具尸体，好像是德军

1944年6—9月 美国陆军（含陆航）在西线的死亡[35]

时间	总数	战斗死亡				非战斗死亡				
		总计	阵亡	因伤致死	宣告死亡	总数	飞机事故	其他事故	疾病	其他
6月	10 866	10 539	9 299	1 235	5	327	111	161	33	22
7月	13 211	12 731	10 945	1 758	28	480	165	237	37	41
8月	11 296	10 734	9 068	1 635	31	562	111	351	44	56
9月	10 956	10 255	8 825	1 427	3	701	126	462	72	41
总计	46 329	44 259	38 137	6 055	67	2 070	513	1 211	186	160

1944年6—9月 美军在欧洲战场的作战损失（统计标准与上表略有不同）

月份	总计	阵亡	负伤		被俘		失踪	
			返回	死亡	返回	死亡	返回	死亡
6月	39 367	9 379	24 210	1 318	3 384	39	902	135
7月	68 424	10 891	34 771	18 876	3 041	27	763	55
8月	42 535	9 111	27 733	1 558	2 782	21	1 264	66
9月	42 183	8 830	25 934	1 495	4 743	37	1 011	133

现在，艾森豪威尔麾下已经有了一个庞大的超级重兵集团。其总兵力在9—10月间达到300多万人。除去留在英国的预备队和后勤单位等等，直接进入欧洲大陆的部队也有200多万。国籍构成方面：美军有205万3 417人（9月底数字。含1 353 079人部署在欧洲大陆；700 338人部署在英国）；英军和加拿大军队则有89万5 912人（10月31日数字）。[36]此外还有一些法国军队和波兰军队等等。美军所占比重超过了6月份。光看数字，艾森豪威尔似乎有足够力量一鼓作气杀到他母国的中心去。

但与庞大人数所不相称的是，盟军的作战部队人数依然偏少。8月底，在欧洲大陆总共只有37个师，包括美军20个师、英军12个师、加拿大3个师、法国1个师、波兰1个师。另外在英国还有6个美国师（含3个空降师）做为预备队。至10月1日，加上法国南部的兵力，以及正由英国调过来的6个师，盟军的作战兵团也只有54个师（其中美军31个师）。相比之下德军倒是有62个师，比盟军更多。

针对这一特殊情况，盟国与他们的德国敌人对当时战场形势的判断分别得出了相反的结论：艾森豪威尔抱怨说德军地面部队对盟军拥有"明显的优势"。[37]可德国人却宣称盟军拥有近一倍的兵力优势。[38]

事实上，此时西线德军虽然名义上有14个装甲师和48个步兵师，可是实际兵力却仅相当于27个满员师。[39]蒙受巨大伤亡却又得不到相应补充的西线部队，力量已经相当虚弱。1944年7月1日，西线德国陆军部队尚有89万2 000人；到8月份就急剧减少到77万人；再至9月1日，仅剩下区区54万3 000人。⑩曾经相当强大的西线装甲部队更是损失殆尽，全部10个装甲兵团到8月底只有72辆战车和34门大炮可用。半个月后的9月15日，也只恢复到328辆主力型号坦克的水平。

看来，德国人的说法更接近事实。由于盟军各兵团员额充足而德军缺编严重，单纯用师团数量根本无法比较双方实力。8月底盟军虽然只有37个一线师，但其野战部队员额却有100万左右（包括61万美军。1个月后美军野战部队增加到82万）。而德军名义上的62个师真正的实力仅相当于27个满员师，地面作战部队加上后勤也不过54万人。大致估算，在8月底9月初，盟军一线陆战部队至少有一倍优势，此后一段时间内甚至曾达到2倍左右。盟军的物资优势比他们的人数优势更为突出。9月份，他们用7 700辆坦克攻击德军的300多辆；用1万多架作战飞机（4 035架重型轰炸机，1 720架中轻型轰炸机或鱼雷机，5 000架战斗机）再加上2 000多架运输机⑪对抗德军的大约1 400架飞机。

1944年美国陆军（包括陆航）在欧洲战区的兵力
（不包括在意大利以及法国南部用于地中海行动的兵力）

月份	兵力	部署		部队类型			
		大陆	英国	航空	地面作战	服务	其他
7月	1 770 614	790 519	980 095	365 429	749 476	355 805	299 904
8月	1 904 709	1 017 817	886 892	377 325	838 108	374 054	315 222
9月	2 053 417	1 353 079	700 338	429 671	928 042	402 192	293 512
10月	2 203 583	1 401 165	802 418	426 266	1 095 682	419 156	262 479
11月	2 588 983	1 921 481	667 502	435 692	1 337 981	506 889	308 421
12月	2 699 467	2 048 421	651 046	438 428	1 410 514	522 142	32 838

美军在西欧兵力⑫

日期	总计	野战部队	航空部队	后方部队	病员	补充单位	师
1944年7月31日	1 770 845	725 259	447 818	413 056	66 426	118 286	22
欧洲大陆	860 649	563 638	88 251	181 548	27 212		18
英国	890 196	161 621	339 567	244 603	144 405		4
1944年8月30日	1 905 261	755 603	449 688	479 359	85 275	135 336	26
欧洲大陆	108 592	610 780	100 028	310 747	2 787	54 250	20
英国	36	144 823	347 660	180 537	82 488	81 086	6
1944年9月30日	2 041 023	854 148	442 711	500 804	92 040	151 320	31

续表

日期	总计	野战部队	航空部队	后方部队	病员	补充单位	师
欧洲大陆	1 353 079	820 407	132 726	329 288	19 104	51 554	30
英国	687 944	33 741	309 985	171 516	72 936	99 766	1
1944 年 10 月 31 日	2 196 7851	1 006 190	435 384	538 636	90 604	125 967	40
欧洲大陆	1 566 224	908 522	154 496	391 592	19 368	92 246	33
英国	630 561	97 668	280 888	147 044	71 240	33 721	7
1944 年 11 月 30 日	2 588 983	1 259 295	450 370	623 048	141 269	115 001	47
欧洲大陆	1 906 441	1 114 455	176 533	475 495	58 182	81 776	42
英国	682 572	144 840	273 837	147 583	83 087	33 225	5

但是艾森豪威尔依然不认为他握有的优势条件足够支持对德国本土的长驱直入。理由之一是德国依然拥有庞大的后备军，艾森豪威尔认为自己的兵力没有多到足够应付他们的程度。而盟军自己的内部麻烦则来自后勤。简单说，除了瑟堡和人工港口外，艾森豪威尔认为自己掌握的港口还不够多。加上协调不力，物资的供应也出现了问题——当然这是按美国标准的说法，要知道一个盟军师一天要消耗 700 吨物资，而一个德国师只要 200 吨。盟军多出的部分未必都是战争所需要的。但为了运这些东西，却无疑要挤占急需作战物资的份额。在此需要略加说明的是，艾森豪威尔之所以没有拿到足够多的港口，恰恰是希特勒要求德军死守这些港口的结果。虽然德国将军们以浪费兵力为由对此表示不满，但这一战术的确很有效。

担心德军出动大量预备队，盟军后勤供应又出现麻烦的情况下，艾森豪威尔没有利用德军的混乱来集中力量实施突破，而是按既定计划沿着宽大正面以分散而且平均分配的队形前进，结果很快就被占领了新防线的德军所阻挡。

9 月 3 日，希特勒重新任命龙德施泰特为西线总司令——距离他上次被解除该职务正好过去了 2 个月。希特勒显然认为，比起克卢格和隆美尔之类的叛徒，龙德施泰特老头子至少还算可靠，而且在军队中颇有威望。莫德尔则留任为 B 集团军群司令，继续负责西线战区的战术指导。莫德尔立刻用实际行动让艾森豪威尔知道他的"防御大师"称号绝非浪得虚名。秋季的西线战役主要围绕三个城市展开——比利时的安特卫普，美国人指望利用该港口扩大后勤供应能力；荷兰的阿纳姆，英国希望通过此地一鼓作气拿下荷兰，以此绕开德国的西部国境阵地侵入德国纵深；德国西部边境的亚琛，美国人希望通过此地直接杀向德国工业心脏鲁尔。可是在这三个地区，仗打得都不怎么顺利：投入阿纳姆的英国空降部队被德军歼灭；安特卫普港在 9 月初即被盟军占领，但是打通连接安特卫普通道的战斗却拖了很长时间且代价惨重；而亚琛直到 10 月 21 日才被美军攻陷。

西线的战争节奏逐渐缓慢了下来。德国

人总算又暂时站稳了脚跟。

4. 西线反击计划：希特勒孤注一掷

有一点可以肯定的是，到1944年秋冬，单纯考虑到悬殊的实力对比，德国实际上已经输掉了这场战争。那么，深陷两线作战绝境的希特勒，又该如何应对呢？由于美国人很早就提出"无条件投降"和"惩办战犯"的严苛条件，投降对希特勒个人和他的纳粹集团来说无疑意味着死刑。德国本身面临的前景也是可怕的。就在1944年9月15日的魁北克会议上，罗斯福和丘吉尔接受了美国财政部长摩根索提出并经过修改的"摩根索计划"。按照这个计划，战胜者将把德国肢解为几个小国，并摧毁该国的工业基础使其沦落为农业地区。虽然罗斯福此后又表示反悔，但"摩根索计划"的基本思想在此后的一系列会谈中依然存在。希特勒的宣传部长戈培尔获知该计划后，竭力利用它来鼓动德国人的士气。因为该计划描绘了一幅可怕的前景：一旦战败，就意味着德国做为一个统一民族将要灭亡。

> "摩根索计划"概要（1944年9月）：㊸
> 　　将德国肢解为南北两部分；
> 　　对鲁尔实施国际共管；
> 　　将萨尔割让给法国；
> 　　将西里西亚和东普鲁士的一部分割让给波兰；
> 　　拆除或摧毁德国的关键性工业

与西方媾和行不通，在1943年还有可能与苏联谈和。斯大林出于保存俄国国力的需要，他也更愿意选择对话。但这个机会被希特勒放弃了。这既是由于前面已经提到的所谓"东线辽阔足以支撑"的幻想，也在于希特勒"从东方野蛮人手中拯救西方世界"的固执信念。就具体因素来说，要和苏联达成一条两边都满意的分界线，或者说彼此要把对方实力降低到怎样一个程度才有安全感，都不是那么容易达成妥协的事情。

希特勒不能坐以待毙。他开始指望俄国与西方爆发冲突。苏联与美英在本质上当然是水火不容的，但当德国即将完蛋时，他们至少也要在共同分享完这个猎物后才会考虑互相算账。更何况德国又不肯采取任何外交主动去投靠某一方，更不能指望引起同盟国的内部分裂。这只能说是希特勒自我安慰并用来哄骗部下继续卖命的一种幻想。

希特勒唯一绝处逢生的希望，还是在战场上。准确些说，他至少应该先赢得两个战场中一个的胜利，然后抽出全部兵力去应对另一个战场。综合考虑之后，希特勒相信首先赢得西线是可能的。首先他不怎么看得上美军的战斗力。其次，考虑到美国政治的特征，一旦面对大惨败的事实，其内部的灾难性反应似乎也是值得期待的。从战术上说，由于德国军队还控制着众多港口，美英军的燃料大概也不会特别充足。这一点从他们的推进速度变得缓慢可以推测出来。

总之，希特勒似乎相信，他在夏天所没

能做到的事情：把美英盟军赶下大海，在秋天和冬天还有可能达成。真要能做到这一点，他自然可以再次集中起全部力量，在东线与斯大林决一雌雄。从我们今天的角度看，这一切根本就是痴心妄想。但对希特勒来说，却是他求生存的最后机会，也是他一贯相信奇迹的特有思维模式所决定的，这种思维模式源自此前的一系列胜利和转危为安，因此也就特别的根深蒂固（在那些经历较为顺利或者上升速度过快的人群中，类似的思维模式其实也很普遍）。而且"7·20"事件后，因为遭到背叛所引发的狂躁情绪，或许已经令希特勒在很大程度上丧失了根据客观实际进行理智思考的能力。而此后我们还将看到，这种狂躁加上末日来临的绝望情绪，还将使希特勒产生让整个德国民族为他殉葬的疯狂思想。

不过在1944年秋天，对最终胜利依然抱有幻想的希特勒，兴趣还是放在制订具体作战计划上。他最初的设想是从洛林发起一次攻击，插入比利时境内盟军的侧翼。但负责西线作战的约德尔大将却在9月6日向元首指出，当德军还在撤退中疲于奔命时，在西线发动反攻是不可能的，至少在11月1日前是如此。约德尔的考虑是符合实际的。9月中旬，德军在西线只有328辆主力坦克和570架飞机，而对手仅第一梯队就有2 000辆坦克，并得到14 000架飞机的支援。㊹兵力如此悬殊，充当突击先锋的机动兵力也少得略胜于无，反攻云云自然无从谈起。所以倒不如先收缩防线，多积攒一些坦克飞机，尤其是等到训练中的国民步兵师和众多秘密武器投入使用，再找一个好机会反咬美国人一口。

希特勒接受了约德尔的建议。但在6天后，他的大脑里又出现一个更大胆的计划：在1940年他征服法国战役的决定性地区——阿登，重演胜利的辉煌，作战目标是刚刚丢失的安特卫普。㊺

但在实现上述宏大目标前，希特勒还必须熬过东西两线的严酷秋天。这并非易事。

———————

注释：

① 《德意志帝国与第二次世界大战》（德文原版），卷八，第247页。

② 《纳粹将领的自述——命运攸关的决定》，第181页。

③ 《从卡西诺到阿尔卑斯》，第39页。

④ 《德国与第二次世界大战》（《德意志帝国与第二次世界大战》的英译本），卷七，第522页。

⑤ 《德意志帝国与第二次世界大战》（德文原版），卷八，第1 168页，《德国陆军1933—1945》，卷三，第145、147、149页，《德国在第二次世界大战》，卷四，第82页，《从卡西诺到阿尔卑斯》，第39页。

⑥ 《纳粹将领的自述——命运攸关的决定》，第181—182页。

⑦ 《鹰在烈焰中》，第283页。

⑧ 《德国与第二次世界大战》，卷七，第531页。

⑨ 《邓尼茨回忆录：十年与二十天》，第384页。

⑩ 《德国陆军1933—1945》，卷三，第197页。

⑪ 《第二次世界大战史大全（5）美国、英国和俄国：它们的合作与冲突》，第269—270页。

⑫《第二次世界大战史》(苏联版)，卷八，第 840、843 页。
⑬《美国军事史》，第 451 页。
⑭《世界军事后勤史资料选编·现代部分(中一)》，第 500 页。
⑮《艾森豪威尔回忆录：远征欧陆》，第 59—60 页；《第二次世界大战史》(苏联版)，卷九，第 427—428 页，435 页。
⑯《美国军事史》，第 451 页。
⑰《战斗力：德国与美国陆军的表现》，第 92 页。
⑱《第二次世界大战史》(利德尔·哈特版)下卷以及《希特勒与战争》对此均有介绍。
⑲《德国国防军大本营》，第 411 页。
⑳《德国与第二次世界大战》，卷七，第 526 页。
㉑《D-day1944(1)奥马哈海滩》，第 87 页。
㉒《德国与第二次世界大战》，卷七，第 593 页。
㉓《德国空军 1933—1945：战略失败》，第 280 页。
㉔㉕《德国与第二次世界大战》，卷七，第 599 页。
㉖《德国与第二次世界大战》，卷七，第 612 页。
㉗《艾森豪威尔回忆录：远征欧陆》，第 311 页。
㉘《第二次世界大战大事记》，第 293 页。
㉙《军界雷神——巴顿自传》，第 173 页。
㉚《德国与第二次世界大战》，卷七，第 673 页。
㉛《希特勒战争的另一种代价》，第 24 页。
㉜根据《第二次世界大战的德国军事损失》第 266 页，德军在西线自 1940—1943 年共死亡 95 066 人。去掉在荷兰、比利时和海上死亡者，估计 1940 年至 1944 年 5 月间，在法国境内死亡德军 8 万左右。
㉝《纳粹将领的自述——命运攸关的决定》，第 214 页；《第二次世界大战史》(苏联版)，卷九，第 477 页。
㉞《第二次世界大战史》(苏联版)，卷九，第 477 页。
㉟《第二次世界大战中陆军的战斗损失与非战斗损失》，第 106 页。
㊱《第二次世界大战美国陆军在欧洲战区的行动：最高统帅部》，第 542—543 页。
㊲《艾森豪威尔回忆录：远征欧陆》，第 357 页。
㊳㊴《纳粹将领的自述——命运攸关的决定》，第 212 页。
㊵《德国在第二次世界大战中》，卷六，第 105 页。
㊶《艾森豪威尔回忆录：远征欧陆》，第 322 页。
㊷《陆军后勤支援 1944 年 9 月—1945 年 5 月》卷二，第 288 页。
㊸《第二次世界大战史大全(10)四国对德国和奥地利的管制 1945—1946》，第 32 页。
㊹《第二次世界大战史》(苏联版)，卷九下，第 477 页。
㊺《第二次世界大战大事记》第 291 页；《希特勒与战争》，第 875—877 页。

第一章 东线北段的夏与秋

一、北方集团群之夏

在1944年夏季炎热的日子里，俄国军队连续扫荡了东线德军的两大重兵集团——中央集团军群和南北乌克兰集团军群。与此同时，他们也没有放过东线北部的老对手——北方集团军群。

在1941—1944年初，德国北方集团军群一直围困着列宁格勒。但在1944年1—3月，苏军发动了列宁格勒—诺夫哥罗德战役，把北方集团军群驱逐到了如下位置（北—南）：靠近波罗的海的纳尔瓦—普斯科夫—陶格夫匹尔斯（与中央集团军群的接合部）。依托这条650公里①长的战线，北方集团军群构筑了坚固的"黑豹阵地"，阻断苏军夺回爱沙尼亚和拉脱维亚的通道。

此时的北方集团军群依然是德国武装部队在东线的庞大重兵集团之一。按1944年6月1日的统计，北方集团军群共有75万兵力（确数751 022人，含695 527名军人和55 495名辅助人员）。其具体构成如下：

	军人	辅助人员
第16集团军：	265 432	18 450
第18集团军：	195 303	13 560
纳尔瓦集群：	156 942	10 089
其他：	77 850	13 396
总计：	695 527	55 495

1944年6月22日，北方集团军群南方的友军——中央集团军群，遭到了红军的毁灭性打击。这给北方集团军群带来了双重压力（详见东线系列之《中央集团军群的覆灭》）。首先，俄国人在包围中央集团军群的同时，深深地插入了中央、北方集团军群的接合部，有可能切断两个重兵集团的联系，进而把北方集团军群孤立在波罗的海沿岸。

其次，为了挽救中央集团军群的惨败，北方集团军群派去了大量援兵，包括第12装甲师和3个步兵师（另外第122步兵师被调往芬兰战区）。第12装甲师原本是北方集团军群预备队，也是该集团军群唯一的装甲兵团。失去该装甲师后，北方集团军群只剩下第502重型坦克营这么一个坦克部队。该营在7月初有52辆"虎"式坦克②（其中41辆在7月1日处于可投入战斗状态）。集团军群编成内另有206辆强击火炮可投入战斗。③不过北方集团军群的总兵力并没有显著变弱。连同在波罗的海地区组建的仆从军在内，北方集团军群至7月4日总兵力超过96万人（确数为965 543人）④。

为北方集团军群提供空中掩护的依然是第1航空队。5月底，该航空队原有415架作战飞机。但到了6月26日只剩下137架战备飞机。另外，第1航空队还拥有2个高射炮师的大量高射炮。

德国第1航空队实力变化（战备状态飞机）⑤

	6月26日	7月2日
远程侦察机	17	11
近程侦察机	17	18
战斗机	14	29
攻击机		
夜间攻击机	85	79
轰炸机	4	8
总计	137	145

北部战区苏联4个方面军实力（6月底至7月初）⑥

波罗的海第1方面军：359 500人
波罗的海第2方面军：391 200人
波罗的海第3方面军：258 400人
列宁格勒方面军：约20万

1944年7月，与北方集团军群对抗的苏军有4个方面军，加在一起总兵力约120万左右。编成为：75个步兵师（每师4 500~5 000人）、5个筑垒地域、1个坦克军、4个空军集团军。苏德两军沿着三个主要方向对峙：纳尔瓦、普斯科夫—奥斯特罗夫、陶格夫匹尔斯—波洛茨克。其基本态势如下（由北向南）：⑦

纳尔瓦地区：

苏军：列宁格勒方面军（第2突击集团军，第8集团军）；

德军："纳尔瓦"集群

普斯科夫—奥斯特罗夫方向：

苏军：波罗的海第3方面军（第42、67集团军，第1突击集团军，第54集团军）；

德军：第18集团军

陶格夫匹尔斯—波洛茨克方向：

苏军：波罗的海第2方面军（近卫第10集团军，第3突击集团军，第22集团军）；

波罗的海第1方面军（第4突击集团军，近卫第6集团军）

德军：第16集团军

上述三个方向中，北方集团军群最南翼（第16集团军战区）所在的陶格夫匹尔斯—波洛茨克地区首先燃起战火。这个地段正处

于与中央集团军群的接合部。所以早在白俄罗斯战役时，第16集团军右翼就遭到了苏联波罗的海第1方面军的猛烈进攻。

北方集团军群司令林德曼陷入惊慌失措，惊呼"我们就要完蛋！"他请求希特勒允许放弃南翼。当时的陆军总参谋长蔡茨勒支持林德曼，也建议撤出爱沙尼亚，在里加地区组建新防线。希特勒对此断然拒绝。他不仅命令林德曼保住接合部所在的波洛茨克，甚至要求实施反击来支援中央集团军群⑧。

林德曼对这道命令全然没有热情。他的部下们也一样。林德曼部署在波洛茨克的部队主要为第1军。可用兵力有5个师：第81、24、87、205、389步兵师。但除了一些强击火炮，第1军几乎没有其他装甲兵力。而他们所面对的敌人是苏联第4突击集团军和第6近卫集团军的强大兵力。这两个集团军正由南北两面夹攻波洛茨克。位于德国第1军南面的友军——中央集团军群第3装甲集团军，此时已被苏军击退，根本帮不上什么忙。

烈日当空，波洛茨克的战斗更是如火如荼，城市像火炬般熊熊燃烧。7月2日，德军各部队均陷入恶战。第24步兵师在强击火炮配合下的反击也以失败告终。当天12时55分，第1军报告："攻击命令无法执行。这简直是自杀。"林德曼丧失了战意，甚至没有与陆军总部商量就在13时15分下令暂缓反击。几个小时后他命令放弃波洛茨克。

希特勒对林德曼的抗命大为震惊，但也拿不出什么办法，只能在午夜时分无可奈何地接受了既成事实。但林德曼的北方集团军群司令职务也干到了头。希特勒于7月3日下令撤了他的职，将原"纳尔瓦"集群司令弗里斯纳将军升任为北方集团军群的新指挥官。⑨可是希特勒似乎也对坚守波罗的海的必要性产生了怀疑。在7月9日的军事会议上，他咨询了德国海军总司令邓尼茨的意见。邓尼茨回复说波罗的海具有至关重要的战略价值，不仅德国军事工业所急需的瑞典矿石要通过此海域运输，德国新型潜艇部队也在此处训练。⑩虽然邓尼茨没有说得那么明白，但波罗的海并不仅仅为潜艇训练基地提供了庇护，残存的德国重型舰艇大都也躲在这里（编成为蒂勒海军中将的第2战斗群）。这片海域的出海口为德军所控制，大段沿岸（包括挪威与丹麦）也处于德军占领下，对德国而言近乎"内海"，可以躲避盘踞在"外海"的优势美英海空力量的打击。德国在波罗的海的海上交通更不仅限于瑞典航线，也同样是德国陆军的重要补给通道。

德国海军及海上交通线在波罗的海最大的威胁来自苏联海军。不过由于波罗的海沿岸大都掌握在德军手中，还埋下直插海底的特制反潜钢网，有效阻止了俄国潜艇的活动。这样直到1944年秋，波罗的海对德国而言都是一个非常安全的海域。可一旦德国陆军守不住波罗的海沿岸，把俄国舰队和潜艇放进来，形势就可能发生根本性恶化。

邓尼茨的观点据说对希特勒产生了决定性影响，以至于后来陆军决策层人物都埋怨他。不管怎么说，希特勒决定波罗的海沿岸必须守下去。接受这个棘手任务的北方集团军群新司令弗里斯纳上任伊始就急着向希特勒露一手，证明自己比林德曼更有本事。他于7月5日发布命令，要求继续坚守阵地，同时还重申南翼应该向中央集团军群靠拢——这是林德曼所没有做到的。但战争主动权已完全落入俄国人手中，由不得弗里斯纳做主。战火迅速从南向北蔓延。7月10日，波罗的海第2方面军也向第16集团军左翼掩杀过来。主要打击落在德国第10军和党卫第6军身上。苏军在短短一周时间就推进了90公里，突入拉脱维亚，并于7月27日夺取了陶格夫匹尔斯。德国第16集团军遭到苏联两个方面军的重击，损失惨重。至7月18日，第16集团军所属14个师中，只有2个还保有完整战斗力。

熊熊战火继续向北，终于烧到了北方集团军群中部战线（普斯科夫—奥斯特罗夫方向。德第18集团军战区）：7月17日，波罗的海第3方面军向德第18集团军发动攻势。主攻目标是德国第50军和第38军。北方的4个苏联方面军中，波罗的海第3方面军实力较强。其作战部队人数超过17万人（确数为171 100人），拥有76毫米或更大口径火炮迫击炮4 119门、189辆坦克、591门火箭炮、313门高射炮。⑪

7月19日，波罗的海第3方面军也突入了拉脱维亚。在其凌厉攻势下，德军"黑豹"防线的重要据点一个接一个丢失：7月21日，苏第67集团军在第1突击集团军帮助下，从德国第38军手中夺取了奥斯特罗夫，在德第16、18集团军之间撕开了一个口子。7月23日，红军第42集团军又占领了普斯科夫。至此，德军的"黑豹"防线基本瓦解。但红军也耗尽了势头。此后形势一度趋于平稳。

7月18日，北方集团军群战斗力如下：⑫

第16集团军：2个（第61、225步兵）师有完全战斗力；7个师受创；4个师有部分战斗力；第23步兵师丧失战斗力

第18集团军：5个师有完全战斗力（第30、32、121、126步兵师，第12空军野战师），2个师受创（第218步兵师、第21空军野战师）；1个师有部分战斗力（第93步兵师）；第83步兵师丧失战斗力

继林德曼之后，希特勒对弗里斯纳的指望也落空了，于是再度决定走马换将。7月23日，弗里斯纳与南乌克兰集团军群司令舍尔纳对调职务，不久后就亲历了德军在罗马尼亚的覆灭（参见东线系列之《大崩溃》）。北方集团军群新司令舍尔纳的处境也不值得乐观。"黑豹"防线的崩溃已成定局，与中央集团军群的联系也被切断。唯一值得庆幸的是，北方集团军群没有像中央集

团军群那样遭到大规模围歼。但遭受的损失也不轻微。到 7 月 24 日，舍尔纳所接管的 30 个师中，有 3 个丧失战斗力；14 个师被重创；保有部分战斗力的师只有 6 个；完整战斗力师 7 个。自 6 月 22 日以来，北方集团军群伤亡人数接近 5 万（确数为 49 498 人）。其具体情况如下：⑬

第 16 集团军死伤失踪 33 020 人
第 18 集团军死伤失踪 12 158 人
"纳尔瓦"战役集群死伤失踪 4 320 人

7 月 24 日当天，北方集团军群实力状况如下：⑭
丧失战斗力：第 23 步兵师、第 15、19 党卫军师
重创：第 24、32、81、83、87、93、121、132、205、218、215、290、329 步兵师，第 281 警卫师
保有部分战斗力：第 126、225、263、389 步兵师，第 20 党卫军师，第 21 空军野战师
保有完全战斗力：第 11、21、30、58、61、227 步兵师，第 12 空军野战师

迄今为止，只有北方集团军群最北端的纳尔瓦还算比较平静。1944 年 2 月，红军列宁格勒方面军强渡纳尔瓦河进入右岸。虽然在德军的猛烈反击下，俄国人当时未能占领纳尔瓦市，却成功地建立了一个登陆场，对盘踞纳尔瓦的德军形成迂回包围之势。北方集团军群理所当然地把这个登陆场视为眼中钉和肉中刺，以最快速度集中起 5 个步兵师和 2 个装甲步兵旅，组建了拥兵 16 万人的"纳尔瓦"战役集群。德军的企图简单明了：阻止俄国人渡过纳尔瓦河突向波罗的海沿岸地区。为了实现这个目标，德国人下了大本钱，不惜动用大量人力和物力，就地构筑起坚固的多层地带防御，配备有完善的堑壕和交通壕体系、大量土木发射点，某些地方还修筑了更坚固的永备发射点。

但纳尔瓦的平静也快到头了。红军列宁格勒方面军司令戈沃罗夫大将决心动用下辖的突击第 2 集团军、第 8 集团军、空军第 13 集团军夺取此地。参战的还有红旗波罗的海舰队（司令 B. 特里布茨海军上将）部分兵力。其中包括强击航空兵第 9 师、2 个强击航空兵团以及海岸炮兵。红军的具体战役计划是：突击第 2 集团军由北面渡过纳尔瓦河；而第 8 集团军则从南面的登陆场发起进攻。两路苏军将绕到纳尔瓦市德军后方，将其围歼。

7 月 24 日进攻开始。俄国人按照惯例实施了凶猛的炮击和空中打击。随后，苏联第 8 集团军首先实施突击，向西北方向攻击前进。苏军的主要攻击集中在德军第 11 步兵师和党卫军第 20 师。两军在德军侧后据点奥韦雷附近爆发了持续 12 小时的激战。由于德军抵抗顽强，苏军未能取得预期进展。北面的苏联突击第 2 集团军决心不再等待第

8集团军，于7月25日晨起转入进攻。北方集团军群意识到纳尔瓦守军的后路有被切断的危险，命令其撤退。7月26日22时30分，德军"诺尔兰德"师与"尼德尔兰"师放弃了纳尔瓦市。红军随后又向西推进了20公里，最终被占据新防线的德军所阻止。总的来说，这次战役虽然给予德国党卫第3装甲军一定杀伤，但成果并不显著。利用北方集团军群北翼遭受攻击的机会，8月10日，波罗的海第3方面军再度进攻。战至8月25日，苏联第67集团军占领塔尔图。

在苏军一系列打击下，北方集团军群抛弃"黑豹"阵地全线后撤，逐渐被挤压到波罗的海沿岸的一块狭长地带内（爱沙尼亚等地区）。7月底，苏军一举突入里加湾，取水于波罗的海。这不仅意味着北方集团军群与中央集团军群的联系被彻底切断，也标志着北方集团军群的几十万大军全部被孤立在波罗的海沿岸！即使对希特勒而言，这也是不可承受之惨重。他决心下血本挽回危局，遂倾其所有地集中庞大装甲部队（5个装甲师，1个装甲步兵师，2个坦克旅），由中央集团军群第3装甲集团军指挥，在德国海军重型舰艇编队配合下发动强大反击。经过一番装甲恶战，终于在8月下旬于里加湾地区打通了一条走廊，恢复了两大集团军群的联系（详见东线《中央集团军群的覆灭》）。

9月初，波罗的海地区的战线暂时趋于稳定。但北方集团军群的厄运并没有因此而到头。俄国人正策划着下一个更大规模的打击。斯大林时代的苏联战史，将其称为1944年的第八次打击。

二、1944年秋季的东线概况

1944年　苏联对德作战军（不含海军）兵力变化（月平均兵力）

1944年第一季度	6 268 600
第二季度	6 447 000
第三季度	6 714 300
第四季度	6 770 100
全年	6 550 000

作为本系列丛书主旨的东线战场，其具体战况在此前各卷都有详细介绍。但对东线1944年夏秋形势，还是有必要作一些简略回

乘火车抵达前线的一队德军预备队

顾和说明。虽然希特勒相信东线战场的辽阔足够应付俄国人的进攻，但1944年夏季红军的前进速度之快却令人震惊！6月22日开始的白俄罗斯战役进行到8月底，红军已经推进了550~600公里！俄国坦克一路开到了华沙城下，甚至在东普鲁士地区突入了德国本土。同时，德国人还丢失了罗马尼亚的油田，向俄国人让出了通向东南欧的通道。更不用说此时第二战场已经开辟，德国陷入货真价实的两面夹击境地。危急之下，1944年8月下旬，日本再次建议苏德议和，但希特勒和古德里安却认为，德国尚有王牌，撑过几个月就可以度过危机⑮。

9月，苏联用于对德作战的军队总数高达660万⑯~670万，其中部署在"东线"的陆军部队有500多万。与每次进攻前都要周密计划、更依赖空中优势且行动缓慢、兵力平均分配的美军不同，俄国军队更强调进攻的突然性、优势兵力的集中、前进速度以及连续进攻，否则就无法抓住并围歼撤退中的

撤退中德军的一个通讯分队，1944年10月东部战线

德国重兵集团。苏联空军虽然在飞机数量上也对德军占有优势（当然没有美国人优势那么大），却缺乏重型轰炸机，更多的还是战术性质的强击机。苏联步兵师人数很少，6 000~7 000人都能算满员，很多师还达不到这个数，只有3 000~5 000人。这年秋季，一个苏联步兵连往往只有30~40人，装备6挺机枪；很多步兵营又只有2个这样的步兵连。师属火力也不强。不过苏军拥有的师团总数却非常多，并尽力将重炮集中在高级指挥部门的直接管辖下，这样就能在突破地段形成最大火力优势。更重要的是，苏联拥有一支规模庞大、装备精良且对大规模围歼战已具有丰富经验的坦克军团。

德国的军队主力依然被用于对付红军。1944年9月1日，德国东线野战陆军拥有202万2 000人和1 605辆坦克（仅统计主力型号，不包括强击火炮等等），是同期西线德军兵力的4倍左右。夏秋季战役中，东线蒙受的损失也更为惨重，是西线的3倍左右。⑰为了弥补这些损失，希特勒在9月向东线送去了58 000人的陆军补充兵，10月又送去91 000人。但这点数量相对于巨大的损失来说只能是杯水车薪。到10月1日，东线野战陆军减少到苏德战争开始以来的最低水准：183万3 000人。⑱其中1 790 138人隶属于4个集团军群，另有15万俄国辅助人员。还可以加上约32万人的匈牙利

在一个小镇休整的德军"黑豹"坦克与"追猎者"坦克歼击车，1944年秋季东部战线

军队。[19]

1944年10月1日，东线陆军兵力分布[20]：

北方集团军群：420 844人

中央集团军群：694 812人
A集团军群：457 679人
南方集团军群：216 803人

1944年9月　东西两线德国陆军兵力对比：

	野战陆军	主力坦克	"虎"	"黑豹"	四号[21]
东线	202万2 000人	1 605	267	728	610
西线	54万3 000人	328	45	150	133

除了正规军外，1944年10月18日，希特勒又公开号召建立民兵性质的"国民突击队"（请不要将其与同时期德国陆军的"国民步兵师"混为一谈），为此将由纳粹党地方组织动员"所有能拿起武器的16~60岁男子"，为了增强战斗力，还吸纳了很多退伍

第一章　东线北段的夏与秋　39

训练使用长柄反坦克火箭弹的德国"国民突击队"队员

扛着长柄反坦克火箭弹的德国步兵

军官。在东线和西线（主要是德国本土地带）都组建了大量"国民突击队"营，每营约400人左右，配备包括长柄反坦克火箭弹在内的一些轻型武器。国民突击队队员没有统一的正式军服，很多人只是在便装上佩戴某些标志，训练也很差。理论上"国民突击队"属于地方防卫部队，但很多时候也会被分配给陆军执行前线任务。

希特勒在重建东线的同时，也要继续应对红军的攻势。德军蒙受夏季惨败后，俄国人仍在南部和北部地区继续维持进攻。尤其是在北方集团军群所处的波罗的海地区。

三、北方集团军群之秋

1. 基本态势

到1944年9月中旬，德军在东线北部（即波罗的海沿岸地区）的形势仍极为危险。这条战线（长940公里）的中央地带沿着里加湾由北向南弯曲，在此大致分成两段：北段，是被挤压在爱沙尼亚沿岸狭长地区的北方集团军群；西南段，是扼守库尔兰半岛到东普鲁士边境地带的中央集团军群第3装甲集团军。两个重兵集团之间唯一的地面联系，依然是通过8月份反击战所形成的里加湾走廊。为了强化这一战区的整体协调，第3装甲集团军战区在9月21日被划入北方集团军群序列。此前后具体态势（北向南）如下：

波罗的海沿岸战区地理态势（1944年9月中旬）
北方集团军群防线概况：㉒
纳尔瓦集群：芬兰湾—纳尔瓦地

峡—楚德湖北岸。当面对手依然是列宁格勒方面军左翼集团。该方面军的防线延伸到了楚德湖以西—沃尔茨湖以东的塔尔图突出部,从这里威胁纳尔瓦集群的南翼。

第 18 集团军（指挥官伯格步兵上将）：里加湾以东的瓦尔加防线。对手是波罗的海第 3 方面军

第 16 集团军（指挥官希尔佩特大将）：里加湾以南,包斯卡—多贝莱（里加湾走廊）。

中央集团军群第 3 装甲集团军防线（9月21日起划归北方集团军群。指挥官为劳斯大将）概况：

多贝莱—拉塞尼艾—涅曼河。

第 16 集团军和第 3 装甲集团军主要对手为波罗的海第 2、1 方面军。两个方面军对连接北方、中央集团军群的里加湾走廊构成威胁。

希特勒还是坚持死守波罗的海。除了前述邓尼茨提出的理由,即保护海上交通线和海军训练基地外,他还要考虑一个更可怕的危险——万一俄国人占领了波罗的海沿岸,就可能由东北面攻打当时还是德国本土以及军事精神象征的东普鲁士。北方集团军群司令舍尔纳应该也意识到了这一点。但他的想法与希特勒有些不同。舍尔纳觉得没必要继续死守北部的爱沙尼亚地区,因为这条战线太长。为了缩短战线增强防御密度,就应该退守到与东普鲁士距离更近的里加湾阵地。但这意味着放弃希特勒与邓尼茨阻止俄国海军突入波罗的海的战略图谋。于是舍尔纳干脆瞒着希特勒自行其是,偷偷地竭力强化第 16 集团军以里加为中心的内层防线,以随时接应第 18 集团军等部队撤出爱沙尼亚。

根据这个思路,舍尔纳在波罗的海沿岸地区构筑了三道防线。第一道是德军漫长的一线阵地。而第二道和第三道防线则都呈环形构筑在里加外围,分别命名为"采西斯"和"锡古尔达"阵地。波罗的海地区到处密布着河、湖和森林沼泽地,结合以里加外围阵地那一层层的土木工事,可谓易守难攻。

但对希特勒保护海上交通线和海军基地的指示,舍尔纳也不能全然不顾。尤其是 9 月份芬兰倒戈,苏联已有可能利用芬兰基地突入波罗的海中部。为此舍尔纳根据希特勒的指示,派出第 23 步兵师防守里加湾附近的岛屿（蒙海峡群岛）。按舍尔纳的算盘,守住这些岛屿还可以保护北方集团军群的左翼集团与里加之间的航道联系。这对他的爱沙尼亚撤退计划也是大有帮助的。

舍尔纳用以完成上述任务的兵力依然很强大。尽管此前的战役也令他损失不小。按照德国方面的统计资料,8 月份北方集团群死亡受伤失踪总计 70 566 人（含 1 960 名军官）,而得到的补充只有 41 839 人。当然公平地说,舍尔纳得到的新兵虽然不足以弥补全部缺额,但比起同期东线其他被围歼过的重兵集团残部,北方集团军群总算能维持部

队的大体编制，令舍尔纳手下的阵容保持完整。截至1944年8月底9月初，北方集团军群沿着700公里长战线（不含第3装甲集团军）展开了36个师又2个旅（1个装甲师、32个步兵师和装甲步兵师、3个警卫师、2个坦克旅）。共有61万人（确数为614 412人，包括571 579名军人和42 833名辅助人员。9月1日数据）。

北方集团军群的坦克部队原本只剩下第502重型坦克营（另有些强击火炮单位）。值得庆幸的是，8月份打通"里加湾走廊"的战役后，舍尔纳又得到了前来救援的"施特拉赫维茨"装甲集群，于是增加了第14装甲师和2个坦克旅。其装甲力量随之增加为262辆处于战备状态的坦克和299门强击火炮。除了北方集团军群的地面部队以外，配合其作战的德国空军第1航空队另有约48 000人，9月5日拥有321架可用飞机[23]，虽然实力比夏季增加了一倍多，却依然是一支很弱的航空力量。航空队编成内还有大量高炮部队，可以为陆军提供强大火力支援。

德国第1航空队实力变化（战备状态飞机）[24]

	9月5日	10月3日	10月15日
远程侦察机	16	19	
近程侦察机	43	32	20
战斗机	66	63	56
攻击机	104	80	70
夜间攻击机	86	73	24
轰炸机	6		
总计	321	267	170

上述部队超过60万人，拥有561辆战备战车和321架战备作战飞机（均不包括在修装备）。但这并非波罗的海德军的全部。另外还应该加上第3装甲集团军。这也是一个大型重兵集团，9月中旬有14个师级单位和1个旅。其装甲部队尤其强大，拥有4个装甲师、1个装甲步兵师、1个坦克旅。以及新组建不久的第510重型坦克营（配属给第40装甲军。9月中旬拥有38辆"虎"式坦克）。

连同劳斯将军的第3装甲集团军在内，波罗的海沿岸的德军总兵力超过70多万。装甲部队拥有1 200多辆战车（包括65辆"虎"式坦克），编成为：5个装甲师、2个装甲步兵师、3个坦克旅、2个重型坦克营，以及一些强击火炮部队。大部分装甲部队都集中在里加湾走廊地带。

第3装甲集团军序列 1944年9月16日[25]

第39装甲军："大日耳曼"师，第12、7、4装甲师

第40装甲军：第5装甲师，第201警卫师、第551国民步兵师党卫第12军：第18坦克旅，第548步兵师

第9军：第252、69步兵师，H军级集群

直属：第390、391警卫师、第212国民步兵师

可是俄国人集中了更为庞大的兵力。在舍尔纳和劳斯当面展开的4个苏联方面军再

加上红旗波罗的海舰队，共有近 155 万人（确数为 1 546 400 人。含 90 万人的作战部队）。装备有 17 480 门火炮和迫击炮、3 080 辆坦克和自行火炮、2 640 架作战飞机。编成为 14 个集团军、1 个坦克集团军、4 个空军集团军。所辖作战兵团包括：135 个步兵师；6 个筑垒地域；6 个坦克军；1 个机械化军；11 个坦克旅㉖。

总数虽然看起来相当庞大，但苏军的步兵员额也谈不上特别充足。预定参战的红军步兵师平均每个只有 4 000~4 500 人。大概相当于同期德军实际员额 60~70 个师的水准。而他们所要对付的德国步兵师是 43 个。红军的装备优势要显著得多。他们的战车比德军要多一倍以上。空中优势更是压倒性的。

红军具体实力如下（9 月 14 日状态）：

列宁格勒方面军（司令为苏联元帅戈沃罗夫）左翼集团：第 2 突击集团军，第 8 集团军，第 13 空军集团军。16 个步兵师，3 个筑垒地域。195 000 人。

波罗的海沿岸第 3 方面军（司令为马斯连尼科夫大将）：35 个步兵师，1 个坦克军，2 个独立坦克旅，2 个筑垒地域。345 500 人。

波罗的海沿岸第 2 方面军（司令为叶廖缅科大将）：33 个步兵师，1 个坦克军，3 个独立坦克旅，1 个筑垒地域。339 400 人。

波罗的海沿岸第 1 方面军（司令为巴格拉米扬大将）：51 个步兵师，4 个坦克军，1 个机械化军，6 个独立坦克旅。621 000 人。

红旗波罗的海舰队（司令为特里布茨海军上将。作战上隶属列宁格勒方面军司令）：45 500 人。

8 月 29 日，苏联统帅部向三个波罗的海方面军下达了基本任务：击败德军，将其切断在波罗的海沿岸并分割歼灭。在此基础上全部夺回波罗的海三国（爱沙尼亚、拉脱维亚、立陶宛）。红军将以 3 个波罗的海沿岸方面军组成主要集团，以向心突击歼灭集中在里加地区的德军第 16、18 集团军。给列宁格勒方面军的作战命令于 9 月 2 日另外下达，规定方面军所辖的陆军部队应在红旗波罗的海舰队配合下，消灭爱沙尼亚境内的德军"纳尔瓦"战役集群。

为了协调此次进攻，斯大林按惯例派出了最高统帅部大本营代表苏联元帅华西列夫斯基，由他来协调这三个波罗的海沿岸各方面军的行动。波罗的海三国在二战前本非苏联领土，乃是苏德战争前仓促吞并下来的。现在俄国人要重返此地，为了强化自身的"解放者"色彩，还专门成立了一些"地方种族"部队，包括：爱沙尼亚步兵第 8 军、拉脱维亚步兵第 130 军、立陶宛步兵第 16 师。

2. 里加之战

1944年9月14日，苏军波罗的海沿岸第3、2、1方面军开始进攻。德第18集团军报告称，自9月14日这天以来，他们遭受了苏军70个步兵师和2个坦克军的猛攻。由于损失太大，第18集团军所属的18个师中有10个战斗力已缩水到战斗群水准。㉗在北翼和中部阵地，德军阵地也在红军压迫下大幅度动摇。9月15日，舍尔纳向古德里安报告称他所面临的处境极为不利，其里加防线有被突破的危险。他因此请求执行向东普鲁士撤退的"翠菊"计划㉘。9月16日，"纳尔瓦"集群奉命后撤，一部分向西退向塔林港和皮亚尔努港。第18集团军也放弃瓦尔加防线，与"纳尔瓦"集群另一部分兵力一道南下退往里加方向，先是撤到"采西斯"阵地，随后退向"锡古尔达"环形阵地。此处阵地距里加只有25~60公里。利用德军的后撤，9月17日，苏联列宁格勒方面军转入进攻。此后其第8集团军在红旗波罗的海舰队协同下，于9月22日夺取了塔林。第二天，第2突击集团军占领了另一个港口派尔努。德军由此仓促上船撤退时遭受了相当损失。至9月26日，列宁格勒方面军已经占据爱沙尼亚大部。德国海军因此丧失了芬兰湾沿岸的海军基地。不过撤退前他们已经把这些基地破坏到了无法使用的程度，这一举措对后来的战况有重大意义。

更大的威胁发生在里加湾以南——包斯卡地区（里加湾走廊东段）。德军在这一线的布防兵力属于第16集团军第1军，拥有5个师（第389、225、58、215、205步兵师）。9月14日，他们遭到了波罗的海第1方面军第43集团军和第4突击集团军的猛攻。苏联空军第3集团军为这次进攻提供了强有力的空中掩护。在强大炮火和空袭下，德军的抵抗软弱无力。德国第16集团军参谋长向北方集团军群报告称："到处都有敌人的坦克，敌人炮火很猛，一直打到我方炮兵阵地。敌人把大量强击机投入战斗，直捣各师指挥所。"原本德军还能依靠梅梅莱河和利耶卢佩河的天然屏障，可由于上游筑起拦河坝导致下游水位下降，几乎没有给苏联坦克和步兵造成太大麻烦。德军第502重坦克营（9月14日这天有27辆"虎"式坦克）投入里加前线战斗，却也无法阻止红军前进，自身当天就有6辆"虎"式坦克被彻底摧毁。战斗开始短短一个半小时后，德军主防线被突破。第一天进攻，红军已打开一个25公里宽14公里深的缺口。9月14—18日，德国第1军伤亡超过3 000余人（战死511人，失踪432人，另有2 000多人负伤）。㉙

波罗的海第1方面军的企图很明显：通过包斯卡地段切断里加湾走廊。俄国人一旦得手，北方集团军群六十万大军将再度被孤立！为了阻止红军，德国第3装甲集团军开始实施"凯撒"行动，为此投入了装甲重兵：包括第39装甲军的第4、7装甲师，以及第5、12装甲师部分兵力和"大日耳曼"装甲步兵师。9月16日，上述德军部队将

323辆坦克和强击火炮投入战斗。[30]从侧翼猛烈打击苏军第5近卫坦克集团军和集中在后方的第51集团军。为了接应第39装甲军，北方集团军群也从"纳尔瓦"集群抽调出党卫第3装甲军的部队，并集中6个师兵力还击苏联第43集团军。

一时间，指向里加的红军遭到德军数百辆坦克强击火炮和大量步兵师的包抄和堵截。但俄国人依然顽强地向前推进。9月19日，苏联第43集团军克服德军反击，逼近里加。

德军当然不肯认输。为了保住里加以南的屏障巴尔多内，北方集团军群投入了最后的预备队第14装甲师。但德军未能成功，自身反而陷入可能被包围的危险，被迫向北撤退。苏联第43集团军于9月22日夺取了巴尔多内。一时间，里加似乎唾手可得。

对德军而言值得庆幸的是，由北部退下来的大量部队正陆续进入里加地区。原本部署在芬兰湾沿岸的党卫军"诺尔兰德"师经过4天长达400公里的强行军，终于在9月22日抵达里加以南，于千钧一发之际阻止了崩盘。与此同时，掩护苏联第43集团军左翼的第6近卫集团军，也被德第39装甲军的反击突入了6公里纵深。德军以几个装甲师构成的钳子卡住了苏军进攻部队的脖子。9月25日，波罗的海第1方面军的攻势被德军第16集团军遏制，其一部先头部队被切断退路并歼灭。

第2波罗的海方面军推进也不顺利。直到9月22日才击败了当面的德第10军，却未能及时投入预备队发展战果。结果仅仅推进了18公里。9月27日，波罗的海第2、3方面军也陆续停止进攻。同一个9月27日的早晨，德军占据了环绕里加的"锡古尔达"阵地[31]。至此，北方集团军群放弃了几乎整个北翼，战线长度缩短了近300公里。其防御密度大为增强。

3. 转向梅梅尔与岛屿争夺战

对俄国人来说，形势变得有些不妙。首先，德军已经成功地从爱沙尼亚撤退到了里加和库尔兰地区，原定由在里加截断德军退路的方案已失去意义；另一方面，德军以里加为中心构成了强大的高密度防御阵地，且得到第3装甲集团军装甲重兵军团自南部的强力支援，继续进攻这个硬核桃对红军而言除了增加伤亡外，也很难取得战果。俄国人在反复思考后，逐渐形成了反其道而行之的新思路：现在进攻里加既无法截断德军，其作战本身也极为困难，那就干脆把突破点大幅度南移，指向东普鲁士边境附近。新方案的另一个有利因素在于，此前德第3装甲集团军把主力部队用以北上救援里加，其自身的南翼阵地必然空虚，那就正好乘虚而入。俄国人经过详细论证，认定处于东普鲁士边境、同时又是第3装甲集团军南翼所在的海滨城市梅梅尔，无疑是新攻势的最佳目标选择。

有鉴于此，还在第一轮进攻尚未结束的9月24日，苏联最高统帅部大本营就做出了

将主攻方向由里加转向梅梅尔的大胆决定。苏军的作战计划是，以最快速度突入梅梅尔这个薄弱地段，再以最快速度切断德军北方集团军群与东普鲁士的联系。之所以一定要快，原因在于如果让德国人意识到俄国人改变了目标，就可能强化梅梅尔的防御，那仗又不好打了。

这一决定非同小可。因为这意味着巴格拉米扬大将麾下的波罗的海沿岸第 1 方面军的几十万大军——准确说是 50 万人，拥有 1 300 辆坦克和自行火炮，编成为三个集团军、一个坦克集团军和大量独立部队，总计 50 个步兵师，15 个坦克旅，93 个炮兵团——也必须相应地从里加方向转移到梅梅尔方向。为此，上述几十万大军必须在短短的 6 天时间内行军 120~140 公里进入新阵地，然后在最短时间内完成一次新的大规模攻势的全部准备工作。另外，巴格拉米扬南部友邻的白俄罗斯第 3 方面军（司令为切尔尼亚霍夫斯基大将）右翼的第 39 集团军（司令柳德尼科夫中将），也将参与攻击梅梅尔方向。

梅梅尔作战的总协调人，依然由华西列夫斯基担当。为了使之集中精力，斯大林不再要求他负责里加及其以北的作战。为此，苏联统帅部同一天也调整了北段红军的指挥关系。由列宁格勒方面军司令戈沃罗夫元帅统一协调三个方面军的行动：列宁格勒方面军、波罗的海沿岸第 3、第 2 方面军。其中，波罗的海沿岸第 3、第 2 方面军将继续进攻里加；而列宁格勒方面军则将在红旗波罗的海舰队配合下夺取蒙海峡群岛。夺取该群岛不仅可令红军获得更大活动空间，也可切断舍尔纳的海上交通线。

不过就在俄国人采取行动前，德军在波罗的海的交通形势已经开始恶化。1944 年 9 月 26 日，瑞典宣布停止向德国提供矿石。邓尼茨认为这是苏联潜艇再度进入波罗的海的结果。但另据记载，德国人是在 10 月 10 日于波罗的海发现了一艘俄国潜艇。这是近 2 年来首次[32]。

如上所述，红军的新进攻计划，实际上包括三个方向：南部，是华西列夫斯基负责的新主攻方向——梅梅尔；中部和北部，是戈沃罗夫负责攻击的里加和蒙海峡群岛。

蒙海峡群岛本是一个次要方向，却最早采取行动。但德国人在此地已有提前防备。9 月 9 日，德国北方集团军群将大量部队送到主岛萨列马岛（厄塞尔岛）上设防。包括：第 23 步兵师、第 202 强击火炮旅、第 1006 岸炮团司令部、第 289、810 炮兵营，第 530 海军炮营、第 239 海军高炮营。由第 54 战斗航空联队第 3 大队掩护。恰逢芬兰反水，9 月 14 日，德国第 23 步兵师还曾派部队坐船去找附近岛屿上的芬兰人麻烦，结果挨了一顿痛打（参见《东线系列之中央集团军群的覆灭》）。两周后，戈沃罗夫麾下的红军也向蒙海峡群岛下手了。

戈沃罗夫的思路是，首先夺取较近且较小的岛屿，然后再进攻主岛萨列马岛。为此将动用：第 8 集团军第 109 步兵军、爱沙尼亚第 8 步兵军、第 260 海军陆战队旅。由第

13空军集团军的2个强击航空师支援。波罗的海舰队派出92艘快艇和40艘单桅帆船运送上述部队。

9月27日,苏军几乎未经战斗就占领了沃尔姆西岛(位于萨列马岛东北方,德军于25日放弃该岛),获得了攻击其他岛屿的跳板。9月29日,1 150名苏军又在穆胡岛(紧靠在萨列马岛以东)登陆,第二天苏联鱼雷艇把第249步兵师的5 600人也送上岸。接着,红军又开始进攻萨列马岛以北的希乌马岛。德军第23轻步兵团防守于此,但他们也挡不住红军的猛攻,于10月3日弃岛而逃。

现在,德军只剩下萨列马岛。显然俄国人很快就将攻击该岛。10月1日,德军又向萨列马岛投入第218步兵师一部(师司令部、第323步兵团第1营、第386步兵团第1营)。稍后又投入了剩下的步兵营,以及第218炮兵团、第218通信营和第218工兵营。此外,还调来了第531、532海军炮营。㉝

10月5日,红军开始攻击萨列马岛。爱沙尼亚第8步兵军由穆胡岛出击,夺取了连接着萨列马岛的奥里萨雷海堤。另一支苏军突入萨列马岛北部。德军随即放弃萨列马岛主岛,南下到瑟尔韦半岛。10月10日拂晓,苏军也逼近到瑟尔韦半岛,可随即遭到德军的顽强抵抗而停滞不前。德军不仅向岛上增派了第12空军野战师一部,还出动了蒂勒海军中将的海军第2战斗群的重型军舰,包括"吕佐夫"号袖珍战列舰、"欧根

亲王"和"舍尔海军上将"号重巡洋舰,"Z-28"、"Z-35"号驱逐舰,以及9艘鱼雷艇。这些战舰安装的最大280毫米口径的各种重炮在一天内就发射了1 100发炮弹,给予红军严重杀伤。比较之下,苏联海军虽然在波罗的海也拥有大型战列舰和重巡洋舰,却借口水雷威胁以及附近的海军基地无法使用,几乎没有给陆军提供任何火力支援。事实上,即使在1944—1945年,苏联海军在波罗的海除了出动潜艇和飞机,其重型舰艇依然避而不战。而德国海军的积极行动,则保证了德国在这一海域的运输并给予陆军有力的炮火支援。可以说,波罗的海的制海权相当程度依然为德国所掌握。

1944年6月红旗波罗的海舰队(含拉多加湖区舰队)实力:㉞

战列舰:1艘

巡洋舰:2艘

驱逐领舰:2艘

舰队驱逐舰:11艘

鱼雷艇:53艘

潜艇:21艘

其他:478艘

作战飞机:583架

正是在德国海军战舰重炮的强力支持下,德军在瑟尔韦半岛一直坚持到了11月下旬,并且由海路分批撤离到库尔兰半岛的文茨皮尔斯。11月24日,最后一批守军4 696人、7门火炮、3门高炮搭载在登陆船、渡轮

和突击艇上离开瑟尔韦半岛。至此，一共撤走了18 915人㉟。其中第23步兵师剩下的兵力只有4 327人（含842名步兵）㊱。

苏联前后投入78 000人，宣称在岛上打死德军7 000名，另外俘虏了700名。击毙战果是否可靠且不论，单看俘虏人数这么少，证明红军歼灭德国守军的目的没达到（事实上守军跑了）。不过俄国人总算占领了蒙海峡群岛，其对芬兰湾和里加湾的控制力有所增强，可以对库尔兰半岛德军的海上交通线构成威胁。但还是托苏联海军的消极避战所赐，这一威胁始终不甚致命。10月份，587艘德国轮船向北方集团军群提供了88万1 000吨物资，仅损失6条。11月，764条船运送了157万7 000吨物资，损失2条。12月份，575条船输送111万2 000吨物资，只损失了1条。㊲就像在黑海一样，如果苏联海军在波罗的海采取真正的海上行动，战争都可能提前几个月结束。不过红军既没有这个能力也没有这个勇气。与德国舰队交战于他们而言几乎是不可想象的。

4. 梅梅尔之战

当戈沃罗夫的登陆兵在岛上战斗时，在预定实施主攻的梅梅尔方向，战役准备也接近尾声。在极短时间内，波罗的海沿岸第1方面军几乎全部军队都悄悄调到了希奥利艾（梅梅尔东北面的交通枢纽）。德国人对此也有所察觉。9月27日，德国第16集团军报告称，发现大量苏军卡车离开其正面开往西南方向。㊳这意味着第3装甲集团军可能成为俄国人的下一个目标。

此时，第3装甲集团军的防线大体以多贝莱以南的奥采为中心。奥采及其以北，我们不妨将其称为"里加方向"；奥采以南（至涅曼河），则可称为"梅梅尔方向"。而梅梅尔，正是苏军预定的新主攻方向。

在"梅梅尔方向"，德军在长达175公里长的战线上布防如下：

左翼：第28军（第7装甲师、第201警卫师、第551国民步兵师）

中段：第40装甲军

右翼：第9军（第548国民步兵师，第96、69步兵师）

而第3装甲集团军的大部分装甲部队，却集中在"里加方向"——奥采及其以北地

梅梅尔城郊的德军阵地

区。包括第 39 装甲军军部、"大日耳曼"师、第 4、5、12 装甲师。该军与"克勒费尔骑兵上将军级集群"(第 93、81 步兵师)、党卫第 3 装甲军(党卫"诺尔兰德"、"尼德兰"师)一道,在里加以南构成一个强大重兵集团。

北方集团军群在梅梅尔方向设防如此薄弱,德军高层又是如何看待呢?就在第 16 集团军发现苏军卡车的第二天(9 月 28 日),希特勒和舍尔纳聚到一起,策划一次南北对进的反击:南面,第 3 装甲集团军将集中 5 个装甲师和 5 个步兵师,自希奥利艾附近指向米塔瓦(叶尔加瓦);北面,第 16 集团军将集中 1 个装甲师和 5 个步兵师沿米塔瓦至希奥利艾铁路线向南。反攻原计划自 10 月 29 日开始。后来舍尔纳提出为了集中兵力,应该收缩里加防线,又把反攻日期改在 11 月 3 日。

与此同时,舍尔纳对梅梅尔方向危险的迫近依然相当迟钝。因为他的参谋长坚信,俄国人就算要对第 3 装甲集团军动手,也无法在短期内完成变更部署和作战准备。9 月 30 日,第 3 装甲集团军报告说苏联第 4 突击集团军突然停止了无线电通信。北方集团军群司令部仍不为所动。他们大概觉得已经采取了足够的预防措施,包括在此前的 9 月 29 日将一支机动部队调到第 40 装甲军地带,其中有党卫军"古露斯"坦克旅、第 25 坦克团、第 303 强击火炮旅和一个装甲步兵营[39]。但这点增强并不足以改变全局。尤其是第 3 装甲集团军的步兵人数依然太少。举例说,

在苏联第 43 集团军当面的希奥利艾以西,长达 40 公里战线上只有德第 551 国民步兵师设防。

10 月 5 日,波罗的海沿岸第 1 方面军向梅梅尔(克莱佩达)方向发起猛攻。这比德国人的预期要早 10~13 天!只用了一到一个半小时,苏联第 6 近卫集团军和第 43 集团军就冲破了德军两道防线。当北方集团军群参谋长接到报告时,依然认为这"不可靠"。当天,红军已经突入德第 28 军纵深到 17 公里。南侧的近卫第 2 集团军则突入德第 40 装甲军防线约 7 公里。当天,德军阵地被打开了一个宽 76 公里的缺口。

第二天,苏军第二梯队的第 19 坦克军和第 5 近卫坦克集团军也顺着第一天的突破口进入战场。同一天,主攻方向两侧的辅助攻势也开始了。北面,马雷舍夫中将的突击第 4 集团军向利巴瓦(利耶帕亚)推进;南面,近卫第 2 集团军指向凯尔梅,白俄罗斯第 3 方面军第 39 集团军则由罗谢内(拉塞尼艾)进攻陶拉格方向。

红军的成功令希特勒和舍尔纳大为震惊,决定倾尽全力支援第 3 装甲集团军。"大日耳曼"装甲步兵师奉命驰援第 28 军;第 5 装甲师支援第 40 装甲军;第 21 步兵师派往第 9 军。里加方面的大量部队也奉命南下,包括第 14 装甲师(第 14 装甲师 10 月份拥有 109 辆战车。含 49 辆长管四号,44 辆强击火炮,7 辆喷火坦克,9 辆指挥坦克[40]),第 502 重坦克营,第 752、753 反坦克营,第 3 迫击炮团,第 768 重炮营,第 818 炮兵

团第1营㊶。10月6日，德军装甲援兵以先头向红军实施反击，却无法阻止俄国人继续前进。

梅梅尔方向的失利令北方集团军群通向东普鲁士的陆地通道随时有可能被切断，这迫使舍尔纳不等希特勒许可，就在10月6日晨决定从里加撤向库尔兰半岛。其当面的红军波罗的海沿岸第3、第2方面军也随之转入追击。战斗中，苏联空军出动强度极大。还在第一阶段进攻期间，苏联空军第14、15、3集团军就出击了3.4万架次，整个战役过程期间则起飞了5.5万架次。

古德里安于10月9日请求希特勒批准舍尔纳进一步撤退到东普鲁士，遭到拒绝。希特勒的理由是北方集团军群应该留下对苏军侧翼实施打击。事实上，舍尔纳就算要去东普鲁士也来不及了。第二天的10月10日，苏联第5近卫坦克集团军自梅梅尔北面，第43集团军自梅梅尔南面，分别推进到了波罗的海海岸，一举切断了北方集团军群主力与东普鲁士及其所辖第3装甲集团军的联系。第3装甲集团军本身则被红军向南挤压到了东普鲁士境内，于10月11日重归中央集团军群序列㊷。同时又把原属于其序列的第39装甲军留给北方集团军群。

梅梅尔城此时与退守此地的德国第28军一道，也被红军包围了起来。希特勒随即宣布梅梅尔为必须坚守的"要塞"城市。在所谓"要塞"内，由戈尔尼克步兵上将指挥的第28军所辖部队包括㊸：

"大日耳曼"装甲步兵师、第7装甲师、第58步兵师。第551步兵师残部、第6高炮团、第217、227海军高炮营、4个警卫营、2个国民突击连、第21海军补充营、第502重型坦克营（不少于16辆"虎"式坦克）。

作为重要海运基地，梅梅尔也得到了德国海军重型舰艇的强力火力支援。10月12日20时，蒂勒海军中将率领德国海军第2战斗群出现在梅梅尔海面，包括"吕佐夫"号袖珍战列舰、"欧根亲王"号重巡洋舰、Z16、Z25、Z36号驱逐舰，加上一队

从梅梅尔搭船撤退的德军

东线:1945 年的春天

在"黑豹"坦克掩护下搜索前进的一个德军步兵小组

鱼雷艇。第二天（10月13日），仅"吕佐夫"号和"欧根亲王"号就向苏军打了1 318发炮弹。参加梅梅尔战斗的一名"大日耳曼"师法裔德军士兵回忆说，在能见度很差的风雪之日，战场上的德国坦克依然为军舰提供了苏军的方位坐标，因此可以给予相当准确的炮击㊹。至于俄国海军还是老一套，既不为苏军提供类似的炮火支援，也没阻止德国海军开炮。只是在10月6日，苏联海军在梅梅尔附近击沉了德国运输船"北极星"号㊺。

梅梅尔的第28军现在依然归劳斯大将的第3装甲集团军指挥㊻。劳斯同时接受了拯救梅梅尔的任务，为此将使用新增援的"赫尔曼·戈林"装甲军（"赫尔曼·戈林"装甲师，第101坦克旅）。北方集团军群也受命向梅梅尔方向发动代号为"秃鹰"的反击，以掩护其向库尔兰半岛的撤退，打通与东普鲁士的劳斯第3装甲集团军的联系。行动预定在16—17日开始，为此北方集团军群将动用第39装甲军（第4、12、14装甲师。第11、126步兵师）㊼，以及另外3个步兵师（第30、61、225步兵师）。可是俄国人却把这个计划给搅黄了。波罗的海第1方面军在梅梅尔以北的攻击，加上白俄罗斯第3方面军突然在10月16日（正好是德军原定发动梅梅尔反击的日子）攻打东普鲁士，彻底打乱了德军的部署。10月17日德军勉强实施了反击。当天，德第4装甲师可以投入战斗的坦克只有21辆"黑豹"、5辆四号和

2辆坦克歼击车⑱。由于战况不利，北方集团军群用以反攻的部队被迫转入防御。而第3装甲集团军为了拯救东普鲁士，也被迫把"戈林"装甲军和第5装甲师调去对付白俄罗斯第3方面军。这样波罗的海沿岸第1方面军的南翼所面临压力就大大减轻了。

1944年10月13日 北方集团军群序列：⑲

预备队：党卫第3装甲军

党卫"诺尔兰德"师，党卫第20步兵师，党卫"尼德尔兰"装甲步兵师

"北方"野战训练师

第18集团军

第1军：第11、126步兵师

第10军：第30步兵师，第14装甲师

第39装甲军：第61、225步兵师，第4、12装甲师

第16集团军

直属：第24、31、87、132、263步兵师，第300特种师

第2军：第227、563步兵师

第43军：第23、83、218步兵师，第12空军野战师。第207、390警卫师

第50军：第290步兵师，第281警卫师

克勒菲尔战斗群：党卫第19步兵师

格拉瑟尔军群

第38军：第32、81、121、122、329步兵师，第201警卫师，第21空军野战师

四、库尔兰之战的开端与贡宾嫩之战

1. 从里加到库尔兰半岛

拯救梅梅尔的计划告吹了，被困于这个海滨孤城的德国第28军只能在凄风苦雨和纷飞大雪下死死抵抗，与之相伴的还有3万多德国难民。他们在炮火下血肉横飞，有些在海港附近的雪原遭到苏联坦克的截杀。与此同时，舍尔纳由里加向库尔兰半岛的撤退，却在后卫部队，以及德国空军第6高射炮师的强力掩护下顺利进行。战至10月12日，扼守西德维纳河左岸以及河口，以掩护主力撤退的德军第87步兵师已完成后卫任务。从晚上到10月13日凌晨，该师也开始在德国工兵和海军渡轮帮助下渡河撤离，包括5 000人；132辆汽车；160辆卡车；3辆强击火炮；20门步兵炮；462门火炮。最后2个后卫连在5时5分搭载突击艇撤离。

1944年10月13日，苏军进入里加。但舍尔纳的大军早已离开。9月23日到10月16日，德军从里加地区撤向库尔兰的兵力包括：20个师；1个旅；68个工兵和警察营；13个坦克营和强击火炮旅；120个高射炮连；

200吨装备；111 007辆各种型号机动车㊾。

由于德军放弃了里加环形阵地，苏军所处的战线大大缩短，也就不再需要那么多指挥机构了。10月16日，斯大林对波罗的海沿岸部队进行了改编。撤销了波罗的海沿岸第3方面军，将其所辖部队分别编入：

> 波罗的海沿岸第1方面军第61集团军（司令为别洛夫上将）
>
> 波罗的海沿岸第2方面军（突击第1集团军、空军第14集团军，司令分别为扎赫瓦塔耶夫中将、茹拉夫廖夫空军中将）
>
> 列宁格勒方面军（罗曼诺夫斯基中将的第67集团军）

> 大本营预备队（罗金斯基中将的第54集团军）。

10月21日，德国北方集团军群完全退入库尔兰半岛，同时建立了环形防御阵地。第二天，红军波罗的海沿岸第2方面军右翼进抵这一阵地前方。随后又开到了波罗的海沿岸第1方面军。10月27日，红军向库尔兰德军发动了第一次猛攻。这被德国战史称为第一次"库尔兰会战"。波罗的海沿岸第2方面军攻击德军左翼第16集团军；波罗的海沿岸第1方面军则攻击德军右翼第18集团军，这一线德军第30、31步兵师，"诺尔兰德"师以及第14装甲师均陷入恶战，两天就损失了1 440人。㊿德第10军在10

在一挺重机枪掩护下渡河的苏联步兵

月27日—11月2日的伤亡总数则达到4 012人。㊷艰苦的战斗一直持续到11月7日才停止。经过这一战役，红军挤压了德军的阵地，却无力完全突破。

此后的1944年底，红军又发动过两次进攻。其中，所谓第二次"库尔兰会战"发生在1944年11月19—25日，红军抹除了德军战线中段的一个突出部。第三次"库尔兰会战"于1944年12月21—31日实施，只在德第16集团军防区上略有进展。此时，被困在库尔兰半岛的德军北方集团军群依然庞大。根据1944年12月1日的统计，连同海空部队在内，其总人数超过50万（确数505 546人）。具体构成如下㊸：

	陆军	党卫军和警察	空军	海军	总计
第16集团军：	126 011	19 731	7 680	4	153 426
第18集团军：	302 179	18 716	25 039	6 186	352 120
总计：	428 190	38 447	32 719	6 190	505 546

2. 贡宾嫩之战

现在让我们回过头来了解一下搅黄了梅梅尔反击的红军东普鲁士攻势。这次战役由切尔尼亚霍夫斯基的白俄罗斯第3方面军发起。10月中旬，除了北段环形地带，白俄罗斯第3方面军沿着一条相当平直的战线自北向南展开以下部队：

第39集团军、第5集团军、近卫第11集团军、第31集团军，二线还有第28集团军和第2近卫坦克军。切尔尼亚霍夫斯基的主攻由中部集团（第5集团军、近卫第11集团军）展开，然后以二线部队予以增强。他麾下总兵力有40.5万人，配备坦克自行火炮1 142辆，飞机877架。编成为35个步兵师和2个坦克军。

10月初，德国中央集团军群陆军总兵力为69万人，其所辖防守东普鲁士的第4集团军（司令为霍斯巴赫将军）在10月13日拥有5个军，编成为15个步兵师或警卫师、2个骑兵旅、1个党卫军警察团，还有第103坦克旅作为预备队。

2个在前线巡逻的德国骑兵

第 4 集团军除南翼第 55 军与白俄罗斯第 2 方面军对峙外，基本兵力都摆放在切尔尼亚霍夫斯基当面。另外在 10 月中旬，第 3 装甲集团军主力（不含困在梅梅尔的第 28 军）也被挤到普鲁士，负责掩护第 4 集团军的北侧，其部分兵力（主要是第 9 军）也与切尔尼亚霍夫斯基对峙。德国空军第 18 高炮师（55 个重型高炮连、39 个中轻型高炮营）为东普鲁士的德国陆军提供掩护。

德军用以对付白俄罗斯第 3 方面军的总兵力缺乏详细数据，但从编成推测有 20 万~30 万人。霍斯巴赫的第 4 集团军的装甲兵力比较薄弱，当时只有 41 辆战备坦克，另有 277 辆强击火炮和坦克歼击车[54]。不过北邻的第 3 装甲集团军却拥有 2 个装甲师和 1 个坦克旅，另有 1 个装甲师正在组建。这些部队原预定救援梅梅尔。可是早在 10 月初，德国侦察机就发现了大量苏军向东普鲁士调动。此后拥有 40 辆"虎王"超重型坦克的第 505 营在 10 月 12—14 日调到第 4 集团军中部阵地后方。此处正是红军的主攻方向。

东普鲁方向德军兵力 1944 年 10 月 13 日：

德国第 3 装甲集团军（不含第 28 军）

"赫尔曼·戈林"装甲军："赫尔曼·戈林"第 1 装甲师，第 101 坦克旅

第 40 装甲军：第 5 装甲师、第 548 国民步兵师

第 9 军（第 21、69、95 步兵师）

预备队：第 390 警卫师，"赫尔曼·戈林"第 2 装甲师，第 551 国民步兵师

德国第 4 集团军（不含第 55 军）

第 27 军（第 547、561、549 国民步兵师，第 131 步兵师）

第 41 装甲军（第 558 国民步兵师、第 170 步兵师，第 3 骑兵旅）

第 26 军（第 56、1 步兵师，第 349 国民步兵师）

第 6 军（第 286、203 警卫师，第 50 步兵师）

1944 年 10 月 16 日战斗开始，红军 5 个集团军沿着 100 公里宽正面展开攻击，很快在主攻方向撕裂了德第 27 军防线，为了救援其所辖的第 561 国民步兵师，德第 505 重坦克营被投入战斗，当天就在激战中彻底损失了 2 辆"虎王"。虽然德军阵地特别坚固抵抗也空前顽强，俄国人还是一气推进 60 公里突入德国境内。10 月 21 日，红军攻到了交通枢纽贡宾嫩。在此防御的德军第 802 高炮营以及第 16 伞兵团战斗群以高炮重创了突进的苏军。

一旦红军攻克贡宾嫩，就可能长驱直入，夺取东普鲁士首府柯尼斯堡。更不用说希特勒本人当时也在东普鲁士的"狼穴"大本营。古德里安现在认定东普鲁士面临的危险更大，于是命令第 3 装甲集团军把"赫尔曼·戈林"装甲师和第 5 装甲师都调给第 4 集团军。另外还调来了精锐的"元首"步兵

旅。霍斯巴赫因此得到了一支强力装甲军团。10月22日，德军第4集团军在第3装甲集团军以及空军第18高炮师配合下，在贡宾嫩附近以一个向心反击打败了突进的红军第11近卫集团军和第2近卫坦克军。11月，北方集团军群将第39装甲军军部调给第4集团军。该集团军在11月初共有16个师，包括3个装甲师（"赫尔曼·戈林"装甲军的"赫尔曼·戈林"第1、2装甲师，第5装甲师），还有所谓的"元首"步兵旅[55]。11月3日，德克尔中将指挥下的第39装甲军（第5装甲师和第50步兵师）又击败苏联第31集团军，夺回了东普鲁士城市戈乌达普。[56]

德军反击时有一个意想不到的插曲。在贡宾嫩以南的讷默斯多尔夫附近，德军击退苏联第25近卫坦克旅后，发现了数十具被杀平民尸体（具体数字说法不一，50~70具），包括一些被强奸过的妇女尸体。德国宣传部门大张旗鼓地报道此事，试图以此激发前线部队对俄国人更大的仇恨。这些宣传引发了东普鲁士以及德国东部居民的恐慌情绪，但对提高德军士气的作用倒不是特别显著。

苏军在贡宾嫩战役中死亡或失踪被俘16 819人，负伤和患病62 708人。德军损失不详，不过他们的确取得了一次宝贵胜利，尤其是在贡宾嫩和戈乌达普两度重创冒进苏军。但德国人却无法撼动已经在东普鲁士东部宽大地面上站稳脚跟的白俄罗斯第2方面军。

10月底，德军开始把第7装甲师和"大日耳曼"师从梅梅尔海运到东普鲁士，运走的武器装备包括68辆中重型坦克、23辆强击火炮、35辆装甲汽车、104辆卡车[57]。11月26日，"大日耳曼"师离开梅梅尔[58]。撤走装甲部队的同时，又从北方集团军群调来第95步兵师，与第58步兵师、第502重坦克营等一道继续苦守梅梅尔孤城。艰苦战斗又持续了很长时间。德军最终于1945年1月28日放弃梅梅尔。

3. 总结

虽然德军还没有从波罗的海沿岸被完全驱逐，但自9月开始的波罗的海战役在11月底已经结束。1944年秋季，苏德两军都拿出了最庞大的兵力和物力投入这场耗时2个多月的大会战，连同东普鲁士方向在内，参战兵力超过300万人和约6 000辆坦克与自行火炮、强击火炮。除了德军在东普鲁士赢得一次战术反击外，整个战役的胜利者无疑是俄国人。波罗的海沿岸战役为斯大林带来了一系列最重要的政治成果：首先，他从德军手中夺取了苏联波罗的海沿岸地区（库尔兰半岛例外）。希特勒因此又丧失了大量的粮食、原料、人力来源。更重要的是，被封锁在库尔兰半岛的50多万德军，再也无法依托波罗的海地区威胁进攻东普鲁士的苏军侧翼。尤其当红军已经在东普鲁士东部站稳脚跟之际，这意味着向俄国人打开了占领东普鲁士全境的大门。虽然希特勒相信库尔兰半岛的德军依然可以牵制大量苏军。但另一方面，红军在波罗的海沿岸的战线长度已经缩小到250公里，这样就可以腾出大量兵力用于1945年初的冬季战役。

俄国人的这次胜利决不能单纯用所谓"优势"来解释。事实上，北方集团军群在东线各重兵集团中虽然较长时间以来都是较小的一个，但战斗阵容一直相当完整。尤其在1944年夏季，南线和中央战线德军都遭到毁灭性打击之际，北方集团军群依然保持着连贯战线，拥有大量训练有素富于实战经验的基干老兵和军官。德军司令舍尔纳更是一个不但老谋深算而且雷厉风行的干将，战斗中每次撤退都步步为营，构筑有坚固的大纵深阵地，几乎不给对手任何空隙。这也无怪1944—1945年德军全面败退之际，舍尔纳依然能以出色表现成为赢得希特勒欢心的少数野战指挥官之一。波罗的海地区本身也富于亲德传统，于德军而言可以算是在苏联境内民众基础最好的战区。秋季战役期间，希特勒更是毫不吝啬向北方集团军群提供了大量精锐装甲部队和武器装备，令人想起当年曼施坦因鼎盛时代的待遇。

红军的胜利，很大程度取决于他们的大胆战略机动。由里加向梅梅尔方向的数十万大军的快速大转移，可算是苏军在战争期间最出色也最无争议的神来之笔之一，因此造成的巨大陷阱，连舍尔纳和劳斯这样的老狐狸都没法逃避。

但俄国人的胜利也不是没有遗憾，特别是由于苏联海军的过分无能和消极，使夺取波罗的海沿岸的海上战略意义大打折扣。以至于直到战争结束阶段，德国人依然可以通过这一海域运输大量的物资和人员，不但保障库尔兰半岛几十万大军能够持续作战到底，甚至还可以运出大量兵力用于其他战场。可以想象，如果苏联海军真正掌控了波罗的海的制海权，俄国人即使不对半岛发起任何进攻，只是单纯地陆上封锁，就足够让这几十万德军全部饿死困死，更不会允许其调出一兵一卒。

战役期间，德国北方集团军群损失惨重。其9月份伤亡不详，但在10月1日—11月7日间损失了44 000人（11月1日以来损失为19 000人）。而同期到达的补充人

斯大林

死伤失踪为33 181人,还损失了1 226支手枪、733支冲锋枪、5 760支步枪、1 181挺机枪、96门轻型迫击炮、27门重型迫击炮、92门反坦克炮、18门步兵炮、19门高射炮、34门轻型榴弹炮、14门重型榴弹炮[59]。

红军在长达2个多月的波罗的海战役期间也蒙受了巨大牺牲。作战伤亡以及非战斗减员总数超过28万人。红军还损失了522辆坦克与自行火炮,2 593门火炮与迫击炮,779架作战飞机[60]。

1944—1945年冬季,撤退中的一股德军

员只有28 000人。11月份,北方集团军群

红军在波罗的海战役中的损失（1944年9月14—11月24日）

	纯减员 （死亡失踪被俘）	卫生减员 （伤病）	总计
列宁格勒方面军:	6 219	22 557	28 776
波罗的海第3方面军:	11 867	43 621	55 488
波罗的海第2方面军:	15 735	58 000	73 735
波罗的海第1方面军:	24 188	79 758	103 946
白俄罗斯第3方面军:	3 201	13 154	16 355
波罗的海舰队:	258	1 532	1 790
总计:	61 468	218 622	280 090

注释:

① 《二战史》,卷九,第107页。
② 《虎在行动》,卷一,第82、113页。
③ 《德意志帝国与第二次世界大战》,卷八,第624页。
④ 《北方集团军群》,第231页。
⑤ 《德意志帝国与第二次世界大战》,卷八,第625页。
⑥ 《苏联在二十世纪的损失与作战伤亡》,第110、145页。
⑦ 苏联《二战史》,卷九,第108页;德军方位依据德国官方战史《德意志帝国与第二次世界大战》,卷八,插入地图。
⑧ 《苏德战争》,第490页。
⑨ 《北方集团军群》,第229—231页。关于波洛茨克之战,还可参阅东线系列之《中央集团军群的覆灭》,第88页。
⑩ 《邓尼茨回忆录:十年与二十天》,第388页。
⑪ 《二战史》,卷九,第108—109页。
⑫ 《北方集团军群》,第237—238页。
⑬ 《北方集团军群》,第236页。
⑭ 《北方集团军群》,第240页。
⑮ 《希特勒与战争》,第869页。

⑯《当巨人冲突》，第 304 页。
⑰ 参阅《东线大崩溃》。
⑱《德意志帝国与第二次世界大战》，卷八，第 1 168—1 169 页。
⑲《当巨人冲突》，第 304 页。
⑳《从斯大林格勒到柏林》，第 412 页。
㉑《装甲部队 2》，第 202，230 页。
㉒《德意志帝国与第二次世界大战》，卷八，第 652 页之波罗的海沿岸德军态势地图（8 月；9 月 18—27 日）；《苏联军事百科全书·军事历史》之波罗的海沿岸进攻战役地图。
㉓《德意志帝国与第二次世界大战》，卷八，第 638 页；《北方集团军群》，第 258、272—273 页。
㉔《德意志帝国与第二次世界大战》，卷八，第 625 页。
㉕《德国武装部队与武装党卫军的兵团与部队》，卷二，第 156 页。
㉖《第二次世界大战史》，卷九，第 238 页；《苏联在二十世纪的损失和战斗伤亡》，第 149 页。
㉗《北方集团军群》，第 267 页。
㉘《第二次世界大战·战史概要》（下），第 281 页。
㉙《北方集团军群》，第 266 页。
㉚《德意志帝国与第二次世界大战》，卷八，第 640 页。
㉛《从斯大林格勒到柏林：德国在东线的失败》，第 406 页。
㉜《俄国与苏联海上力量史》，第 435 页。
㉝《北方集团军群》，第 296 页。
㉞《第二次世界大战史》，卷九，第 384 页。
㉟《第二次世界大战大事记》，第 304 页。
㊱《北方集团军群》，第 302 页。
㊲《北方集团军群》，第 294—295 页。
㊳《从斯大林格勒到柏林：德国在东线的失败》，第 406 页。
㊴《北方集团军群》，第 270 页。
㊵《德军战斗序列：装甲与炮兵》，第 96 页。
㊶《北方集团军群》，第 274 页。
㊷《北方集团军群》，第 275 页。
㊸《中央集团军群》，第 224 页。
㊹《被遗忘的士兵》，第 321—322 页。
㊺《俄国与苏联海上力量史》，第 436 页。
㊻《德意志帝国与第二次世界大战》，卷八，第 653 页。
㊼《北方集团军群》，第 328—329 页。
㊽《第 4 装甲师在东线》，第二册。
㊾《北方集团军群》，第 368 页。
㊿《北方集团军群》，第 279 页。
(51)《北方集团军群》，第 334 页。
(52)《北方集团军群》，第 335—336 页。
(53)《北方集团军群》，第 340、346 页。
(54)《德意志帝国与第二次世界大战》，卷八，第 614 页。
(55)《德国武装部队与党卫军的兵团与部队》，卷二，第 222 页。
(56)《第二次世界大战大事记》，第 307 页。
(57)《中央集团军群》，第 224 页。
(58)《大日耳曼装甲步兵师》，第 148 页。
(59)《北方集团军群》，第 338 页。
(60)《苏联在二十世纪的损失与战斗伤亡》，第 263 页。

第二章 巴尔干之秋

一、1944年初秋的巴尔干形势

当红军在东线北部实施所谓"第八次打击"的同时，"第九次打击"也开始了。这次战场选在苏德战场南部。此时，这一战区已经进入巴尔干半岛。在这个被称为"欧洲"火药桶的形势复杂地区，战争以外的政治形势更为微妙。英国人显然不希望俄国人进入这个地区，丘吉尔甚至主张抢在斯大林之前由英国军队占领巴尔干，以阻止其落入红军之手。为此他还专门于1944年8月跑到地中海晃了一圈，以强化英国在这一区域的存在感①。但美国人对丘吉尔的战略反应冷淡。而德国某些人早在1943年秋季，就对继续扼守巴尔干产生了动摇。1943年9月24日，驻守巴尔干的F集团军群司令魏克斯晋见希特勒，宣称无法以10个师的薄弱兵力扼守这个宽度达5000公里的庞大战区，请求撤离。希特勒理所当然地拒绝了。

1944年7月31日，刚刚从刺杀事件中幸存，正为东西两线战局焦头烂额的希特勒，居然抽出时间阐述了他所谓"最令人担心"、"生死攸关"的巴尔干问题。这一地区不仅拥有大量德国迫切需要的资源，也是稳定东线的关键因素。为此德国必须保住或拉拢住下列国家：匈牙利、保加利亚、罗马尼亚、土耳其。同时他也坚信，英国人和俄国人在巴尔干地区不会有什么合作②。希特勒当然很清楚地记得，自沙皇时代以来，巴尔干就是俄英争夺的焦点。

现在，俄国人再度迫近巴尔干，如果能引发他们与西方之间的矛盾，那对德国是再有利不过了。

一个月之后，希特勒已经永远丢掉了上述国家中的一个——德军石油的主要来源罗马尼亚（参见东线系列之《大崩溃》）。大获全胜的红军此时面临三个任务：一个是向西挺进匈牙利，这个任务主要交给马利诺夫斯基的乌克兰第2方面军；一个是在罗马尼亚扫荡残敌，由托尔布欣的乌克兰第3方面军负责；还有一个就是南下保加利亚，同时打开通向南斯拉夫的大门，这个任务同样由托尔布欣负责。

此时，德国在苏德战场南段以及巴尔干战区可用的兵力分成两大集团：一个是属于"东线"战区的北乌克兰和南乌克兰两个集团军群；另一部分由独立于"东线"之外的"东南"战区管辖。

"东线"范围内的南乌克兰集团军群，刚刚在罗马尼亚遭到毁灭性打击，其残兵败将正由弗里斯纳将军带领逃向匈牙利边境地区。8月底，希特勒赋予弗里斯纳的任务，是阻止红军突向特兰西瓦尼亚和匈牙利平原。弗里斯纳的南翼延伸到南斯拉夫多瑙河以北，但最初与所谓"东南战区"的F集团军群并未建立起有效联系。实际上，两军的上级指挥关系也完全不同。弗里斯纳听命于陆军总部，而"东南战区"的魏克斯则服从国防军统帅部的指导。因此两个集团之间几乎没有什么密切协同。

弗里斯纳的北邻是同属"东线"的北乌克兰集团军群，负责扼守捷克斯洛伐克和波兰。到1944年8月底—9月，东线南部以及巴尔干地区形成态势如下③：

杜克拉山口以东—苏斯（洛伐克）边境以东—苏匈边境以东：
苏联乌克兰第4方面军；
德军北乌克兰集团军群（9月23日起改称A集团军群）④右翼：海因里希集群（德国第1装甲集团军和匈牙利第1集团军）

克拉斯诺伊利斯克—罗匈边境（特兰西瓦尼亚地区）—南罗边境：
苏联乌克兰第2方面军；
德军南乌克兰集团军群（9月23日改称为南方集团军群⑤），"东南战区"德军F集团军群左翼一部
保加利亚—南斯拉夫方向：
苏联乌克兰第3方面军；
保加利亚军队，德军F集团军群

二、东喀尔巴阡战役

1. 斯洛伐克民族起义

无论俄国人还是德国人，事先大概都没料到，东线南部的新战役居然会从北乌克兰集团军群负责的东喀尔巴阡地区开始。斯大林后来把这次战役与随后展开的南斯拉夫战役、匈牙利战役一道，并称为1944年十次打击的第九次。可这次战役的缘起，却多少有些出乎斯大林的预料。

处于北乌克兰集团军群防线后方的斯洛伐克，本是希特勒瓜分捷克斯洛伐克时分出来的所谓独立国，而且是欧洲轴心国体系里一个较受"优待"的小伙伴，派出过一些部队参加对苏战争。斯洛伐克人属西斯拉夫人的一支，但在历史上长期受奥匈帝国的日耳曼人统治，这或许是希特勒认为他们比较"可靠"的原因。奥地利出身的希特勒对前奥匈帝国疆域似乎总要偏爱一点，甚至对前

帝国疆域内信奉天主教的一些斯拉夫人，如克罗地亚人、斯洛伐克人也如此。他也曾很充分地利用过捷克人与斯洛伐克人的矛盾。

可在斯大林格勒战役后，斯洛伐克人也开始密谋反对希特勒。而更令人吃惊的是，他们的斯拉夫情结在俄国军事胜利（以及红军向斯洛伐克的步步逼近）刺激下泛滥起来。到1944年夏季，斯洛伐克不仅有苏联或捷克斯洛伐克流亡政府支持下的游击队活动，甚至连正规军也充斥了反叛情绪。高层也不例外。8月4日，斯洛伐克国防部长费迪南德·恰特洛什秘密派飞机去莫斯科，陆军总参谋长戈利安也把造反计划送给斯大林，鼓动苏军通过斯洛伐克军队控制的喀尔巴阡山口进入斯洛伐克，还保证说不会遭到任何抵抗。可是此时俄国军队距离这些山口还有50~60公里⑥，其当面有德军设防。

斯洛伐克的反叛危机也惊动了德国人及其代理者。亲德的斯洛伐克蒂索政府于8月12日宣布军事管制法。8月27日，斯洛伐克士兵在马丁杀死了22名德国军官。冲突陡然激化。同一天，早有准备的德军开始进入斯洛伐克。8月29日，在斯洛伐克中部的班斯卡—比斯特里察爆发大规模的军队起义。

可是此时真正的关键却是防守斯洛伐克东部边境的斯第1军（也称"东斯洛伐克军"）。8月31日清晨5时30分及6时，分别有3架斯洛伐克飞机降落在乌克兰第1、4方面军阵地内。其中1架飞机上有斯第1军副军长塔利斯基上校。他见到了乌克兰第1方面军司令科涅夫，表示愿意接应红军⑦。一时间，苏军似乎马上可以在斯军配合下突入杜克拉山口和武普科夫山口。此时科涅夫的军队位于克罗斯诺城地区，距离斯洛伐克边境30~40公里。

可几乎就在同时，德国人已抢先下手。由于斯第1军军长奥古斯廷·马拉少将不支持起义，德军很容易就在8月31—9月4日将其所辖2个师（斯第1、2师）缴械，俘虏了22 000人，只有2 000人逃往斯洛伐克中部。通过这次行动，德军确保住了斯洛伐克东部边境。9月2日，蒂索也解除了恰特洛什的职务。恰特洛什则干脆公开站到起义者一边。

而在斯洛伐克中部，起义军一度席卷了三分之二的领土。他们自称为"捷克斯洛伐克第1集团军"。最初兵力有18 000人（主要来自斯洛伐克国内军）。经过动员后在9月达到47 000人，手上的武器包括4万支步枪、1 500挺轻机枪，200挺重机枪、200支自动枪、160门火炮迫击炮，12辆坦克，20架飞机⑧。起义军最多时据说达到6万余人，另有17 000名国籍混杂的游击队。9月5日至11月29日，俄国人用飞机向起义军空投了2 050支步枪、460挺机枪、1 700余支自动枪、120支反坦克枪、370万发子弹以及其他物质，又陆续送来了在苏联组建的捷克斯洛伐克第1歼击航空团（20架拉-5战斗机）和捷克斯洛伐克第2空降旅。后来美国也出动B17和P51支援起义军。起义者

斯洛伐克国防部长费迪南德·恰特洛什与德国军官们在一起。未来他也要造德国人的反

的政治成分非常复杂，有贝奈斯流亡政府代表、斯洛伐克民族主义者、共产党以及俄国人、法国人、波兰人、保加利亚人、塞尔维亚人，坠落在斯洛伐克境内的美国飞行员等等，也有美国和英国的特工小组。

虽然德国人对起义得到了提前预警，但发展成如此大规模的战争状态还是出乎其意料。受到前线吃紧的限制，德军只能用后方临时拼凑出来的分队和训练单位进行镇压，8月底9月初有1万多人，由党卫军上将贝格尔（9月15日后换成党卫军上将赫尔曼·赫夫勒）指挥。下辖有第178装甲训练师一个战斗群（9月中旬增加"塔塔拉"装甲训练师，兵力达6 000人）；"席尔"战斗群约2 200人；"舍费尔"战斗群（一个团为基干）等。虽然德军人数处于劣势，但装备好火力强，反而对起义军采取攻势。激战到9月底，德军已经把起义者的地盘压缩到了5 500平方公里，却也耗尽了力量。局势暂时趋于停滞。

2. 越过喀尔巴阡山

虽然斯洛伐克中部的战斗如火如荼，但对停留在斯洛伐克东部边境外的苏军而言意义并不大。由于边境附近的斯军被德国人缴械，不战而入喀尔巴阡山的可能性几乎还没降临就已消散无踪。而要强攻的话，条件对俄国人来说无论如何都极为不利。首先，乌克兰第1、第4方面军经过此前长时间的激战，不仅伤亡惨重缺减少额，且都已经精疲力竭，急需休息。作战物资也基本耗尽，需要花长时间再度积累。面对险峻的喀尔巴阡山，多数都没有山地战经验的苏军也不免望而生畏。

可斯大林还是决定以大规模进攻援助斯洛伐克起义。这与他不久前拒绝以同样方式帮助华沙起义的态度形成鲜明对比，却也不难理解。与俄国长期的死敌波兰人相比，苏联与捷克斯洛伐克的贝奈斯流亡政府至少表面关系要好很多，而斯洛伐克起义军不仅有众多苏联拥护者，还一直与红军保持联系且热切盼望着得到援助，与波兰人的敌视态度完全不同。即使如斯大林这种不为感情所动的强权人物，也必须考虑这一局面令苏联所

承担的道德义务与政治责任。

9月2日，斯大林向乌克兰第1方面军司令苏联元帅科涅夫发出训令，命其在与乌克兰第4方面军的接合部发起进攻，指向普雷绍夫（那里原本预定为斯洛伐克第1军的起义总部）总方向。为此苏军应突破德军在东喀尔巴阡山的防御，夺取各山口通道，争取与斯洛伐克起义者会合。稍后，斯大林也向乌克兰第4方面军司令彼得罗夫大将下达了进攻训令。战役拟定于9月8日开始，也就是说战役准备只有几天时间。更南面的乌克兰第2方面军也应在匈牙利战区发起进攻以配合此次战役。

参加战役的具体部队有：

乌克兰第1方面军所属第38集团军（司令为莫斯卡连科上将）、近卫骑兵第1军、坦克第25军、空军第2集团军（司令为克拉索夫斯基空军上将）一部。乌克兰第1方面军将投入9个步兵师（各有4 500~5 000人），3个骑兵师，1个坦克军，总计99 100人。另外，苏联也投入了他们组建的捷克斯洛伐克部队：斯沃博达将军指挥的捷克斯洛伐克第1军归苏联第38集团军编成。捷克斯洛伐克第1军编有2个步兵旅，1个空降旅，1个独立坦克旅，总计14 900人[9]。

乌克兰第4方面军所属近卫第1集团军（司令为格列奇科上将）、第18集团军（司令为茹拉夫廖夫中将）、近卫步兵第17军、空军第8集团军（司令为日丹诺夫空军中将）一部。乌克兰第4方面军投入20个步兵师（各有4 500~6 000人），1个空降师，2个独立坦克旅，总计264 000人。

两个集团的参战苏军合计共有378 000人，装备有5 140门火炮和迫击炮、322辆坦克与自行火炮，由1 165架作战飞机配合[10]。

苏军当面之敌为德军A集团军群右翼集团（A集团军群在秋季所辖德国陆军兵力达457 679人，不含匈牙利部队）。主力为"海因里希"集团军级集群（德军第1装甲集团军、匈牙利第1集团军）。另有第17集团军所辖党卫第11军一部。共有19个师（包括2个装甲师），计30万人和100多辆坦克与强击火炮。虽然德军兵力处于劣势，却依然是一个不容小视的强大作战集团。而他们疲惫不堪的对手只有短短几天时间来完成这场巨大战役的全部准备。包括变更众多军队的部署，在最短时间内尽可能多地积蓄弹药和油料等等。

更何况德军的防御者地位加上喀尔巴阡山的险要地势，也大大改善了他们的处境。此时德军已经占据了山口要地，在此前斯洛伐克人修筑的工事基础上，德军在高地和大居民点设立了大量支撑点阵地，以铁丝网或交通壕加以连接。还在道路上埋设了大量地雷和障碍物，包括用石头和圆木筑起来的1.5米高街垒。因为是在山地设防，德军的防御兵力绰绰有余，有力量严密封锁接近山口的所有道路并把防御纵深一直延伸到翁达瓦河。

> 第 1 装甲集团军　1944 年 9 月 16 日序列⑪
>
> 第 24 装甲军：第 357、208 步兵师，第 1、8 装甲师，第 75、68 步兵师
>
> 第 11 军：第 96、254、168 步兵师
>
> 预备队：第 154 步兵师
>
> 匈牙利第 1 集团军　1944 年 9 月 16 日序列
>
> 第 49 军：德第 100、101 步兵师，匈第 6、13 师
>
> 匈第 3 军：匈第 16、24 师
>
> 匈第 6 军：匈第 10 师，匈第 1 山地旅
>
> 预备队：匈第 2 山地旅
>
> 第 17 集团军　1944 年 9 月 16 日序列（部分）
>
> 党卫第 11 军：第 544、78、545 师

经过短短几天的仓促准备，1944 年 9 月 8 日，乌克兰第 1 方面军首先发起进攻。125 分钟的猛烈炮击和轰炸后，8 时 45 分，莫斯卡连科麾下主攻的第 38 集团军以 6 个步兵师（4 个师处于第一梯队，2 个处于第二梯队），在第 25 坦克军 1 个坦克旅支援下发起进攻。集团军当面德军为 3 个步兵师。具体态势如下：

> 第 38 集团军编成为：第 52、101、67 步兵军，第 1 近卫骑兵军，第 25 坦

> 克军，捷克斯洛伐克第 1 军，第 17 突破炮兵师，近卫迫击炮第 18、32 旅，近卫迫击炮第 82、88 团，第 21 高炮营，摩托化工兵第 42 旅。
>
> 当面为：德军第 545（国民）、208、68 步兵师，第 1 工兵教导营，第 1 004 警卫营，第 611 警卫团第 2 连，第 96 步兵师 1 个营⑫。

在凶猛炮火掩护下，红军的进攻异乎寻常的顺利，当天就穿透了德军第一道防线，推进 10~12 公里。可在第二天（9 月 9 日）凌晨，德军预备队登场了。他们向第 38 集团军当面投入了第 1 装甲师和第 75 步兵师，还在沿着山脉构筑的第二道防线站稳脚跟。莫斯卡连科虽然把第 1 近卫骑兵军、第 25 坦克军、捷克斯洛伐克第 1 军也投入了战斗，却无法继续前进。科涅夫只好在 9 月 9 日夜间又追加投放了近卫第 4 坦克军。9 月 10—11 日，红军再度有了些进展，打开了一个 2 公里宽缺口。此后，第 1 近卫骑兵军带着几门 45 毫米小炮和 82 门迫击炮以及马车拉着的少量弹药，沿着这条为茂密山林所环绕的狭窄山谷前进。开始似乎一切顺利，除了少数独立火力点，德军几乎没有在谷地设防。9 月 13 日 10 时，第 1 近卫骑兵军所属第 1 近卫骑兵师穿越了波兰与斯洛伐克的边界线。可随后俄国骑兵遭到了德军第 1、8 装甲师的猛烈反击，却几乎没有重武器与之对抗。第 1 近卫骑兵军的退路被切断了。科

涅夫的第一轮进攻至此宣告失败。激战到9月14日日落前,他麾下莫斯卡连科的第38集团军只推进了23公里。

科涅夫现在明白从正面进攻难以获胜,于是命令莫斯卡连科把力量从右翼转移到左翼,设法绕到杜克拉地区德军的后方。科涅夫也试图以此救出第1近卫骑兵军(此后自16日以来,该军开始靠空投过日子)。9月15日晨,莫斯卡连科恢复了进攻。这轮投入了第67步兵军和近卫第4坦克军(当天有59辆T-34和9门85毫米自行火炮)。一天战斗下来,苏联步兵被挡住了,俄国坦克虽然前进了4~5公里,还是未能突破沿着高山北坡展开的德军阵地。科涅夫又投入了第31坦克军。这样莫斯卡连科的左翼就增强为2个(近卫第4、第31)坦克军(144辆坦克与自行火炮)和1个(第67)步兵军。与之相应,德军也增调了第24装甲师。9月19日凌晨,俄国坦克部队终于夺取了一条山间小路,随即开始向德军后方迂回。德国人选择后撤。9月20日,近卫第4坦克军与斯洛伐克第1军一道夺取了杜克拉。24日,被包围10天之久的第1近卫骑兵军也终于突围成功。到同一天为止,莫斯卡连科用了近十天时间又前进了20公里。

9月9日,乌克兰第4方面军也以格列奇科的近卫第1集团军转入进攻。格列奇科的进攻方向是扎古日、科曼恰。苏军在这一线的作战也不如人意。同样是打到9月14日,也只是在约30公里正面推进了15公里而已。9月16日和18日,近卫第1集团军和第18集团军再度实施进攻,其进攻正面扩大到400公里。德军被迫向苏波边界附近的西喀尔巴阡山主脉各山口撤退。9月20日,格列奇科所辖第242山地师以及近卫第129步兵师穿越波捷边界。

9月底,莫斯卡连科的第38集团军和格列奇科的近卫第1集团军抵达了喀尔巴阡山主脉各分水岭地区。此时,莫斯卡连科手上虽然有3个坦克军,可剩下的坦克只够编一个旅。在莫斯卡连科面前,德国人已组织起新防线,防御兵力一度增加到6个步兵师和2~3个装甲师(以第24装甲军为主)。但进入10月份,除第8装甲师外,第1、24装甲师都被调往匈牙利战场。杜克拉山口是德军严密设防所在,部署了新调来的第1滑雪歼击师,还有第357步兵师。

莫斯卡连科不打算从正面强攻山口,而是继续从侧翼迂回。10月1日,红军第67军从杜克拉山口西北5公里处穿越波捷边界。但在10月初几天,莫斯卡连科的处境并不好。阴雨迷雾下的天气恶劣令飞机无法出动;炮兵也落在后方;残剩一个旅坦克,只能沿着斜坡、泥地、密林缓慢前进,有时还必须用树木铺路才能开过去。可俄国人还是不断前进,在其侧翼威胁下,德军被迫在10月5日夜间主动放弃了杜克拉山口。10月6日,捷第1军、苏军步兵第67军、坦克第31军,击败了德军后卫,一举攻占杜克拉山口。此后,苏第38集团军和捷第1军继续进攻,至10月28日前,已经向山口以西和西南推进了15~20公里。不过此时天气已经变得极度恶劣，迫使莫斯卡连科停顿下来。

在莫斯卡连科的南翼，格列奇科的近卫第1集团军在9月底的态势有类似之处。在其所管15公里当面设防的德军为：第168步兵师，第100轻步兵师，第97轻步兵师侦察支队，以及4个独立营[13]。德军坚固防御的核心是所谓的"俄罗斯山口"。夺取此山口，将有利于红军突入南面的匈牙利平原。格列奇科所面临的麻烦也与莫斯卡连科类似。10月初，近卫第1集团军的战区也同样阴雨不断。

格列奇科顺着宽大正面实施了一系列迂回机动，终于在10月18日前沿30公里正面越过喀尔巴阡山主脉，夺取了俄罗斯山口。此前，格列奇科南侧的第18集团军已占领了乌若克、韦列茨基两个山口，还向南前进了5~18公里。10月26日，第18集团军又夺取了穆卡切沃，10月27日占领乌日哥罗德。这样到10月底前，苏军已经完全越过了东喀尔巴阡山，推进到蒂萨河对岸的平原地带。这对红军当时在匈牙利的进攻（参见下文）极为有利。

俄国人战后说，单纯从军事上考虑，红军本不应在准备不足的条件下实施这次艰难

进入喀尔巴阡山村落的红军骑兵部队

的山地进攻，他们只是为了帮助斯洛伐克人民才勉为其难。考虑到苏军在东喀尔巴阡山之战付出的代价相当沉重，上述说法也并非都是吹牛。乌克兰第1方面军损失了62 014人（死亡失踪被俘13 264人，伤病48 750人）；乌克兰第4方面军损失了64 197人（死亡失踪被俘13 579人，伤病50 618人）；捷克斯洛伐克第1军损失了5 699人（死亡失踪被俘1 630人，伤病4 069人）⑭。红军的物资损失包括478辆坦克与自行火炮、962门火炮和迫击炮、以及192架作战飞机⑮。

按德方统计，A集团军群在9—10月共损失6万余人，包括8 500人阵亡、47 000人负伤、4 400人失踪。其中"海因里希"集群损失了37 000人，可算是遭受了重创⑯。目前不清楚上述伤亡是否包括匈牙利第1集团军，但按德军一般惯例不包括。而按照苏联的统计，战役期间仅俘虏的德匈军官兵就达31 360名。红军还缴获了912门火炮和迫击炮、40辆坦克与强击火炮⑰。综合分析来看，德军的损失虽然相当大，却没遭到什么毁灭性打击。

可是要说俄国人完全是出于政治道义才打这一仗，也不符合事实。正是通过这场战役，红军得以在1944年11月最终占据外喀尔巴阡乌克兰（此前已在此地征兵），并决定将其划入苏联疆域内，全然不顾战前统治此地的捷克斯洛伐克人的意见——当然捷克人对此意见倒不是太大。捷共总书记哥特瓦尔德在11月21日的电文中表示"不反对"⑱。流亡政府总统贝奈斯也在第二年向俄国人表示对外喀尔巴阡乌克兰没兴趣。具有狂热斯拉夫民族主义倾向的贝奈斯更热衷于捷克与斯洛伐克重新合并，从匈牙利和德国拿回被割占的领土，顺带把具有日耳曼、匈牙利、乌克兰血统的人都撵出去。俄国人表示赞同。这桩领土公案就算了账。此为后话。

在乌克兰各地，俄国人从最初收复的伏罗希洛夫格勒，和最后攻取的外喀尔巴阡，都树立起了方尖碑，以宣示全乌克兰地区纳入苏联版图。斯大林至此完成了任何一个沙皇都没有做到的统一乌克兰大业。几十年后，统一的乌克兰自恃羽翼丰满，从苏联独立出去。

3. 斯洛伐克起义的终结

如前所述，苏军经过激战，终于在1944年10月底打进了斯洛伐克东部。可在距离仍很遥远的斯洛伐克中部，起义军也即将迎来末日。此前，德军继续增强镇压部队，又投入了党卫军第14师（所谓乌克兰志愿师）一个战斗群；党卫第18装甲步兵师；以及不久前镇压华沙起义大显身手的迪莱万格麾下德国罪犯部队。德军兵力逐渐增加到22 000人。10月27日，德军"席尔"战斗群以及党卫第18装甲步兵师占领了斯洛伐克义军的首都班斯卡—比斯特里察。至此，坚持了2个月的斯洛伐克起义以失败告终。义军共战死4 150人，被德军俘虏15 000人,残部7 500人逃入山区打游击。⑲德军随后展开大规模报复性搜捕,杀害了5 304人,被捕的起义者领袖大都在绝密状态下被处死,其细节至今不明。

斯洛伐克民族起义的爆发时间略晚于华沙起义,规模比华沙要大很多,名气却相对很小。大概因为俄国人对此次起义的态度并无什么可供挑剔之处,西方舆论对其不感兴趣吧。

三、向保加利亚进军

当斯大林驱动大军为了"国际义务"而在斯洛伐克边境爬山之际,他也没有放松德军"东南战区"管辖下的巴尔干。

所谓"东南"战区,既不属于"东线",作战指导权也不在陆军总部手中,而是和"西线"一样由国防军统帅部指挥。战区内的部队基本都隶属于魏克斯领导的德军F集团军群。集团军群分成南北两个集团:北翼是占领南斯拉夫和阿尔巴尼亚的第2装甲集团军(所辖都是些步兵单位,一个装甲师也没有),南翼是占领希腊的E集团军群(由一个集团军群来指挥另一个集团军群,在德军中也算少见现象)。苏军到来前,"东南"战区几乎没有正规对手,但在其占领的广大地盘上,却活跃着各种各样的反德游击队。为了镇压他们,希特勒投放了大量兵力。1944年春夏之际,"东南"战区共有近83万人(确数为826 000人),陆军部队主干有25个师。

如此庞大的重兵集团,如果挥军北上,势必对扑向巴尔干和匈牙利的红军构成严重威胁。从地理位置看,F集团军群上述南北两大重兵集团中间,存在着一个薄弱环节:没有德军重兵驻扎的保加利亚。红军一旦攻取保加利亚,则F集团军群将面临被拦腰斩断的危险。

F集团军群序列⑳
第2装甲集团军
第69特别军(克罗地亚西北部)
第1哥萨克师,第1后备歼击团
第15山地军(克罗地亚)
第264步兵师,第373、392克罗地亚师
党卫第5山地军(克罗地亚)
第118歼击师,第369克罗地亚师,党卫第13山地师,党卫第7"欧根亲王"山地师
第21山地军(阿尔巴尼亚)
第181、297步兵师,党卫第21山地师
E集团军群(主要部署在希腊各地)
第91特别军
党卫第4"警察"步兵师,第968要塞旅
第22山地军
第104歼击师,第964、966、1017要塞旅

第 68 军

  第 41 要塞师，第 117 歼击师，第 11 空军野战师

  克里特岛

  第 22 步兵师，第 133 要塞师

  罗得岛

  "莱得斯"突击师，第 939 要塞旅

  科斯岛

  第 967 要塞旅

  莱罗斯岛

  第 938 要塞旅

  预备队：第 1 山地师

斯大林对保加利亚则势在必得。早在 8 月 23 日，斯大林就把朱可夫召回到莫斯科，指定由他来负责即将开始的保加利亚战役。8 月底，朱可夫来到托尔布欣的第 3 乌克兰方面军司令部。俄国人相信，在亲俄情绪浓重的保加利亚，红军将不会遭到抵抗，却指定朱可夫这种最高级别的将领亲临指导，确可视为政治形式上的重视。

《东线：大崩溃》已经介绍了罗马尼亚战役前保加利亚的动态，此处不再累赘。大体来说，德国人已经明显感到保加利亚这个传统亲俄国家的背叛倾向。罗马尼亚倒向苏联后，保加利亚局势更是急剧变化。由于苏军逼近保加利亚北部边界，保加利亚当局慌忙寻找出路。为了讨好俄国人，保加利亚在 8 月 26 日宣布将解除由罗马尼亚撤退而来的德军武装。苏联却指责保方毫无诚意，对德国人只是虚晃一枪。9 月 5 日，苏联向保加利亚宣战，托尔布欣的第 3 乌克兰方面军（2 个集团军和 2 个机械化军，28 个步兵师）即将发起进攻。当天该方面军共有 25 万 8 000 人，装备 5 583 门火炮迫击炮、508 辆坦克和自行火炮，由 1 026 架作战飞机配合。而保军虽然有 51 万人，但相当一部分不在国内。当时聚集在保境内的德军共有 3 万人。

保当局完全没意思要和俄国人打仗。宣战当晚，他们就向俄国人表白说已经和德国人翻脸，请求停战。9 月 8 日，保加利亚向德国宣战。当天上午 11 时，红军开始行动。托尔布欣的大军沿着多瑙河下游和黑海间的多布罗加地区推进，突入保加利亚东北部。沿途没有遭到抵抗（这点完全不出俄国人预

保加利亚的摩托化步兵侦察部队

料），反而有众多保加利亚群众出来欢迎，保军甚至摆出军乐队迎接红军。斯大林也指示不得解除保军武装。9月8—9日夜间，保加利亚共产党、左派和各种反德势力组成的祖国阵线发动军事政变，夺取了政权。9月15日，苏军开入保加利亚首都索非亚。2天后，祖国阵线政府宣布保加利亚军队归托尔布欣指挥。此前的9月12日，托尔布欣已经被晋升为苏联元帅。

德国人对保加利亚的倒戈并不特别意外。因为早在8月26日，德国驻保加利亚公使就发出过警告。尽管如此，形势的剧变还是迫使希特勒必须对由此引发的全盘战略变化有所反应，尤其是丢失保加利亚后，驻希腊的德军E集团军群有从后方被切断的危险。为提前防范，魏克斯已在8月26日下令从希腊抽出一个山地师到塞尔维亚南部[21]。德军自此开始逐步从希腊撤军。离开的部队奉命占据保加利亚与南斯拉夫的边境线。

四、红军在南斯拉夫

红军逼近他们的下一个目标南斯拉夫。这个国家有一个流亡在英国的国王政府，自身则处于轴心国的分裂统治之下，除了占领军外还有各路民族属性和政治招牌的大量草头王武装到处横行。其中包括得到德国强力支持的克罗地亚"乌斯塔沙"武装，他们以极端残暴的杀人手段而闻名于世，而且在希特勒支持下拥有"克罗地亚独立国"；也有德拉扎·米哈伊洛维奇领导的塞尔维亚民族主义武装，他们维护流亡国王的正统，却害怕遭到德军和克罗地亚人的残酷镇压而总是行动消极，还不时与德国人和意大利人勾勾搭搭，因为他们和德国人一样更担心铁托的共产党武装。当铁托攻入塞尔维亚南部后，米哈伊洛维奇和塞尔维亚民族主义领袖奈迪奇提出倡议，愿意与德军联手对付铁托。但在8月22日，希特勒明确对此表示反对，理由是"大塞尔维亚主义"从种族角度而言是对德国巴尔干利益的最大威胁，甚至超过共产主义的威胁。总之他绝不接受塞尔维亚军队[22]。不过在南斯拉夫当地，德国人早就组建了与之合作的塞尔维亚武装。

不过南斯拉夫依然处在德国军事占领之下。直到1943年底，铁托具有传奇色彩的游击队给予德军的实际杀伤依然很有限。自苏德战争开始到1943年11月两年多时间，整个德国巴尔干战区的阵亡者只有3 617人，其对手不仅有南斯拉夫武装（也并非都听命于铁托）也有希腊游击队。1944年秋初，南斯拉夫境内听命于德国的武装部队总数约为57万人（德军约27万、匈军3万、当地各路伪军27万）。凭借这众多兵力，德军依然控制着南斯拉夫所有重要城市、主要铁路和公路，保护着德军E集团军群主力（10个师另6个旅，总计35万人）从希腊撤退的通道，尤其是萨洛尼卡至贝尔格莱德的铁路线。

第2装甲集团军　9月16日序列㉓

党卫第5山地军：党卫第13山地师，第369克罗地亚师，党卫第7"欧根亲王"山地师，第118歼击师

第15山地军：第264步兵师，第373、392克罗地亚师

第69特别军：第1哥萨克师

第2装甲集团军　10月13日序列㉔

党卫第9军：党卫第13山地师

党卫第5山地军：第369克罗地亚师，第118歼击师

第15山地军：第264步兵师，第373、392克罗地亚师

第69特别军：第1哥萨克师

"塞尔维亚"集团军级集群　10月13日㉕：第117歼击师，党卫第7"欧根亲王"山地师，第1山地师，第92摩托化步兵旅

E集团军群左翼"马其顿"指挥部10月9日㉖：第11空军野战师，帕坡斯特战斗群，第22步兵师战斗群

俄国人当然不希望E集团军群顺利撤出希腊，然后再投入东部战场找自己的麻烦。为了切断这条交通线，红军准备直接进攻南斯拉夫。此外，斯大林还打算通过这次战役夺取塞尔维亚地区和南斯拉夫首都贝尔格莱德，为铁托掌握南斯拉夫全国政权铺平道路。实际上，铁托一直抱怨斯大林过于顾虑流亡政府而不肯给他太多帮助，甚至有些担心斯大林无意帮他夺权。9月初，铁托通过

南斯拉夫解放军的游击队员

他派驻莫斯科的代表向斯大林请求出兵,理由是他的游击队缺乏重炮和坦克。9月下旬,铁托本人飞到莫斯科,与斯大林商讨苏军进入南斯拉夫的具体事宜。铁托提出很多要求:俄国人不应插手南斯拉夫的民政,红军应该在打败德军后立刻撤出等等。对这些斯大林都接受了,却再度要求铁托接纳流亡在外的国王㉗,对急于在南斯拉夫独揽大权的铁托来说,这是最令人不爽的建议。不管怎么说,双方还是在"大方向"上达成了协议。此前,铁托甚至接受俄国人的建议,把自己的司令部也搬到苏军控制下的罗马尼亚城市克拉约瓦。这事完全背着铁托身边的美英顾问,斯大林有意借此向西方显示自己对铁托的掌控力。

连续夺取了罗马尼亚和保加利亚后,红军大举压向南斯拉夫。1944年9月底,苏联元帅托尔布欣的乌克兰第3方面军已经兵抵保加利亚与南斯拉夫边境的维丁地域;托尔布欣的北邻是乌克兰第2方面军左翼的第46集团军,该方面军的摩托车队早在9月初就开到了罗马尼亚与南斯拉夫边境;在托尔布欣的南侧,保加利亚第1、第2、第4集团军逐渐展开于从皮罗特到保加利亚、南斯拉夫和希腊三国的交界地带。铁托也把大量部队从黑山和波斯尼亚调到塞尔维亚地区。

将进入南斯拉夫境内作战的苏军总数为30万人。具体构成如下:㉘

铁托

第 3 乌克兰方面军一部：第 57 集团军（司令为加根中将），第 17 航空集团军（司令为苏杰茨空军上将），第 4 近卫机械化军，第 236 步兵师，第 5 摩托化步兵旅，第 96 独立坦克旅。下属：10 个步兵师，3 个步兵旅，近卫第 1 筑垒地域，1 个机械化军，1 个独立坦克旅，计 20 万人，拥有火炮、迫击炮和火箭炮 2 350 门，坦克和自行火炮 358 辆。

第 2 乌克兰方面军一部：第 46 集团军（司令为什列明中将），第 5 航空集团军（司令为戈留诺夫空军上将）一部。下属：9 个步兵师，93 500 人。

多瑙河区舰队：6 500 人，战斗舰艇约 80 艘（多为装甲艇）。

总计：19 个师，1 个军，4 个旅，1 个筑垒地域

此时，由铁托掌握的南斯拉夫军队也有相当的规模。至 1944 年 9 月，共有 15 个军（50 个师），2 个战役集群（每个战役集群由 2 个旅组成），16 个独立步兵旅和 130 支游击队，总人数约 40 万人。[29]其中参与此次战役的兵力包括：第 1 集团军级集群（由"无产者"第 1、12 军，以及一个战役集群几个师共同编成），第 13、第 14、第 15、第 16 军。

逼近南斯拉夫边境的保加利亚部队包括第 1、2、4 集团军，总计 11 个师又 2 个旅，装备有大量德国武器。这些部队在作战上也归托尔布欣指挥。俄国人希望这个新盟友通过参战强化拥护苏联的立场。总计攻打德国"东南战区"的苏联、南斯拉夫、保加利亚军队将达到 66 万人，拥有火炮迫击炮 4 477 门、坦克自行火炮 421 辆，还有飞机 1 250 架。[30]上述绝大部分重型武器均为苏军所拥有。

比较而言，德军与之对峙的前线的兵力并不多，只有 12 个师，编成为：陆军元帅魏克斯指挥下的德军 F 集团军群所辖的第 2 装甲集团军和新组建不久的"塞尔维亚"集团军级集群；E 集团军群左翼的"马其顿"指挥部。其总兵力约为 20 万人，装备 125 辆坦克与强击火炮、2 130 门火炮和迫击炮。"东南战区"的德国航空部队在 1944 年 6 月拥有 234 架飞机，485 门重型高炮和 1 396 门中轻型高炮[31]。到 8 月份，飞机总数增加到 715 架[32]。

苏联大军已经到了南斯拉夫门口，铁托和俄国人却依然没有达成具体作战协同计划。对于是否允许保加利亚军队进入南斯拉夫作战，铁托也很犹豫。毕竟保加利亚在不久前还曾参与轴心国对南斯拉夫的占领，两国之间潜在的领土纠纷也没有解决。

就在这个当口，德军魏克斯元帅抢先行动了。他无法容忍南斯拉夫边境（图尔努—塞维林地区）附近乌克兰第 2 方面军第 46 集团军的集结，遂于 9 月 25 日在多瑙河弯曲部投入第 1 山地师[33]，在党卫"警察"装甲步兵师一部配合下发起猛攻。德军一举推进到了多瑙河，威胁着对岸登陆场上的苏第46集团军第75军。第75军南侧是尚未完成兵力集结的乌克兰第3方面军第57集团军。可是为了拯救第75军，第57集团军还是决心提前行动，其第68军于9月28日开始攻击德军。魏克斯与之对抗的兵力，在多瑙河以北只有7个营，多瑙河以南为德第1山地师[34]，战况对德军极为不利。

魏克斯意识到，俄国人的目标是在贝尔格莱德切断E集团军群退路，于是在9月29日决定从希腊再撤出一些部队，一个团用铁路运输另一个团空运。但在10月2日，魏克斯却获悉因为天气太坏，空运难以执行。铁路运输又极为缓慢，一个师用了十四天才开始分批抵达贝尔格莱德。不过在第二天的10月3日，希特勒终于下令从希腊、阿尔巴尼亚南部、马其顿南部全面撤离[35]。由于苏军逐渐迫近，10月5日，魏克斯把司令部从贝尔格莱德迁到武科瓦尔（克罗地亚东部）。

苏联阵营内，莫斯科与铁托的协商也总算有了结果。10月4日，驻保加利亚的苏联第37集团军司令比留佐夫将军与保加利亚代表团一起跑到克拉约瓦，当面说服铁托接受了俄国人的作战计划，还让他认可了保加利亚军队参战。相关协定在10月5日签署。

此时，战场形势正日益变得对魏克斯不利，如他的参谋部早就看出的那样，红军在多瑙河弯曲部的反击正演变成一场以贝尔格莱德为目标的大规模进攻。在乌克兰第2方面军第46集团军（司令为什列明中将）近卫步兵第10军的配合下，托尔布欣管辖下的第57集团军和近卫机械化第4军正由拉杜耶瓦茨、库拉、维丁发起进攻并节节胜利，冲破了德军的山地防线。

战至1944年10月8—9日，战线态势如下（自北向南）[36]：

在贝尔格莱德以北及正面，德军组织了步兵上将施奈肯伯格指挥下的军级集群，以从希腊调过来的"莱得斯"突击师一部、第117歼击师一部、第92摩托化步兵旅，抵抗苏联第10近卫步兵军（第46集团军所辖）的进逼。

在多瑙河弯曲部，德第1山

进入南斯拉夫的保加利亚装甲部队，使用的是德国提供的四号坦克

地师反过来遭到红军第 75、68 步兵军（上述两个军现在都归第 57 集团军指挥。还得到近卫第 4 机械化军部分兵力配合）的包围。红军在大量飞机支援下越过了东塞尔维亚山脉，于 10 月 8 日抵达摩拉瓦河，一举在西岸夺取了两个登陆场，其中一个登陆场落入红军第 5 摩托化步兵旅之手。德军慌忙向摩拉瓦河一线投入了第 117 师一部、"米勒"战斗群。同时向扎耶查尔投入"菲希尔"战斗群，以阻止苏联第 64 步兵军（扎耶查尔本身在 10 月 8 日为苏军占领）。

此外，在贝尔格莱德至多瑙河地区，还有铁托的第 1、14 军，以及帮助德国的塞尔维亚志愿军以及白卫军等杂七杂八的部队参与战斗。

在南部交通枢纽尼什前方，德军"欧根亲王"师与南下的苏第 64 步兵军一部以及保加利亚第 2 集团军苦战中。保第 2 集团军实力很强，拥有 5 个步兵师、1 个骑兵师、1 个装备德国坦克的装甲旅。还得到铁托第 13 军和苏联近卫第 1 筑垒地域的支援。

再向南，德军"马其顿"指挥部以"帕坡斯特"战斗群、第 11 空军野战师、第 22 步兵师战斗群，对峙保加利亚第 1 集团军。

在南斯拉夫作战的党卫军"欧根亲王"师部队

保军在这个方向直到10月16日才开始积极行动。

10月12日，利用第5摩托化步兵旅所夺取的登陆场，近卫机械化第4军主力渡过摩拉瓦河，随后立刻向西推进。至此，红军第57集团军瓦解了德军在贝尔格莱德以南前方山脉与河流的防御，向南斯拉夫纵深推进了130公里。第57集团军北面的第46集团军近卫步兵第10军也在贝尔格莱德东北40公里宽正面进抵多瑙河，其所属1个师在铁托军队帮助下强渡了该河并建立登陆场。这使贝尔格莱德及其以南摩拉瓦河河谷的大量德军陷入被包夹的可能。

10月13日夜，红军近卫机械化第4军的坦克搭载着铁托战士，前灯大开发起冲击，于14日清晨进抵贝尔格莱德南郊。但俄国人并没有急于夺取南斯拉夫首都，而是先着手歼灭其周边的德军。经过数日激战，红军在帕兰卡以西与铁托的第1集团军级集群会合。10月17日，在斯梅代雷沃以西包围了两万余德军。在这场战役中，苏联空军第17集团军极为活跃，前后共出动飞机4678架次。10月14日，贝尔格莱德守军指挥官施奈肯伯格步兵上将也被一架低空俯冲的苏联飞机打死。10月19日，苏军宣称击溃了被围德军，俘虏1万多人㊲。

红军随即向贝尔格莱德发起强攻，投入兵力包括：近卫第4机械化军，近卫第73、106步兵师，第236步兵师，3个炮兵旅，16个火炮、迫击炮、自行火炮团，1个高炮师3个高炮团。铁托也投入了无产者第1、12军总计8个师（第1、5、6、11、16、

在南斯拉夫山区清剿铁托游击队的党卫军"欧根亲王"师，一队士兵正在过独木桥

28、36师㊳）。

经过短促而激烈的巷战，苏南两军于10月20日夺取了南斯拉夫首都贝尔格莱德，宣称打死德军15 000人，俘虏9 000人㊴。第二天（21日），遭到两次包围的德军第1山地师残部数千人逃过萨瓦河㊵。在德国官方记录中，该师的相关资料很混乱。作战日记最初记载有12 000人突围，随后却被标注为"实际人数更少"。官方记录第1山地师自9月20日到10月31日共阵亡472人，失踪2 957人㊶。但也有资料称该师在贝尔格莱德战死失踪了5 000人，其中包括师长瓦尔特·斯特纳·冯·格拉本霍芬中将，他在10月19日（一说18日㊷）永远消失了，一般认为是被打死了。在贝尔格莱德参战的其他德国部队如第117歼击师等，也损失了相当多兵力。

在南面，保加利亚第2集团军在铁托第13军、苏联近卫第1筑垒地域配合下，以德国当年送给他们的四号坦克和三号强击火炮为先导，击退了德军"欧根亲王"师，逐渐逼近尼什和莱斯科瓦茨。10月14日，保军占领了尼什。德军交通线的重要一环被切断了。至此，德军失去了在塞尔维亚地区最重要的萨洛尼卡—贝尔格莱德交通线。

此后，魏克斯只有黑山、桑扎克至萨拉热窝这条通道可用。铁托早在10月18日就建议苏联出动近卫第4机械化军帮助南第3、5军夺取萨拉热窝㊸。但俄国人对这个过于深远的目标没有兴趣，而热衷于从距离更近一些的地方下手。10月21日，另一个道路枢纽克拉列沃也被苏军占领。保加利亚第

进入南斯拉夫的红军车队

1集团军则夺取了斯科普列。至此，德国最后的铁路通道被切断。此后俄国人的关注点转向北边的匈牙利。10月30日起，苏联第57集团军主力转移到了多瑙河以北的彼得罗夫格勒，只在查查克—克拉列沃—克鲁舍瓦茨一线留下第68军和近卫第1筑垒地域。德国人利用这个好机会，于11月2日起集中兵力向克拉列沃至斯科普列发起凶猛反击，经过数日战斗确保了经过马其顿的通道。同一个11月2日，德军E集团军群已经从希腊撤退完毕，所辖35万大军涌入南斯拉夫境内，一部分兵力被用来支援匈牙利战场。11月29日，德第21山地军也全部退出了阿尔巴尼亚。这样到1945年初，南斯拉夫境内的德军反而增加到40万人（另有附庸军19万）。

直到1944年11月27日，苏联第68军才在南第14军配合下再度占领克拉列沃，可切断德军退路的时机却早已失去。12月25日后，第68军也被调离南斯拉夫。最后留下的只有苏军维特鲁克将军指挥下一个航空集群（近卫第10强击航空师和第236歼击航空师）的244架飞机。

苏联在南斯拉夫的地面战役结束了，而苏联与铁托的恩恩怨怨却才刚刚开始。

与苏德战争动辄损失数十万人的众多战役相比，红军在南斯拉夫的损失并不是那么突出。所谓"贝尔格莱德"战役期间（9月28日—10月20日），红军死亡失踪了4 350人，伤病14 488人。还损失了53辆坦克和自行火炮，以及184门火炮迫击炮和66架飞机[44]。整个大战期间，苏联在南斯境内损失总数为29 584人，包括死亡失踪7 995人（阵亡或因伤致死6 307人），伤病21 589人（负伤14 617人）。南斯拉夫和保加利亚军队的损失情况不详。[45]

德军也付出了相当代价。附庸于德国的众多傀儡武装损失几何，恐怕无人知晓。但德军自己的损失还是大体有个谱。巴尔干战区因为只执行反游击战任务，损耗本来不大。可是1944年9月以来红军的大举进攻使巴尔干德军遭受了空前惨重的伤亡。举例说，党卫第7山地师自9月25日至10月25日共战死451人，失踪2 025人，该师在11月12日只剩下6 150人。在苏军地面攻打南斯拉夫的4个月内，巴尔干战区仅仅德国陆军部队的作战损失就达32 462人。其具体构成如下[46]：

9月损失5 057人（阵亡948人，负伤2 592人，失踪1 517人）

10月份损失了9 534人（阵亡1 247人，负伤4 939人，失踪3 348人）

11月份损失11 744人（阵亡2 102人，负伤7 419人，失踪2 223人）

12月份损失6 127人（阵亡1 046人，负伤3 475人，失踪1 606人）

双方都付出重大伤亡的贝尔格莱德战役，究竟有什么意义？确实是个很值得怀疑的问题。苏联发动这次战役的主要军事动机

是切断德国E集团军群的退路。但这一点并未做到。尽管红军和铁托夺取了贝尔格莱德和塞尔维亚大部地区，迫使E集团军群无法沿摩拉瓦河谷撤退，只能通过山路退却。德国人因此遭遇了不少麻烦，但他们的通道毕竟没有被彻底切断。俄国人不仅放弃了夺取萨拉热窝的机会，还在切断最后通道后立刻撤走主力部队，给了德军反扑机会。这场虎头蛇尾的贝尔格莱德战役，非但没有达成军事目的，为此一度大量分兵攻打保加利亚和南斯拉夫，反而大大削弱了德军在匈牙利所面临的压力。

如果说斯大林的动机是为了扩展势力范围，那么成果同样可疑。表面看，1944年以来，苏联不仅帮助铁托夺取了南斯拉夫首都，留下2个航空师助战，还提供了可武装12个步兵师和1个坦克旅的武器（包括65辆坦克、3 041门火炮迫击炮、6 394挺机枪[②]），使铁托有了可以和德国正规军正面较量的资本。可是苏联并没有在南斯拉夫保持重兵驻防，对手握重兵而且与西方早就有紧密联系的铁托并无绝对掌控力。这一点在几年后将暴露出来。

当斯大林与铁托暗潮汹涌之际，他和丘吉尔的关系反而有所改善。在德军完全退出希腊之前，英苏之间围绕地中海的未来而一度笼罩的阴影已经消散。10月9日下午，丘吉尔飞抵莫斯科。当晚10时，斯大林、丘吉尔、莫洛托夫、艾登等人进行了会谈。丘吉尔在一张纸条上写下了瓜分巴尔干的比例。罗马尼亚：俄国90%，其他国家10%；

希腊：美英90%，俄国10%；南斯拉夫和匈牙利：俄国50%，其他国家50%；保加利亚：俄国75%，其他国家25%；据说斯大林在纸条上打钩同意[㊳]。美国人对此也大致知情[㊴]。

虽然斯大林后来并未完全遵守上述约定，唯独对希腊的承诺倒是切实履行了。这对英国人来说意义重大。事实上，在德军撤退的同时，希腊正逐渐陷入共产党武装之手。对此心急如焚的丘吉尔在斯大林的保证下放心动手了。10月13日，英军登陆雅典，随后开始进入其他被共产党占有的城市。英军和希腊共产党都没有向撤退的德军发动大规模攻击，彼此之间却最终爆发了以英国以及反共的希腊民主国民军为一方（后来还有美国介入），共产党的希腊人民解放军为另一方的战争。希腊人民解放军最终败北，英国人拿到了那张纸条上的90%。

而在纸条上只有一半份额的匈牙利，斯大林又将如何行动呢？

注释：

① 《美国、英国和俄国：他们的冲突和合作》，第726页。

② 《德国国防军统帅部》，第469页。

③ 《德意志帝国与第二次世界大战》，卷八，插图，第791、797页；《苏联军事百科全书·军事历史》（下）插图《利沃夫—桑多梅日》；《从斯大林格勒到柏林：德国在东线的失败》（美国陆军历史研究丛书），第32号插图。

④ 《德国武装部队与武装党卫军的兵团和部队》，

卷一，第 167 页。
⑤《德国武装部队与武装党卫军的兵团与部队》，卷一，第 218 页。
⑥《什捷缅科大将战争回忆录》，第 633—635 页。
⑦《方面军司令员笔记》，第 289—290 页；《什捷缅科大将战争回忆录》，第 636 页。
⑧《第二次世界大战史》，卷九，第 280 页。
⑨《苏联在二十世纪的损失与战斗伤亡》，第 148 页。
⑩《第二次世界大战史》，卷九，第 292 页。
⑪《德国武装部队与党卫军的兵团与部队》，卷二，第 7 页。
⑫《集团军战役》，第 129 页。
⑬《集团军战役》，第 135 页。
⑭《苏联在二十世纪的损失与战斗伤亡》，第 148 页。
⑮《苏联在二十世纪的损失与战斗伤亡》，第 263 页。
⑯《德意志帝国与第二次世界大战》，卷八，第 728 页。
⑰《第二次世界大战史》，卷九，第 302 页。
⑱《苏联历史档案汇编》，卷二十三，第 263 页。
⑲《第二次世界大战大事记》，第 304 页。
⑳《德国在第二次世界大战》，卷六，第 90 页。
㉑《从斯大林格勒到柏林：德国在东线的失败》
㉒《德国国防军统帅部》，第 470 页。
㉓《德国武装部队和武装党卫军的兵团与部队》，卷二，第 91 页。
㉔《德国武装部队和武装党卫军的兵团与部队》，卷二，第 91 页。
㉕《德国武装部队和武装党卫军的兵团与部队》，卷十四，第 219 页。
㉖《德意志帝国与第二次世界大战》，卷八，第 1 051 页。
㉗《斯大林年谱》，第 647 页。
㉘《苏联在二十世纪的损失与战斗伤亡》，第 150 页。
㉙《第二次世界大战史》，卷九，第 305 页。
㉚《第二次世界大战史》，卷九，第 312 页。
㉛《烈焰中的鹰》，第 240 页。
㉜《德国在第二次世界大战》，卷六，第 157 页。
㉝《从斯大林格勒到柏林：德国在东线的失败》，第 374 页。
㉞《从斯大林格勒到柏林：德国在东线的失败》，第 374 页。
㉟《德国国防军大本营》，第 472 页。
㊱《德意志帝国与第二次世界大战》，卷八，第 1 051 页。
㊲《苏军坦克兵》，第 293 页。
㊳《苏军坦克兵》，第 292 页。
㊴《第二次世界大战史》，卷九，第 318 页。
㊵《从斯大林格勒到柏林：德国在东线的失败》，第 377 页。
㊶《德意志帝国与第二次世界大战》，卷八，第 1 053 页。
㊷《希特勒的军团》，第 334 页。
㊸《什捷缅科大将回忆录》，第 551—552 页。
㊹《苏联在二十世纪的损失与战斗伤亡》，第 150、263 页。
㊺《苏联损失》，第 227 页。
㊻《德国陆军的武器与秘密武器 1933—1945》，卷二，第 313 页。
㊼《第二次世界大战史》，卷九，第 771 页。
㊽《第二次世界大战回忆录：胜利与悲剧》，第 258—260 页。
㊾《美国、英国和俄国：他们的冲突和合作》，第 759 页。

第三章 冲向匈牙利平原

DONGXIAN:1945 NIAN DE CHUNTIAN

一、特兰西瓦尼亚的九月

1. 前途未卜的匈牙利

在1944年9月份,苏军向保加利亚推进以及对南斯拉夫的初期进攻,对希特勒的战略判断产生了很大影响。他据此认定俄国人真正的目标将是爱琴海或达达尼尔海峡。这首先意味着英国和俄国人或许会为了抢夺巴尔干和地中海而发生冲突——就像过去沙皇与英国人为此而冲突一样,这说不定会造成反德国军事同盟分裂,从而给困境中的希特勒一个梦寐以求的战争转折点。其次,俄国人一旦大规模南下,将暂时没有力量去进攻德军盘踞下的匈牙利。德国人已经丢失了罗马尼亚的油田,不能再失去匈牙利的石油、锰、铁矾土、粮食,以及最后一支还在为德军打仗的匈牙利盟军。总之一句话,希特勒决心坚守匈牙利。

从地形上看,匈牙利首都布达佩斯前方的平原几乎无险可守,于是希特勒希望弗里斯纳能在平原前方一个尖端指向东南的箭头型阵地前阻止住俄国人。这个箭头两侧及其战线后方的特兰西瓦尼亚得到了崇山峻岭的

匈牙利军队的步兵和坦克部队

保护：

北侧是东喀尔巴阡山，由沃尔勒将军麾下实力较完整的第8集团军所属6个师防守（其北部友邻为匈牙利第1集团军）。由于高山上森林密布且地形陡峭，北侧只有12个主要山口适合通行。德军在这一线的防御比较稳固；

南侧是南喀尔巴阡山（即特兰西瓦尼亚阿尔卑斯山），由刚刚遭受惨败的弗雷特尔·皮科的第6集团军残部（约20个营，以及第13装甲师和第10装甲步兵师残部）防守。按照希特勒的命令，皮科还必须以可怜的兵力掩护其漫长的南翼战线，与南斯拉夫的"东南"战区取得联系。不过希特勒也下令从"东南"战区为皮科送来一些援军。南面有六个山口。为了掩护德军通过东南方的布泽乌山口撤退，临时组建了冯·斯科蒂战斗群（包括特遣队和空军第15高炮师一部）。但苏军在9月2日击败了冯·斯科蒂战斗群，突入布泽乌山口。

南乌克兰集团军群经过罗马尼亚的惨败，力量已相当虚弱。9月1日仅有20万名德军和2 000名仆从军。①好在匈牙利军队提供了帮助。箭头突出部内部南侧的克卢日（克劳森堡），集中了维雷什将军的匈牙利第2集团军，虽然所辖4个师大都是些训练不足的后备部队。在德军阵地右翼，赫施莱尼伊将军的匈牙利第3集团军也在加紧组建。到9月1日，共有27万1 000名匈牙利军人配合德国作战②，其中大部分（约20万人，超过300辆战车）支援弗里斯纳。

现在弗里斯纳手下的德匈两军人数各有20万，但刚刚逃出包围圈的德国人早已丧失了大部分战斗单位。在1944年9月4日，弗里斯纳的德国部队仅有53个步兵营（相当于6个满员步兵师）和区区66辆可用于战斗的坦克与强击火炮。第二天（9月5日）可投入战斗的战车稍多一些，包括：20辆坦克、79辆强击火炮、35辆坦克歼击车③。德军另有102门重型反坦克炮和51个连的野战炮（相当于4个步兵师的炮兵实力）。比较来说，配合弗里斯纳的匈牙利军队却有221个步兵营，装备231辆可供战斗坦克（战车总数超过300多辆）；拥有185门重型反坦克炮和201个连的野战炮部队。

1944年　南方集团军群实力变化④

时间	步兵营 德国	步兵营 匈牙利	坦克等（战备状态）德国	坦克等（战备状态）匈牙利	重型反坦克炮 德国	重型反坦克炮 匈牙利	炮兵连 德国	炮兵连 匈牙利
9月4日	53	221	66	231	102	185	51	201
9月18日	55	230	101	187	124	219	65	218

视察前线的弗里斯纳大将，1944年10月

但从另一个角度看，弗里斯纳又相当幸运。红军在赢得罗马尼亚战役后，把注意力分散到了匈牙利之外的广大地区。乌克兰第4方面军将全力投入斯洛伐克战役；乌克兰第3方面军南下冲向保加利亚和南斯拉夫；剩下对付弗里斯纳的只有马利诺夫斯基的乌克兰第2方面军。但马利诺夫斯基的任务也很繁多，既要肃清罗马尼亚又要分兵一部去帮助乌克兰第3方面军。而且直到9月初，马利诺夫斯基位于左翼的主力集团还在南下多瑙河，似乎证明希特勒关于红军将直扑达达尼尔海峡的判断完全正确。马利诺夫斯基的后勤也面临很大麻烦。现在红军的供应线已经延伸到了罗马尼亚境内，而此地的轨距与苏联完全不同。

2. 马利诺夫斯基的9月攻势

8月底到9月初，马利诺夫斯基曾试图以右翼第40集团军和第7近卫集团军从北段攻破德第8集团军阵地。当时斯大林正策划救援斯洛伐克起义的战役，也要求马利诺夫斯基从南面加以配合，具体任务包括：攻占特兰西瓦尼亚山脉（南喀尔巴阡山脉），推进到萨图马雷，帮助乌克兰第4方面军越过喀尔巴阡山并攻占乌日哥罗德、乔普、穆卡切沃。可是战至9月4日，马利诺夫斯基和朱可夫都意识到从这里难以成功。于是又提出还应该攻打弗里斯纳的南翼，以形成夹击之势。为此需要把已经南下多瑙河的第6坦克集团军、第27、53集团军都调来参战⑤。

不过马利诺夫斯基和朱可夫的目标比较保守。他们只想抹除德军突出部尖端，推进到克卢日、代日一线，然后与乌克兰第4方面军一道夺取萨图马雷。按这个计划，结果只是在匈牙利平原以东建立起一条比较平直的战线。

可是第二天（9月5日）傍晚，苏联最高统帅部下达的命令却规定了一个更深远的目标：夺取位于突出部底端的交通枢纽德布勒森。一旦占据此地，俄国人接下来将有三个选项：彻底围歼突出部内的弗里斯纳集团；或者北上支援乌克兰第4方面军对斯洛伐克即将开始的攻势；依托德布勒森，还可以向西直取匈牙利首都布达佩斯。这意味着俄国人将不会按希特勒所设想的去进攻达达尼尔海峡，而是要夺取匈牙利。

至于斯大林是否真考虑过直扑达达尼尔海峡，依然是未解之谜。当时供职于红军总参谋部的什捷缅科承认，红军之所以突然改变方向攻打匈牙利，动机之一是担心海外舆

攻入特兰西瓦尼亚的罗马尼亚部队

论指责苏联对达达尼尔海峡怀有野心。由此观之，达达尼尔海峡也许的确曾纳入斯大林的考虑，只是顾虑与西方的关系才放弃。

在俄国人大规模行动之前，罗马尼亚人反而先动手了，因为他们要乘机从匈牙利人手里抢回特兰西瓦尼亚。罗军攻向德匈边境的阿拉德和突出部南侧以西的图尔达桥头堡。但自9月5日起，德匈联军在图尔达附近向罗马尼亚第4集团军实施了强大反击。匈牙利第2集团军集中起第2装甲师的125辆各种装甲车。包括3辆从德国购买的"虎"（这是德国卖给外国的仅有3辆"虎"式，日本另外购买的1辆"虎"式未能到货）式、5辆"黑豹"坦克、29辆四号H型坦克。还投入了匈牙利第7、9步兵师，第25步兵师一个团，由德军的火力装甲群（1个炮兵营、1个高炮营，以及第1 179强击火炮营的14辆"追猎者"坦克歼击车）支援，自北向南攻击罗第20步兵师。德国第8党卫军骑兵师则在12辆"追猎者"坦克歼击车配合下，自东向西南攻击罗第6步兵师。罗军第7、9、21师也被卷入战斗。面对德匈军超过150辆装甲车，甚至还有3辆重型"虎"式坦克的巨大压力，没有1辆坦克的罗军被迫做了小范围撤退。不过在抗住了最初几天的恶战后，罗军逐渐得到强大苏军的支援。包括第27集团军和近卫第6坦克集团军（有262辆坦克和82门自行火炮。9月12日获得近卫称号）⑥。

9月7日以来，马列诺夫斯基所部已翻越南喀尔巴阡山进入特兰西瓦尼亚。就在马列诺夫斯基将左翼主力转向特兰西瓦尼亚的同时，从9月6日起，马列诺夫斯基右翼的第40集团军和第7近卫集团军也恢复了攻势，虽然战斗开始后一些匈牙利部队不战而逃，但红军在这一线的行动依然没什么大进展。

弗里斯纳所遭受的军事压力陡然剧增。与此同时他也逐渐感到身边和身后的匈牙利人并不是那么可靠。大体来说，奥匈帝国的传统令匈牙利人比较亲近日耳曼人，一般不会像中东欧很多斯拉夫人族群那样深藏反德心理；匈牙利军队对打击世代为敌的罗马尼亚人更是热情满满。但出于自尊心，匈军也

拒绝接受德军的统一指挥。而对刚刚被罗马尼亚人出卖的弗里斯纳来说，自然不能允许匈牙利人也对他玩背叛把戏，因此对指挥权问题也同样固执己见。

事实上，随着第三帝国每况愈下，匈牙利人很早就对德国人表现得不那么听话了，而德国人也半点没客气，于1944年3月以武力占领了匈牙利——这事不是由东线德军，而是"东南"战区负责实施的，参与行动的部队又有很多是由当时尚未开战的西线临时抽调而来，其人数达到25万人⑦。匈牙利人没有激烈抵抗德军，而德军也没有全面解除匈军的武装，但却大大强化了对匈军的控制（这点对德军后来的作战影响深远）。

德国重兵压境下，匈牙利摄政霍尔蒂被迫接受了既成事实，认可了随后建立的更加亲德的斯托亚伊政府。新任德国公使，党卫军头子费森迈尔成了匈牙利实际上的太上皇。

罗马尼亚倒向苏联后，红军将直接威胁到匈牙利本土，且公开支持罗马尼亚在罗匈领土纠纷上的立场（参见《东线大崩溃》）。匈牙利面临着被苏联和罗马尼亚联手进攻的巨大危机。这导致斯托亚伊政权在8月30日垮台，取而代之的是不那么亲德的拉卡托什将军政权。

随着马列诺夫斯基把左翼主力集团转向特兰西瓦尼亚，匈牙利人感到的压力也越来越大。俄国人大概看透了匈牙利人的心态，

搭载着德国步兵的"黑豹"坦克，1944年10月在匈牙利地区

似乎故意不去隐瞒他们的军事意图。9月7日，突然有报告说俄国人已出现在布达佩斯以南200公里的阿拉德。这消息吓得匈牙利高官们魂飞魄散。虽然后来被证实是个错误报告，却迫使霍尔蒂为逃离德国这艘沉船寻找借口。他在当天致电希特勒，说如果不能在24小时内派遣5个德国装甲师来挽救匈牙利，那他就只能选择媾和。虽然明知是勒索，但为了保住这最后的欧洲盟友，希特勒只得赶紧命令古德里安尽量满足这一要求。首批援兵包括1个装甲军指挥部和1个装甲师，随后调去了2个坦克旅和2个党卫军师⑧。

具体增援部队如下：

原驻南斯拉夫的党卫军第4"警察"装甲步兵师；部署在匈牙利的党卫第8骑兵师；新编的党卫第22骑兵师（12 453人）；基希纳的第57装甲军军部；由北乌克兰集团军群战区调来的第1、23装甲师；新组建的第109、110坦克旅；稍后还有来自同一战区的第24装甲师⑨。

现在弗里斯纳面前出现了这样的可能：位于其北面第4乌克兰方面军与南面第2乌克兰方面军联手，由蒂萨河的上游下游分别出击，夹击他的南乌克兰集团军群。为避免此种危险，弗里斯纳命令沃尔勒从向东南突出的前方阵地稍微后撤了一点，但他又认为这不能从根本上解决问题，决心放弃特兰西

匈牙利摄政霍尔蒂

在匈牙利前线作战的德军"黑豹"坦克纵队

瓦尼亚，把部队撤退到距离布达佩斯不远的蒂萨河地区。9月9日，弗里斯纳向霍尔蒂透露了想法，据说得到了对方的赞同。弗里斯纳于是在第二天飞往元首的"狼穴"大本营，将上述计划呈报给希特勒。但希特勒不同意，且举出前述的几个理由：第一，希特勒认为俄国人意在南下，未必会全力攻打匈牙利；第二，匈牙利的资源对地盘日益缩减的德国至关重要，其中也包括瓦特拉多尔奈伊地区的锰矿。虽然此地的德国工人已经撤退，矿区也停产了，希特勒却依然拒绝为了缩短战线而牺牲此地，至于放弃整个特兰西瓦尼亚更是不可能。希特勒所能允许的，是弗里斯纳必须沿穆列什河建立冬季防线。为此可以提供援兵，虽然其中一部分将留在布达佩斯等地防止霍尔蒂捣鬼。

匈牙利新内阁在9月11日否决了退出战争的意见，希特勒也在第二天下达了"夺回罗马尼亚"这么一道实际上无法执行的命令来安定匈牙利的人心。这段时期，希特勒关于红军将不会进攻匈牙利的观点对匈牙利人也产生了一定影响，媒体刮起一股"太平无事"风。但德匈之间的龌龊摩擦依然持续不断，尤其是匈牙利人依然不肯把自己的军队完全交给弗里斯纳指挥。为了逼迫匈牙利人就范，德国人在9月20日发出最后通牒。此后布达佩斯似乎屈服了。但德国人很快发现，霍尔蒂正在策划更大的反叛。9月23日，德军国防军统帅部派驻匈牙利的代表格赖芬贝格告诉弗里斯纳，他注意到匈牙利参谋总部正背着德国人偷偷地调动部队后撤并更换军官。甚至还出现这样的情况：匈牙利军官即使在德军司令部附近举行集会，也不让德国人参加[10]。而赖芬贝格所不知道的是，就他在与弗里斯纳作上述谈话的前一天的9月22日，匈牙利政霍尔蒂和他的顾问们已经向英美伸出了橄榄枝。这天，霍尔蒂派遣一名心腹前往意大利盟军司令部，希望获得支持。但西方距离此地太远，没有表现出太大热情。霍尔蒂只好转而向俄国人发出试探[11]。霍尔蒂这些小动作并没能完全瞒过德国人。希特勒于9月25日下令把整个匈牙利作为德国一个战区，由陆军总部全权负责。这样万一匈牙利人也像罗马尼亚人那样起来造反，德国就能避免重蹈政出多门指挥混乱的覆辙，可以协调地一致镇压匈牙利人。希特勒同时又密令匈牙利的亲德分子做好接替霍尔蒂的准备[12]。

就在希特勒和霍尔蒂戴着假面互相欺骗糊弄的同时，在9月10日被晋升为苏联元帅的马利诺夫斯基也开始发起更大规模攻势。战斗焦点依然集中在特兰西瓦尼亚南侧西段。近卫第6坦克集团军抵达战线后，开始指向图尔达。9月13日，红军先头12辆坦克（第5近卫坦克军所属）猛攻匈第25步兵团阵地，直接扑向图尔达桥头堡，遭到匈军反坦克炮射击，3辆坦克被毁。其后在桥头堡周围爆发激战。两军不断添加兵力：匈军投入了第2装甲师、第25步兵师、第2山地旅；苏罗军投入6个师和约80辆战车。9月23日，匈牙利人得到了一个强有力的支援。德国第23装甲师带着65辆战车（36辆"黑豹"、6辆四号、2辆三号、16辆强击火炮，4辆坦克歼击车）抵达。该师到月底有2辆三号坦克，5辆四号，51辆"黑豹"（战备17辆），19辆强击火炮（战备9辆）。另有17辆自行榴弹炮，4辆坦克歼击车和18门75反坦克炮（反坦克炮总数21门）。其他装备包括：7 908支步枪，836支冲锋枪，4支44型突击步枪，331个长柄反坦克火箭弹。27门野炮。

德匈军在图尔达遭受的损失越来越大。直接防守桥头堡的匈第25师有750人阵亡，

在特兰西瓦尼亚西部被摧毁的德军三号强击火炮

1 500人负伤。10月2日的战斗中，德第23装甲师损失了7辆"黑豹"和2辆强击火炮。

另一个作战焦点是图尔达以西罗匈边境附近的要点阿拉德（大家应该还记得，俄国人出现在此地的谣言曾吓坏匈牙利人）。除了大量罗马尼亚军队外，红军第18坦克军也在开向阿拉德。匈牙利人在慌乱之际，把组建中的匈牙利第3集团军部队投入了战斗。该集团军主要由新兵和预备役人员组成，尽是些所谓的"后备师"和"补充师"，战斗力不强，但也拥有一些机动部队，包括匈第1装甲师（约201辆旧式坦克，8 000人）和第7强击火炮营（30辆三号强击火炮）。另一支德国援军也赶往阿拉德。这就是从巴尔干战区调来的党卫军第4"警察"装甲步兵师。该师总计有16 538人，装备相当精良，包括3个连的强击火炮（34辆）；3个营的自行榴弹炮；2个连的四号坦克歼击车；3个88高炮连和1个37高炮连。该师于9月10日抵达贝尔格莱德，随即被命令参加13日在阿拉德方向的战斗。"警察"师派出一支先遣队（1个步兵团和1个侦察营），在11辆四号强击火炮支援下冲向蒂米什瓦拉（阿拉德以南），遭遇了罗军第9骑兵师。在2门苏联自行火炮配合下，罗军以重大损失挡住了德军。9月15日，苏联第53集团军进入蒂米什瓦拉。"警察"师转入防御，待剩余兵力于9月18日进入战场。同时与匈第8补充师在蒂米什瓦

进攻中的苏联步兵

拉以西建立联系。

9月18日,弗里斯纳可投入战斗的战车增加到288辆(不含在修装备),步兵力量增加到285个营(相当于31个师)。但苏军的兵力投入也在增加。9月19日,红军第18坦克军沿穆列什河发起攻击,重创了匈军第6师(打死919人,俘虏387人)。匈第7强击火炮营宣称击毁了67辆T-34,自身有8辆强击火炮全毁,另有22辆受创。但俄国人依然在前进。当天,红军坦克逼近阿拉德并包围此地。9月20日,阿拉德被苏罗联军攻陷。俄国人的推进令德国人措手不及。第二天,德国党卫第5山地军军长阿图尔·费莱普斯(前"欧根亲王"师师长)误入阿拉德以北一个已经被苏军占领的小村,被抓获后打死。

此后,两军继续战斗,但进展都不甚显著,9月末,已改称的南方集团军群在其北部侧翼阵地相对完好,但是防守东侧及南侧的第6集团军放弃了克卢日以南地区,将战线收缩到奥拉迪亚(德布勒森东南方)一线。乌克兰第2方面军左翼依然得以前出至南斯拉夫境内和罗匈边界。其总长800公里。

两军却付出了不小的代价。9月30日—10月3日之间,苏联第6近卫集团军损失了43辆坦克、34门反坦克炮、23门火箭炮。共有745人阵亡,还有340人被俘。匈牙利第1装甲师在9月13—27日也有91人阵亡、260人负伤、165人逃亡。党卫军"警察"师阵亡141人、负伤582人。9月27日,弗里斯纳用电传打字电报向古德里安报

告了详细战况,抱怨说9月以来他损失了大概四分之一的步兵约4 000人[13]。不过到10月初,弗里斯纳的德国步兵又增加到了3万多人。

弗里斯纳也获得了越来越多的装甲援军。10月初,德第1装甲师抵达德布勒森。这个师有9 400人,共有66辆坦克(含42辆"黑豹"和21辆四号坦克),以及19辆强击火炮或坦克歼击车。另有5 929支步枪、2 529支手枪、679支冲锋枪或突击步枪、71枚长柄反坦克火箭弹。另有相当数量的火炮和反坦克炮等等。

第109、110坦克旅也逐渐进入战区。两个坦克旅按编制有4个坦克连(每连都是11辆坦克)。实际据说只有3个连,且以"黑豹"坦克为主。另有5个搭载半履带装甲车的步兵连。除了坦克外,装备还包括:

> 157辆装甲运兵车,1 042支步枪,593支手枪,342支冲锋枪,112支44型突击步枪,278挺机枪,4门火箭炮。10门75毫米反坦克炮。装甲运兵车上另外安装了47门火炮和45挺机枪。总人数为2 089人。

其中,第109坦克旅后来被用来重组"统帅堂"装甲步兵师,但在当时还是作为一支独立部队,其拥有的25辆"黑豹"坦克在9月第二周抵达,外加135辆装甲运兵车。但剩余装备要到10月底才能全部送达。而第110坦克旅及其36辆"黑豹"坦克则被

并入第13装甲师。⑭另外，被降格为"战斗群"的第13装甲师在9月22日共有6 524人（包括396名辅助人员），战备坦克只有11辆四号和2辆三号，另有9辆强击火炮⑮。

二、1944年10月初的匈牙利战场

不仅是弗里斯纳，他的对手马利诺夫斯基也得到了大量增援。9月份，马利诺夫斯基获得了75 000名补充兵员。另有一些成建制部队，包括近卫第4集团军、近卫第4、6骑兵军、近卫第6歼击航空师（原属大本营预备队）、第46集团军、近卫第7机械化军、第7突破炮兵师（原属乌克兰第3方面军）⑯。这些部队被部署在普里斯洛普山口至多瑙河大弯曲部总长800公里的战线上。至1944年10月初，乌克兰第2方面军序列如下：

> 第40集团军（司令为日马琴科中将）
> 近卫第7集团军（司令为舒米洛夫上将）
> 第27集团军（司令为特罗菲缅科上将）
> 第53集团军
> 第46集团军（司令为什列明中将）
> 近卫坦克第6集团军（司令为克拉夫钦科坦克兵上将）
> 空军第5集团军（司令为戈留诺夫空军上将）
> 2个骑兵机械化兵集群
> 罗马尼亚第1、4集团军

马利诺夫斯基指挥下的乌克兰第2方面军在10月6日拥有698 200人。编成为40个师（包括"图德尔·弗拉季米列斯库"罗马尼亚志愿师）、2个筑垒地域、3个坦克军、2个机械化军、3个骑兵军。不过需要说明的是，上述兵力中有9万余人是用来对付德国"东南战区"F集团军群的侧翼（3个师）。用以对付弗里斯纳麾下德军南方集团军群的兵力只有60万左右。

另外，2个罗马尼亚集团军总计22个师也继续配合马利诺夫斯基作战，其兵力为153 572人。

马利诺夫斯基拥有825辆战车（602辆坦克与223辆自行火炮），还有10 238门火炮与迫击炮。配合陆军的空军第5集团军有1 216架飞机⑰。作战上隶属空军第5集团军的罗马尼亚航空兵第1军也拥有121架飞机（大部分是德国飞机）。

马利诺夫斯基麾下主要机械化集团的实力如下：

> 近卫坦克第6集团军（第5近卫坦克军，第9机械化军）在10月6日只有130辆战车。
> 普利耶夫集群（第7机械化军、第4骑兵军、第6近卫骑兵军。389辆战车）和戈尔什科夫集群（第5近卫骑兵

军,第23坦克军。146辆坦克和自行火炮)[18]同时有535辆战车。

配属第53集团军的第18坦克军有72辆战车。[19]

在马利诺夫斯基的主力当面,弗里斯纳的德军南乌克兰集团军群已在9月23日改称为南方集团军群。为了防止匈牙利人反叛,弗里斯纳竭力把手下的德匈部队进行混合编制,以便于德军对匈军进行监视。为此成立了两个集团军级别的战役集群。一个是"沃尔勒"集群,包括沃尔勒的德国第8集团军与匈第2集团军;另一个是"弗雷特尔·皮科"集群,包括皮科将军的德国第6集团军和匈牙利第3集团军。弗里斯纳的北翼依然由匈牙利第1集团军掩护,他们归A集团军群指挥。

1944年10月5日 匈牙利战场德军序列:[20]

A集团军群:

匈牙利第1集团军

匈第3军:匈第6步兵师,匈第2山地旅

匈第5军:匈第13、16步兵师

匈第6军:匈第24、10步兵师,匈第7步兵师残部,匈第63、66边境歼击团

行进中的匈牙利步兵,1944年10月18日

南方集团军群：

直属：第1装甲师，第13装甲师（重建），"统帅堂"装甲步兵师（运输中），第109、110坦克旅（运输中），匈第1骑兵师（运输中），党卫第18装甲步兵师（重建中），党卫第22骑兵师（重建中），第277、336国民步兵师（重建中）

"沃尔勒"集群（第8集团军与匈第2集团军）：

第17军：匈第9边境警卫旅，第8步兵师，匈第27轻装师，第3山地师，舒尔茨上校集群

匈第9军：匈第2补充师，第46步兵师

第29军：第4山地师，党卫第8骑兵师

直属：匈第7补充师，匈第2山地补充旅，第15步兵师，匈第1山地补充旅，匈第7补充师

匈第2军：匈第9后备师，匈第25步兵师，匈第2装甲师

"弗雷特尔·皮科"集群（第6集团军与匈第3集团军）

直属：第76步兵师（重建中）

第72军：没有部队

匈第7军：匈第12后备师，匈第4补充师

第3装甲军：第23装甲师

第57装甲军：党卫第22骑兵师一部，匈第1装甲师，党卫第4"警察"装甲步兵师，塔普佩战斗群

匈第8军：匈第20步兵师，匈第6补充师残部，匈第8补充师，匈第1骑兵补充团，匈第23后备师

如前所述，霍尔蒂曾想以要求援兵的方式要挟希特勒，希特勒就干脆将计就计，向匈牙利派去了相当数量的新锐部队。此前在罗马尼亚遭受重创的一些兵团也得到了补充。比如第76步兵师，兵力恢复到1万人（包括3000名步兵），下辖的每个团各配发了一个连的长柄火箭弹。还新装备了12门75毫米反坦克炮和8辆"追猎者"坦克歼击车。但该团的炮兵依然很弱，只有一个营的榴弹炮（12门105毫米），不得不凑上2个连的20~50毫米小炮。

这些举措令南方集团军群的实力逐渐得到增强。到1944年10月初，弗里斯纳大将管辖下的德匈联军共有43万人（其中德军人数为240 952人）。编成为31个师或旅。其中德国步兵力量由9月份的55个营增加到10月的72个营约3万人；匈牙利军的步兵却从230个营减少为188个营。但匈军步兵营依然是德军的2倍多。

另外，如果再算上隶属A集团军群的匈牙利第1集团军，则配合德国作战的匈牙利军队总数在10月份达到32万人。[21]

南方集团军群的德军部队共有469辆战车（包括217辆坦克、194辆强击火炮、58

辆坦克歼击车），其中只有231辆处于战备状态。与此相比，9月份拥有超过300辆战车的匈牙利装甲部队却由于损失惨重而实力大衰，现在只有120辆战车，可投入战斗的更仅有62辆。德匈两军加在一起有589辆战车，总数倒是不少，但能够战斗的装备却只有一半左右。

弗里斯纳还掌握有德匈两军总计285个野战炮兵连。另有377门重型反坦克炮。据说南方集团军群共有3 500门火炮和迫击炮。但多数火炮也在匈牙利人手里。

1944年 南方集团军群实力变化[22]

时间	步兵营		坦克（战备状态）		重型反坦克炮		炮兵连	
	德国	匈牙利	德国	匈牙利	德国	匈牙利	德国	匈牙利
9月18日	55	230	101	187	124	219	65	218
10月11日	72	188	231	62	167	210	87	198

南方集团军群所辖德国装甲部队实力 1944年9月25日—10月5日[23]

部队	坦克	强击火炮	坦克歼击车	总计
第1装甲师	66	7	12	85
第13装甲师	42	0	11	53
第23装甲师	64	13	10	87
"统帅堂"装甲步兵师	0	31	0	31
第109坦克旅	40	0	11	51
党卫军第4装甲步兵师	2	34	0	36
第228强击火炮旅	0	34	0	34
第239强击火炮旅	3	8	0	11
第286强击火炮旅	0	21	0	21
第325强击火炮旅	0	19	0	19
第905强击火炮营	0	5	0	5
第1257强击火炮营	0	0	9	9
党卫第8骑兵师	0	7	0	7
第1179、1015、1176强击火炮营	0	7	0	7
第1335强击火炮营	0	3	0	3
第1008强击火炮营	0	5	0	5
第662坦克歼击营	0	0	5	5
总计	217	194	58	469

匈牙利第1装甲师：可投入战斗的坦克有6辆，三号强击火炮7辆

匈牙利第2装甲师：匈牙利国产坦克64辆，17辆四号坦克，4辆"黑豹"，3辆"虎"式，15辆其他战车，4辆强击火炮

南方集团军群由741架飞机支援。这些飞机主要属于德国空军第4航空队第1军和匈牙利第102航空旅。除了飞机，德国空军还提供了52门88毫米高炮、10门37毫米高炮、23门20毫米高炮直接配合陆军。

第4航空队实力（不含侦察机）1944年10月1日

第53战斗航空联队第1大队：24架Bf-109

第51战斗航空联队第2大队：34架Bf-109

第52战斗航空联队第3大队：15架Bf-109

第6夜战航空联队第4大队：31架Bf-109，2架Ju-88

第2攻击航空联队第1大队：25架FW-190

第2攻击航空联队第2大队：27架FW-190

第2攻击航空联队第3大队：23架Ju-87D5

第2攻击航空联队第10中队：5架Ju-87D5，17架Ju-87G2

第2攻击航空联队第14中队：16架Hs-129B2

第10攻击航空联队第1大队：36架FW-190

第10攻击航空联队第2大队：25架FW-190

第10攻击航空联队第3大队：26架FW-190

第4轰炸航空联队第2、3大队：74架He-111

运输机部队：58架Ju-52

匈牙利第102航空旅
50架Me210
4架FW-189
26架Bf-109
7架Ju-88
16架FW-190F8

马利诺夫斯基和弗里斯纳在充实各自战力的同时，战场上的交手也从未停止，但都没有获得决定性胜利。苏德双方都在寻求打破局面的新策略。9月23日，朱可夫向红军总参谋部建议，如果马利诺夫斯基继续从正面与防守突出部的德匈军纠缠，则德军将赢得时间在突出部后方的蒂萨河构成新的预备防线。为了避免这种局面，应尽快把坦克部队集中在突出部以南的底部（阿拉德以北）实施突破，直插德匈联军后方的德布勒森。一旦成功，突出部的德匈两军必将仓皇而逃。

根据朱可夫的上述主张，苏联大本营于10月3日向马利诺夫斯基下达了新任务。马利诺夫斯基决定把突破点改在奥拉迪亚。由此产生的新作战计划大体如下：

乌克兰第2方面军的基本任务是：消灭盘踞在突出部内克卢日、奥拉迪亚、德布勒森地域的敌军，以德布勒森以北的尼赖吉哈佐、乔普为目标，还要与乌克兰第4方面军合作攻占乌日哥罗德、穆卡切沃。主攻点选择在突出部南侧的底部，也就是阿拉德西北—奥拉迪亚以南地区，目标是德布勒森。攻击这一方向的将是马利诺夫斯基的中部集团——第53集团军、近卫坦克第6集团军、普利耶夫中将的骑兵机械化兵集群和罗马尼亚第1集团军。

马利诺夫斯基的两翼也将采取辅助行动。在北面，方面军最右翼的第40集团军、近卫第7集团军奉命攻击苏尔杜克（突出部中南）总方向；

第27集团军则与罗马尼亚第4集团军一道，攻占突出部东南侧的克卢日地域；

戈尔什科夫中将的骑兵机械化兵集群则奉命北进攻击萨图马雷、卡雷伊。

在马利诺夫斯基南翼的宽大战线上，第46集团军受命消灭蒂萨河以东（南斯拉夫境内）德军，并突入该河右岸，在塞格德、森塔、贝切伊附近夺取登陆场。

德国方面，弗里斯纳也在9月30日得到了陆军总部的新命令。要求他一面坚守突出部，一面以弗雷特·皮科集群向奥拉迪亚附近的红军实施反攻，夺回这一线的喀尔巴阡山口。希特勒和古德里安相信，德军如果能夺回有利地形，只需要少数兵力就能在冬季挡住俄国人的进攻。但他们没想到的是，正是在自己所选择的反攻方向上，俄国人即将先下手为强。但也正因为这道命令，到10月初，德匈联军在德布勒森方面集中了11个师和227辆可投入战斗的坦克与强击火炮，有相当充足的兵力对抗红军的进攻。[24]

虽说红军习惯于用较短的时间完成进攻准备，可马利诺夫斯基这次却决定几乎不做特别准备就直接发动攻势。理由很简单，他当面的德军并没有构筑坚固且连贯的防御阵地，只是靠一些支撑点维持。但马利诺夫斯基似乎没有考虑到德军装甲部队还拥有相当反击实力。而且作为主动进攻一方，红军的数量优势也不是特别大。大体上以75万苏罗军对抗43万德匈军，战车方面的比较是825辆对589辆。

三、德布勒森之战

1. 夺取奥拉迪亚

1944年10月6日晨4时30分，马利诺夫斯基仅仅实施了短时间的炮击和空中打击，随即发起进攻。红军第53集团军和普利耶夫将军的骑兵机械化兵集群的当面对手是匈牙利第3集团军。这一线的守军包括：党卫第22骑兵师，匈第20、8步兵师，匈第1装甲师，匈第23师。在红军坦克和步

兵的冲击下，匈牙利第 3 集团军的阵地被撕裂，很多部队陷入孤立且伤亡惨重。其司令官被迫于上午 7 时下令撤退。红军很快突破了匈军的主要防御地带，在 24 小时内推进了 60 公里。

近卫坦克第 6 集团军（加强有第 27 集团军第 33 步兵军）的攻击集中在匈第 4 步兵师身上。红军通常的做法以步兵为一梯队突破敌人阵地，然后再投入坦克重兵集团。可这次近卫坦克第 6 集团军却直接编入第一梯队发起进攻。俄国人希望通过这种战法迅速冲进奥拉迪亚城。但事态的发展却远不如俄国人预料的那么顺利。德国人很快调来第 1、23 装甲师实施强大反击，重创并遏制住了红军的势头。防守奥拉迪亚的德军第 76 步兵师也被投入战斗。在战线后方的梅索科菲须德重建中的"统帅堂"装甲步兵师也前移到蒂萨河一线，准备迎击可能突破至此的红军坦克。红军在克卢日一线也进展缓慢。这样到第一天日终前，马利诺夫斯基的北翼只推进了 10 公里。

此后两天，马利诺夫斯基的南翼依然很顺利。尽管德军投入了第 13 装甲师，可是到 10 月 8 日日终，第 53 集团军和普利耶夫集群还是向北推进 80~100 公里，进至考尔曹格。与此同时，红军第 46 集团军也击败了德军党卫"警察"师，占领了蒂萨河以东全部南斯拉夫领土，还渡入西岸夺取了一些登陆场。

相比之下，马利诺夫斯基的北翼依然没太多进展。而第 6 近卫坦克集团军依然被阻止在奥拉迪亚郊区附近。除了遭受德军顽强抵抗，俄国人还抱怨当地道路被雨水冲坏，车辆难以通过㉕。

10 月 8 日这天，苏德两军都调整了各自的部署。当天，苏联大本营催促马利诺夫斯基尽快拿下奥拉迪亚，为此可以调动普利耶夫骑兵机械化集群去加强第 6 近卫坦克集团军。新的进攻部署是从三个方向进攻奥拉迪亚：第 6 近卫坦克集团军从西面、第 33 步兵军从南面、普利耶夫骑兵机械化集群从西北。

同一个 10 月 8 日，德军阵营内显得更为慌乱。弗里斯纳报告占德里安说，由于红军的进攻，他麾下的第 8 集团军处境危险，而该集团军如果要退到蒂萨河需要六天时间。尽管希特勒不同意，但弗里斯纳还是命令第 8 集团军自 10 月 9—10 日开始撤退。

也是在这个 10 月 8 日，苏军普利耶夫骑兵机械化集群开始调转方向，朝东展开攻击。而且不仅是东南面的奥拉迪亚，也包括东北方的德布勒森。在苏联第 5 空军集团军两天 1 313 个架次出击的重点支援下，普利耶夫的部队沿索尔诺克至德布勒森间的高速公路急速推进。面对突然调头的苏联机械化集群，德军的反应有些慌乱，第 1、13、23 装甲师实施了一些分散反击，德空军第 4 航空队也出动了 600 个架次，都没法挡住普利耶夫。很快，红军第 6 近卫骑兵军所属第 13 近卫骑兵师逼近到了豪伊杜索博斯洛（德布勒森西南），此处正好有德军第 23 装甲师一个连的坦克，该师坦克团正在附近休整，同时等待接受修好的坦克。慌乱间，一小股德军（44人、4辆损坏的坦克、2门强击火炮）首先与苏军遭遇，德军赶忙占据了附近的车站，站内的平板车上有12辆"黑豹"坦克。德军匆忙卸下坦克，然后逃向德布勒森。

德军开始慌慌张张地拼凑兵力防守德布勒森市，并在该城东南部挖掘壕沟。10月9—11日，德国装甲部队不断攻击普利耶夫集群。德第1装甲师从西面；第13装甲师自东面方；第23装甲师一部、匈军第16强击火炮旅，再加上第109坦克旅的33辆坦克（"黑豹"为主）自北面。另外，"统帅堂"装甲步兵师主力（28辆强击火炮）也被调往德布勒森。到10月10日，德军在德布勒森以南战场有152辆战备战车可用，这还不包括匈牙利军的第16强击火炮营等机动单位。与之对抗的有苏联普利耶夫集群的170辆战车以及第6近卫坦克集团军的100辆。两军加在一起，共投放了超过400辆战车。

10月10日 德军在德布勒森方向的装甲兵力[26]

第1装甲师24辆战车，第13装甲师20辆战车，第23装甲师21辆战车；"统帅堂"装甲步兵师和第109坦克旅总有61辆战车；第325强击火炮旅26辆战车

德布勒森以南，这片被德国将军称为"特别便于使用坦克的广阔平原"[27]上，爆发了激烈的装甲碰撞。苏联的T-34、斯大林重坦克（还有一些美制"谢尔曼"坦克），与德军的"黑豹"、安装70倍超长管75炮的新型四号、三号强击火炮，彼此以数辆、十数辆、几十辆为单位，在不到1000米距离上对射。其中一次典型战斗中，德军第23坦克团投入了16辆坦克（"黑豹"为主），自称摧毁了红军的11辆T-34和10辆"谢尔曼"，德军自身损失了3辆"黑豹"。两军不断包围和反包围，把战线搞得犬牙交错，难分敌我，一片混乱。10月11日，普利耶夫麾下的第4近卫骑兵军孤军突进到德布勒森外围，但是鉴于其他部队并没有跟上来，普利耶夫命令其暂时不要直接攻打德布勒森。

另一方面，在南面，普利耶夫的集群已经和第6近卫坦克集团军会师，旋即联手向奥拉迪亚发起强攻，第33步兵军（包括2个罗马尼亚师）也参加了这次进攻。经过激烈战斗，红军终于在10月12日夺取了奥拉迪亚市，防守此地的德国第76步兵师遭受了严重损失，很多资料称该师几乎被歼灭[28]。但是按德国官方上报的数字，第76步兵师在10月份只损失了1185人。这个问题我们以后再讨论。

至10月14日，德军在德布勒森—奥拉迪亚一线后撤了14公里。而在匈牙利德军的北侧，以"救援斯洛伐克起义"名义行动的乌克兰第4方面军也在翻越喀尔巴阡山口（参阅上一章节），打击匈牙利第

1集团军——这个集团军隶属于 A 集团军群，但却掩护着弗里斯纳的南方集团军左翼的"沃尔勒集群"（德国第 8 集团军为主）。面临威胁的"沃尔勒"集群已经开始撤退。马利诺夫斯基的右翼集团趁机追击，其第 40、27 集团军、罗马尼亚第 4 集团军在 10 月 11 日共同攻占了克卢日市，然后继续向萨图马雷，乔普方向推进，以策应乌克兰第 4 方面军。

马利诺夫斯基的左翼（南部）集团这一时期所面临的形势颇为复杂。一方面，他们竭力肃清德布勒森以南地区蒂萨河东岸的德匈联军，同时竭尽全力试图渗入蒂萨河西岸扩大战果。10 月 10 日，苏联第 46 集团军和第 18 坦克军到达凯奇凯梅特，此地距离布达佩斯只有 70 公里。凯奇凯梅特以南的塞格德市也落入红军手中。可是在凯奇凯梅特以北的索尔诺克登陆场，苏联所遭受的抵抗却相当顽强。早在进攻开始初期的 10 月 7 日，德军就向此地投放了第 13 装甲师一个战斗群，包括第 4 坦克团第 2 营（14 辆"黑豹"坦克）和第 66 装甲步兵团 1 营，以及部分炮兵㉙，此后又投入了匈军第 20 预备师和匈第 1 骑兵师一部。而在苏联方面，为了支援普利耶夫骑兵机械化集群，马利诺夫斯基已经从南线抽调了大量兵力（包括第 18 坦克军）。留下的部队遭到德匈联军的压力，部分人员被迫在 10 月 11 日撤回到对岸。10 月 10—11 日，德匈联军在蒂萨河南段苏联第 53 集团军和罗第 1 集团军当面，展开了匈第 1 骑兵师一部、匈第 20 师、德党卫军"警察"装甲步兵师、匈第 1 装甲师、匈第 8、23 师。德匈联军认定反攻的时候到了。

10 月 11 日下了阵雨。在索尔诺克，匈第 20 预备师出动 3 个营 2 320 人，在 3 门反坦克炮和匈第 1 骑兵师配合下发起进攻，结果却被苏军给打了回去。同一天，在索尔诺克以南，匈牙利军以第 1 装甲师和第 23 师攻打盘踞在明德斯曾特桥头堡的苏军第 243 步兵师，马利诺夫斯基抽调罗马尼亚第 7 军（罗第 9 骑兵师与罗第 19 步兵师）给予增援。

2. 反水的霍尔蒂

匈牙利战场形势剧变的 1944 年 10 月上旬，战场外的秘密战争也如火如荼。10 月 1 日，霍尔蒂的特使——宪兵总监法拉戈将军（前驻苏武官）抵达莫斯科，将霍尔蒂所写的信交给斯大林。苏联官方历史宣称信中罗列了停战条件：苏联停止军事行动；不妨碍德军撤出匈牙利；邀请美英与苏联一道占领匈牙利。这些条件自然不能令俄国人满意㉚。但笔者所见此信内容并没有那么具体。霍尔蒂只是恭敬地吹捧斯大林并哀求"宽恕我们这个不幸的国家"，还把战争罪责全部推给德国及其匈牙利代理人（匈牙利参加苏德战争的借口是遭到了苏联空袭，事实上空袭是罗马尼亚所为。参见《东线》第一卷），求斯大林体谅他目前为德国重兵和代理人所威胁的困境，顺带还挑拨了一番，表示罗马尼亚才是苏联与匈牙利的共同死敌,甚至想在特兰西瓦尼亚领土争端上获得斯大林的同情[31]。

据说霍尔蒂派出的法拉戈等人最初只被授权与俄国人讨价还价,却没有缔约权力。可是随着战况恶化,心急火燎的霍尔蒂不得不于10月9日允许法拉戈与苏联缔结停战协定。红军副总参谋长安东诺夫于10月14日提出了苏联的条件:断绝与德国的一切关系并对德国开战;从罗马尼亚、南斯拉夫和捷克斯洛伐克撤出匈牙利军队;于10月16日8时前把德国与匈牙利军队的配置情况全部报告给苏军。上述条件必须在48小时内得到执行。

霍尔蒂准备接受俄国人的条件。但他依然期待和德国人好合好散,打算把他的决定通知给德国代表费森迈尔,希望德军能主动撤出匈牙利。10月14—15日晚上,对德匈方面而言是相当繁忙紧张的时刻。匈牙利总参谋部首先通知古德里安,以德国未能履行诺言为由,扬言要把匈军从前线撤走。德国人回应非常强硬,要求匈军取消撤退命令。

据说早在9月初,德国人就侦测到了霍尔蒂的背叛阴谋,且在10月4日获知了匈牙利与苏联的私下交易。德国人刚刚在罗马尼亚吃了被盟友出卖的大亏,这次当然不会掉以轻心,随即下手占领了匈牙利的所有的交通枢纽。此前希特勒还召来了他的御用亲信——以拯救墨索里尼而名震天下的党卫军军官兼大冒险家奥托·斯科尔兹内,让他在匈牙利首都发动一次特种行动。

10月15日早晨,斯科尔兹内及其爪牙布下圈套,以所谓南斯拉夫共产党领袖铁托的"密使"为诱饵,绑架了霍尔蒂的小儿子。德国代表费森迈尔本想以此当面要挟霍尔蒂,要他向德国屈服。不料霍尔蒂反而大发雷霆,当天下午就通过布达佩斯广播电台发表告人民书,宣布匈牙利已经与敌国签订停战协定,但他并没有明确宣布匈牙利军队应该在何时停止战斗。这个有意或无意的失误后来被德国人充分加以利用。德国党卫队袭击了电台,虽然未能阻止上述广播,但是做为补救,他们立刻逼着电台播出了另一则公告,宣布取消霍尔蒂的停战公告。10月16日(星期一)清晨5时,斯科尔兹内一伙直接攻打霍尔蒂居住的城堡。除了当地的德国党卫军以及盖世太保,德军第500、600伞兵营和一些军校生等等外,第503重

斯科尔兹内在布达佩斯,1944年10月

型坦克营也参加了占据匈牙利首都的行动。该营在9月份刚刚接受了45辆崭新的"虎王"超重型坦克，坦克总数达到47辆。随即于10月12日调往匈牙利战线[32]，第一个任务就是赶到布达佩斯参加政变。现在（10月16日），纳粹在布达佩斯占尽优势：城内已经集中了25 000名德军，再加上几十辆"虎王"坦克，手头还有霍尔蒂的小儿子当人质。而霍尔蒂的卫队却不敢反抗德军。老摄政终于屈服，将权力交给匈牙利法西斯组织"箭十字"党头子萨拉希。萨拉希立刻宣布继续与德国一道战斗，坚决抵抗苏军。霍尔蒂全家以及一些匈牙利高官则被押解到了德国。

霍尔蒂被德国人拉下了台，霍尔蒂在军队里的一些亲信决定和德国人分道扬镳。10月16日，匈牙利第1集团军司令米克洛什·贝洛上将及其参谋长和一些司令部人员，通过匈军第16步兵师地段，逃入苏军阵营。可是此人还没下定决心与德国人为敌。经过俄国人的劝说，他才于17日向所辖部队发出命令，号召在10月19日晨6时前停止对苏作战，调转枪口打击德国人。10个被俘的匈军军官受命越过战线传递这道命令。俄国人期待匈牙利军队倒戈过来，结果却颇令他们失望。虽然主动投降的匈牙利官兵越来越多，匈军基干却依然留在德国阵营内。或许是因为米克洛什之类的匈军高官犹豫的时间

布达佩斯市内的"虎王"重型坦克，隶属于第503营

太久，德国人已经先下手为强，把他们认为靠不住的匈军指挥官都给抓了起来，其中就包括匈第2集团军司令维雷什中将㉝。据说有一个匈军团长响应了米克洛什·贝洛的号召，立刻遭到德军逮捕并被处决。但也有漏网之鱼，如匈军总参谋长，另一个也叫维雷什的上将就成功逃离布达佩斯倒向苏军。

3. 夺取德布勒森

凭借周密的事先防备，霍尔蒂的反水没有给弗里斯纳的南方集团军群带来太大麻烦。在此前后，弗里斯纳的力量还在继续增强。10月9日以来，新援军第24装甲师陆续抵达。该师在10月1日只有21辆战车可用以战斗（14辆四号坦克、4辆强击火炮、3辆三号指挥坦克），另有86辆装甲运兵车和7辆安装150火炮的装甲汽车。10月8日又接受了17辆安装超长70倍75毫米炮的四号歼击车㉞。这样第24装甲师就可以用稍微像样点的规模参加匈牙利之战。

搞定了霍尔蒂之后，原本留在后方的一些部队也被送往前线。10月18日，德军又得到了一支装甲生力军的支援：此前在布达佩斯执行占领任务的第503重坦克营。该营被配属给第24装甲师。不过此时抵达集结地域的只有11辆"虎王"，包括第1连的1辆和第3连的10辆。第二天这11辆"虎王"就被投入战斗㉟。第1装甲师在此前后也获得了10辆四号坦克的补充。

这样到10月19日，德军在前线已经有了4个装甲师、2个装甲步兵师、1个坦克旅、1个重型坦克连和大量独立强击火炮部队。共有237辆战车可投入战斗。第二天即10月20日，又有第503重坦克营第2连外加第3连的一个排抵达前线。他们被配属给了党卫"警察"第4装甲步兵师㊱。

> **10月19日 德军部分单位的战车数量㊲**
>
> 第1装甲师36辆战车，第13装甲师3辆战车，第23装甲师10辆战车，第24装甲师36辆战车；"统帅堂"装甲步兵师和第109坦克旅共有74辆战车，党卫第4装甲步兵师12辆战车，第228强击火炮旅30辆战车，第325强击火炮旅12辆战车，第503重型坦克营（1个连）11辆战车，第1 179、1 257强击火炮营2辆战车，第1 176强击火炮营4辆战车，第1 335强击火炮营7辆战车

新到的两支装甲部队——第24装甲师和第503重坦克营一部，并没有用于形势急迫的德布勒森战场，而是在新组建的第4装甲军（10月10日成立）指挥下投入到南面的蒂萨河去继续桥头堡激战。在最重要的索尔诺克地带，德军在10月19—20日投入第24装甲师、武装党卫军"警察"师，加上第503重型坦克营的"虎王"，向东岸的红军第243、409、303步兵师以及罗第19师展开猛攻。德匈联军也向南侧的罗马尼亚第

2、4步兵师杀了过来。10月19日，匈牙利第1骑兵师及第1步兵师猛攻罗第4步兵师阵地。接着，德军第24装甲师、武装党卫军"警察"师和第503重型坦克营又猛冲罗第4步兵师右翼，一举迂回到该师后方将其包围。罗马尼亚第4步兵师被迫在10月20日投降。10月25日，匈牙利军又动用第1骑兵师，以及第1步兵师和第20师，进攻罗马尼亚第2步兵师阵地，迫使该师逃回蒂萨河。10月26日至10月29日，匈军又攻打了巴奇—基什孔桥头堡的罗马尼亚第19步兵师，但未能成功。

德第4装甲军在蒂萨河的反击对马利诺夫斯基震动不小，迫使他几乎拿出所有预备队去应战。但是德军在德布勒森的局面已经无法挽回了。10月中旬，马利诺夫斯基的目标已不再限于夺取德布勒森，还要继续北上夺取尼赖吉哈佐，以进一步切断"沃尔勒"集群的补给线和后路。

此时战斗已进入白热化状态。德军曾试图以装甲反击包围突向德布勒森的苏军，但未能成功。为了挡住苏军，弗里斯纳一面要求"弗雷特·皮科"集群把每个市镇和路口都变成了抵抗据点，又命令"沃尔勒"集群火速撤到尼赖吉哈佐西北面去建立新防线。苏联方面，马利诺夫斯基为了增强进攻力量，在10月19日至20日将3个罗马尼亚师（第2及第3山地师以及由苏军直接控

在匈牙利防守阵地的德国武装党卫军部队

在匈牙利作战的苏联步兵

制的所谓"志愿"师）加强到这一方向。苏军第 6 近卫坦克集团军以及 2 个骑兵机械化集群急速向德布勒森推进。10 月 20 日早晨，苏联第 5 近卫坦克军所属的第 20、22 近卫坦克旅冲进德布勒森。该城终于落入苏军之手。

苏军乘胜继续向北推进，而德军几乎已无力阻挡。夺取德布勒森 2 天后的 10 月 22 日，普利耶夫将军的骑兵机械化兵集群（戈尔什科夫将军的骑兵机械化集群现在也归普利耶夫指挥）攻占了尼赖吉哈佐市。普利耶夫的先遣部队继续急进，一路冲到了蒂萨河北段。尼赖吉哈佐市的失陷，意味着德军在克卢日至塞格德地区的重兵集团，包括德军"沃尔勒"集群和匈牙利第 1、2 集团军，总计 15 个师和旅，都被切断了退路。弗里斯纳眼看就要面临类似 8 月份在罗马尼亚全军覆灭的巨大灾难。

4. 弗里斯纳绝地反击

就在这时，弗里斯纳的参谋长黑尔姆特·冯·格鲁曼将军提出一个大胆计划，集中坦克对突进的红军机械化集群实施第二次包围作战，以期为"沃尔勒"集群打开撤退通道。格鲁曼当然也知道此前在德布勒森附近

实施的第一次包围作战失败了,但他将其归咎于德国和匈牙利军之间协调不利,而且当时德军的坦克也不大够用。现在,随着第24装甲师和第503重型坦克营的加入,格鲁曼认为德军已经有了足够的反击力量。弗里斯纳批准了这一计划。

弗里斯纳这次反击选定的战区并不大,大体局限在尼赖吉哈佐以南和德布勒森以北之间的交通线上,战术目标是上述两地之间的纳季卡洛。格鲁曼参谋长计划令"皮科"集群与"沃尔勒"集群东西对进,以切断突入这一地区的普利耶夫集群先头三个军(第23坦克军、第5、4近卫机械化军)。

为此,德军"皮科"集群第3装甲军(军长布赖特)在西面展开了第1、23装甲师。以南的"统帅堂"装甲步兵师、第13装甲师和第46步兵师(后来还有匈第2装甲师),则在德布勒森以北阻止红军的救援。

东北面,"沃尔勒"集群所辖第17军(军长蒂曼)和第29军(军长勒普克),将使用德军第15步兵师、匈第2补充师、德第3、4山地师,匈第9后备师、匈第27轻装师。后来还投入了武装党卫军第8骑兵师。参战的2个德国山地师员额较为充足,还都配属了强击火炮连。

一个对德军反击计划非常有利的因素是,马利诺夫斯基此时正全力应对德第4装甲军(第24装甲师、党卫军"警察"师、第503重坦营)在索尔诺克的反击,为此甚至把原处于右翼的第7近卫集团军通过450公里长途行军调了过去,几乎没剩下多少兵力可以帮助普利耶夫。

10月23日,德军反击开始,锋利的装甲钳子很快就切断了普利耶夫的后方交通线。10月24日,德军第23装甲师与第3山地师进抵尼赖吉哈佐附近。可是普利耶夫骑兵机械化集群虽然被包围,却依然固守尼赖吉哈佐。10月24日晚,普利耶夫请求马利诺夫斯基派援兵解围。10月25日起,马利诺夫斯基以第27集团军和第53集团军一部兵力从南面攻打包围圈,遭到德军第1、13装甲师、匈第2装甲师,以及德第23装甲师第128装甲步兵团的抗击,一时难以突破。与此同时,普利耶夫骑兵机械化集群也试图突围,大量涌向德第3山地师阵地。10月26—27日,普利耶夫集群放弃尼赖吉哈佐市,破坏车辆和重型武器后,向南徒步突破德军包围,于10月29日与方面军主力会合。

尼赖吉哈佐被德军第23装甲师占领。事后德方做了一些关于苏军残暴行为的报告,但也有一些作者认为这不过是把个别犯罪事件夸大为屠杀,而且德军在匈牙利也大肆掠夺犯罪,甚至令弗里斯纳都感到头疼。另一方面,苏军也指责德军残杀了留在尼赖吉哈佐当地的俄国伤员。

夺回尼赖吉哈佐让弗里斯纳松了一口气,这等于为沃尔勒将军的德第8集团军以及2个匈牙利集团军打开了一条生命通道。至28日,上述部队经由这条通道撤到了蒂萨河上游两岸的新防线上。为此德军也付出很大代价,残存的战斗力相当有限。此前的

10月27日，德军第6集团军有4个装甲师（第1、13、23、24）和2个装甲步兵师（党卫军第4"警察"，"统帅堂"），但只有67辆坦克和58门强击火炮㊳。

整个南方集团军群此时情况也大幅恶化。其所属的德国部队（以下数据不含第8歼击师和第46步兵师），只剩下183辆可以使用的坦克与强击火炮（10月11日有231辆），步兵仅剩17 760名（战役开始时是3万人），火力支援主要依靠238门野战炮和110门75毫米反坦克炮（10月11日有167门）。匈军整体情况不详，但就10月底的一份统计看，匈军各师拥有的步兵少则1 500人，多则3 700人，各有9~30门野战炮（参见以下表格）。

10月28日 南方集团军群主要作战兵团的实力（不含匈军）㊴

第1装甲师有19辆战车（8辆"黑豹"，2辆强击火炮，9辆四号），1 000名步兵，11门75毫米反坦克炮，30门野战炮

第13装甲师8辆战车（6辆"黑豹"，1辆三号，1辆70倍75毫米炮四号），1 100名步兵，14门野战炮

第23装甲师有32辆战车（2辆"黑豹"和四号，28辆强击火炮），850名步兵，9门75毫米反坦克炮，30门野战炮

第24装甲师18辆战车（11辆"黑豹"，7辆强击火炮），步兵1 600人，13门75毫米反坦克炮

"统帅堂"装甲步兵师和第109坦克旅共有10辆强击火炮，900名步兵，7门75毫米反坦克炮

第228强击火炮旅13辆强击火炮

第325强击火炮旅和党卫第4装甲步兵师有8辆强击火炮，步兵1 100人，41门火炮，18门反坦克炮

第503重型坦克营有30辆"虎王"坦克

第1 176强击火炮营有2辆"追猎者"坦克歼击车

第76步兵师有1 900名步兵，2门75毫米反坦克炮，13门火炮

党卫第8骑兵师有3 060名步兵，19门75毫米反坦克炮，10辆"追猎者"，37门野战炮

第15步兵师有900名步兵，14门75毫米反坦克炮，3门野战炮

第1 015强击火炮营有6辆"追猎者"

第4山地师有3 350名步兵，12门75毫米反坦克炮，35门野战炮，17辆强击火炮

第3山地师有2 000名步兵，5门75毫米反坦克炮，35门野战炮，10辆强击火炮

10月31日 德匈两军在多瑙河至蒂萨河一线兵力
（未标示国籍部队均为匈牙利军）:⑩

	"战斗力量"（主要指步兵人数）	坦克与强击火炮	火炮
第10步兵师	2 000	0	9
第7强击火炮营	0	9	0
第23预备师	3 600	0	26
第1轻骑兵师	3 700	0	30
第1装甲师	700	20	7
第5、8预备师	3 300	0	26
第20步兵师	1 500	0	15
德第23装甲师	1 000	50	30
德第24装甲师	1 600	18	45
总计	17 400	97	188

与孱弱的德军相比，红军虽然刚刚遭到战术失败，但仍有相当实力。这部分得益于马利诺夫斯基在德军反击前向斯大林要了一大批补充坦克。在10月28日，近卫坦克第6集团军有91辆战车；普利耶夫和戈尔什科夫的骑兵机械化集群有353辆；第18坦克军有46辆战车。乌克兰第2方面军的总兵力在10月29日超过71万（确数712 000人），比月初还稍多点。

红军的实力依然足以继续进攻。在失去

被红军摧毁的"虎王"重型坦克，隶属于第503重坦克营

尼赖吉哈佐短短三天后的 10 月 30 日，马利诺夫斯基的右翼部队再度占领此地。其中央部队也进抵蒂萨河并夺取了右岸登陆场。就在尼赖吉哈佐之战期间，德国第 4 装甲军（包括第 24 装甲师、党卫军"警察"师、第 503 重坦克营）在索尔诺克方向的反击逐渐陷于停顿，尽管第 503 重坦克营的"虎王"已经增加到 30 辆。可是苏军实力也逐渐增强，除了第 53 集团军外，第 7 近卫集团军也经过 450 公里急行军进入战场。苏军以不断反击压迫第 4 装甲军，终于在 10 月 28 日占领了蒂萨河东岸。

而马利诺夫斯基左翼的第 46 集团军不仅早就渡过了蒂萨河，还在 10 月 21 日夺取了多瑙河畔的包姚和松博尔，于 10 月 28 日在蒂萨河和多瑙河之间建立了大型登陆场。而德军在这一线根本来不及设置坚固防御。通向布达佩斯的大门已向红军敞开。俄国人没有做任何停留和休整，第二天（10 月 29 日）就直接冲过蒂萨河向前推进，4 天后的 11 月 2 日，红军抵达布达佩斯郊区，城内顿时一片慌乱。好在俄国坦克暂时被反坦克壕所阻止。匈牙利首都争夺战就此开始，不过这是后话。本文所要介绍的德布勒森之战已经结束。

5. 德布勒森总结与匈牙利新政权的诞生

部分参加德布勒森战役的德国装甲部队实力变化：

第 1 装甲师在 10 月份原有 85 辆战车（44 辆"黑豹"，22 辆四号坦克，7 辆强击火炮，12 门自行火炮），同期接受了 17 辆四号坦克。

第 23 装甲师有 80 辆（49 辆"黑豹"，13 辆四号，13 门强击火炮，5 门自行火炮），另外接受了 21 门自行火炮。

"统帅堂"装甲步兵师有 78 辆（36 辆"黑豹"，11 辆四号，31 门强击火炮）。

作为苏德战争的一场中等规模战役，德布勒森之战给两军造成的杀害算不上特别显著。在 10 月 1—31 日之间，德国南方集团军群上报的损失为 15 165 人。包括 2 338 人阵亡、10 103 人受伤、2 724 人失踪[41]。上述损失绝大部分属于 13 个德军师，每个师损失少则数百人，多则一千数百人。另根据德国官方史料，匈军在战役中另外损失了 2 万人，两军相加总损失超过 35 000 人。同一资料来源还承认德匈两军共有 18 000 人被俘虏。德匈联军损失的装备包括 200 辆战车和 490 门火炮[42]。

而根据苏联的统计，德布勒森战役中，仅抓获的德匈两军俘虏就超过 42 000 人，还缴获了 138 辆坦克与强击火炮、856 门火炮、681 门迫击炮、386 架飞机、16 000 支步枪和自动枪[43]。假设以苏联公布的俘虏数字加上德国公布的伤亡数字，则德匈联军总损失可能超过 6 万人。当然这种计算方式是否可靠，还需谨慎对待。

当然德军伤亡报告中有些部分也令人生疑，如前述第76步兵师。该师在很多西方资料中都被宣布为"遭到歼灭"，可是上报的损失只有1 185人。这个师在战役开始前刚刚进行了补充，总兵力约1万人，其中步兵3 000人。而战斗结束后步兵只剩下1 900人。减少员额居然与上报损失正好相当，让人怀疑所谓伤亡数据其实只统计了步兵单位（库尔斯克战役中德军一些伤亡报告也有类似问题）。

与德军相比，苏联付出的代价更为惨重。在10月6—28日，乌克兰第2方面军共损失84 010人（死亡失踪被俘19 713人，伤病64 297人）[44]。此外，罗马尼亚军队在9月21日—10月25日间损失了33 350人[45]。当然，上述数据的统计时间与德国有些出入，而且苏军的损失数字包括患病者（德国不包括）。以同期红军在南斯拉夫的数据分析，病员可能占伤病总数三分之一。

按笔者的综合估算，苏军和罗军在德布勒森战役中蒙受的作战损失可能在8万左右（其中苏军6万多）。另外，德军宣称俘虏了苏罗军5 073人。德国官方史料还认为红军损失了500辆战车和1 656门炮[46]。比较苏方资料，德国人的这一估计大体正确。

德布勒森之战以大规模坦克对决而著名，但参战的战车其实不算特别多。德匈军可能前后投入了600辆左右（参与实战约400辆），苏军则大大超过1 000辆。同期在波罗的海沿岸和东普鲁士战场上，无论苏军还是德军，投入的战车都比德布勒森多得多。当然换个角度说，德布勒森之战本就不

沿着特兰西瓦尼亚的道路向匈牙利开进的苏联骑兵

是 1944 年秋季两军的战略重点,投入的兵力和物资都很有限(苏军在战役开始时战车总数甚至连 1 000 辆都没有)。而按"比例"来说,参加德布勒森之战的 13 个德国师中,有 6 个是装甲师和装甲步兵师,还有大量强击火炮单位。苏德战争所常见的大规模炮战、坚固阵地争夺等等,很少在德布勒森战役登场,坦克战始终起着绝对主导地位。加上德布勒森战场面积本身不大,同时涌入两军数百辆装甲战车,密度也的确相当高。

从战术角度看,苏军司令马利诺夫斯基在这次战役中表现得有些朝三暮四,多次改变重点方向,虽然借此抓住了德军的空子,但紧接着也被德军钻了空子。可以说是功过参半。当然鉴于他手上的兵力优势一般,这么做也有可以理解之处。德军的弗里斯纳思路同样有些混乱,尤其对他脆弱不堪的南翼显得近乎麻木,当然也因为他兵力更薄弱。可最出奇的是,无论弗里斯纳,还是南部友邻的魏克斯,或者希特勒和古德里安,对这个弱点竟然同样漠不关心。

德布勒森之战尾声,德军以装甲反击一度困住苏军三个军,虽然未能全歼,却借此救出了"沃尔勒"集群的 15 个战术兵团——虽然俄国人本就没有吃掉"沃尔勒"集群的实力。德军在整个战役中给予苏军的杀伤也大大超过自身损失(按德国数据,战役中苏联的人员和坦克损失都两倍多于德军)。但这些战术成就并不足以挽回整个战役的失败。德布勒森之战的结果是南方集团军群从大片阵地上被赶了出去,甚至一度夺回的尼赖吉哈佐,没过几天也重回红军之手。经过 10 月份 23 天的装甲大战,红军在战略上获得巨大成就,捣毁了德军在特兰西瓦尼亚阿尔卑斯山脉的防御体系,夺取了几乎整个蒂萨河左岸和北特兰西瓦尼亚,占据了匈牙利总面积的 29%,人口的 25%。战役中,红军在右翼推进了 230~275 公里,在中央和左翼推进 130~150 公里。斯大林的坦克已经开到了多瑙河中游平原,兵逼匈牙利首都布达佩斯。夺取这一匈牙利政治中心只是时间问题。

面对这巨大变局,匈牙利各种政治势力活跃了起来。以霍尔蒂摄政正统自居的匈牙利保守政治势力决心争取主动。11 月 9 日,倒向苏联的匈军前总参谋长维雷什上将写报告给苏军总参谋长,建议成立新的匈牙利政府委员会。莫洛托夫随即接见了愿意与苏联合作的匈牙利高官,除了维雷什上将外,还有霍尔蒂的谈判代表法拉戈上将、匈第 1 集团军司令米克洛什·贝洛上将等人。维雷什称,根据霍尔蒂被德国人抓走前的意愿,政府首脑应由法拉戈或米克洛什·贝洛担任。莫洛托夫没反对,但要求给共产党等左派政团足够的位置。新政府的办公地点就定在刚刚夺取的德布勒森。这时俄国人才从匈牙利人口中得知这座城市还有一个特殊政治意义:1849 年,匈牙利人正是在德布勒森宣布从日耳曼人统治下独立[4]。12 月 21 日,在德布勒森举行了临时国民大会第一次会议,由此成立了以米克洛什·贝洛上将为总理的临

时政府，理论上依然延续了王国政体，但政权内匈牙利共产党已经占据优势㊳。读者应该还记得，按照丘吉尔与斯大林此前达成的协议，苏联和美英本应在匈牙利平分天下。但在红军即将占领匈牙利首都的未来，斯大林注定在匈牙利掌握100%的权力。

注释：

① 《当巨人冲突》，第220页。
② 《当巨人冲突》，第304页。
③ 《德国在第二次世界大战中》，卷六，第98页。
④ 《德意志帝国与第二次世界大战》，卷八，第879页。
⑤ 《什捷缅科大将回忆录》，第560页。
⑥ 《什捷缅科大将回忆录》，第562页。
⑦ 《匈牙利现代史》，第152页。
⑧ 《从斯大林格勒到柏林：德国在东线的失败》，第358页。
⑨ 《苏德战争》，第551页；《武装部队与武装党卫军的兵团与部队》，卷二，第30页；卷四，第196、212页。
⑩ 《苏德战争》，第550页。
⑪ 《什捷缅科大将回忆录》，第567页。
⑫ 《希特勒与战争》，第896—897页。
⑬ 《苏德战争》，第55页。
⑭ 《德国战斗序列：装甲与炮兵》，第206—207页；《装甲战：匈牙利平原上的装甲行动1944年9—11月》，第48页。
⑮ 《装甲战：匈牙利平原上的装甲行动1944年9—11月》，第48页。
⑯ 《第二次世界大战史》，卷九，第339页。
⑰ 《第二次世界大战史》，卷九，第340页；《装甲战：匈牙利平原上的装甲行动1944年9—11月》，第48页。
⑱ 《苏军坦克兵》，第295页。
⑲ 《装甲战：匈牙利平原上的装甲行动1944年9—11月》，第38、184页。
⑳ 《德意志帝国与第二次世界大战》，卷八，第871页。
㉑ 《当巨人冲突》，第304页。
㉒ 《德意志帝国与第二次世界大战》，卷八，第879页。
㉓ 《装甲战：匈牙利平原上的装甲行动 1944年9—11月》，第157—158页。
㉔ 《布达佩斯之战》，第317页。
㉕ 《苏军坦克兵》，第295页。
㉖ 《装甲战：匈牙利平原上的装甲行动1944年9—11月》，第158页。
㉗ 《第二次世界大战史》（蒂佩尔斯基希"德国观点"版），第586页。
㉘ 《苏德战争》，第554页。
㉙ 《装甲战：匈牙利平原上的装甲行动1944年9—11月》，第59页。
㉚ 《第二次世界大战史》，卷九，第333页。
㉛ 《苏联历史档案汇编》，卷二十六，第4—6页。
㉜ 《虎在行动》，卷一，第135页。
㉝ 《什捷缅科大将回忆录》，第572页；《希特勒的欧洲》，第1 049页；《苏德战争》，第555页。
㉞ 《装甲战：匈牙利平原上的装甲行动1944年9—11月》，第109页。
㉟㊱ 《虎在行动》，卷一，第135页。
㊲ 《装甲战：匈牙利平原上的装甲行动1944年9—11月》。
㊳ 《苏德战争》，第554页。
㊴ 《装甲战：匈牙利平原上的装甲行动1944年9—11月》，第142—144页，158页。
㊵ 《布达佩斯之战》，第317页。
㊶ 《装甲战：匈牙利平原上的装甲行动 1944年9—11月》，第184页。

㊷《德意志帝国与第二次世界大战》，卷八，第876页。
㊸《第二次世界大战史》，卷九，第345页。
㊹《苏联在二十世纪的损失与战斗伤亡》，第110页。
㊺《装甲战：匈牙利平原上的装甲行动1944年9—11月》，第184页。
㊻《德意志帝国与第二次世界大战》，卷八，第876页。
㊼《苏联历史档案汇编》，卷二十六，第11—12页。
㊽《匈牙利现代史》，第174—175页。

特别篇之二：阿登攻势

一、希特勒在1944年秋

1. "平静的东线"

匈牙利的惨败令希特勒颇为吃惊。他原本以为这个战区可以幸免到冬季，却没料到苏军坦克一下子就逼近到了布达佩斯，这迫使希特勒对匈牙利局势变得关心起来（部分原因在于匈牙利是德国获取燃料的最后来源之一）。但客观说，自度过八月危机后，希特勒在1944年秋冬对东线战场的关注度始终不是太高。希特勒主要的热情还是放在西线反击计划上。先赢得西线，然后回师东线决战的构思，一直主导着希特勒的思绪。

10月9日，约德尔向希特勒呈报了西线反攻计划草案。基于希特勒9月中旬的构想，战役将选择在阿登地区（比利时东南部）展开，目标是盟军重要补给基地的安特卫普。为了达到这个目标，德军不仅要突破阿登山脉，还要强渡马斯河，横穿几乎整个比利时——完成上述200公里艰难进军的预定时间，只有7天。约德尔将德军的胜算建立在两大基础上：第一，盟军约70个师散布在数百公里长战线上，不可能处处严密；第二，预定战役开始时的11月底天气将变得非常恶劣，这将剥夺盟军的空中优势。约德尔预期德军的成果将非常巨大，甚至可以将整个盟军战线一劈为二，歼灭25~30个盟军师。

待在东线后方"狼穴"大本营的希特勒一面谋划着西线反击战，同时也不能不关心几乎就停在门口的俄国人日益现实的威胁。10月24日返回"狼穴"的一个希特勒副官发现，"领袖地堡"覆盖上7米厚的水泥，木板房和周围建筑也用60公分厚的水泥墙加固[1]。10月底，希特勒在"狼穴"召开了一次小范围会议。这次古德里安带来了好消息，宣称东线战局正趋于平静（当然形势突变的匈牙利例外）。苏军正在补充兵力，估计他们需要很长时间才能恢复对东普鲁士和维斯瓦河的攻势。这意味着，希特勒将获得开展阿登攻势的宝贵时间[2]。

11月3日，约德尔向西线将领们传达了雄心勃勃的阿登反击战计划概要，却没有得到将军们的热烈回应。他们令人丧气的表示手头的力量即使在得到了希特勒所承诺的加强后，非但不足以在短期内打到遥远的安特卫普，甚至连快速强渡马斯河都非常困难。将军们建议将目标缩小为仅仅铲除亚琛附近的盟军突出部，以巩固德军现有的防御阵地。这就是所谓"小解决"方案。约德尔当场拒绝了这个方案，理由很简单：希特勒所要追求的目标是以一次巨大胜利迫使美英与德国和谈。"小解决"达不到这样的效果。

约德尔对希特勒的意图理解得完全正确。一周后（11月10日），希特勒签署了阿登攻势命令，再次强调以安特卫普为目标歼灭盟军重兵集团，以"扭转西线战局、甚至是整个战争的局面"[3]。

2. 1944年底第三帝国的军事态势

1944年即将过去，在这一年里，第三帝国蒙受了空前巨大的损失。1944年全年，德军（所有军种）共死亡近176万人（确数1 756 256人），其中东线德军死了了123万人（确数1 232 946人），刚刚过去的1944年秋冬4个月内，东线德军死者就超过29万人（确数293 475人）。物资损失也很巨大。仅9—11月三个月间，也就是所谓的"相对平静时期"，东线德军注销损失的主要型号坦克与自行火炮就有1 656辆。

1944年第四季度 东线德军死亡人数[4]
9月　　70 561
10月　 92 528
11月　 45 363
12月　 85 023

1944年9—11月 东线德军战车损失

1944年9月 四号135辆，"黑豹"132辆，"虎"式27辆，强击火炮256辆，"追猎者"坦克歼击车65辆，其他自行火炮34辆。总计649辆

1944年10月 三号18辆，四号126辆，"黑豹"261辆，"虎"式44辆，强击火炮262辆，坦克歼击车91辆。总计802辆

1944年11月 四号55辆，"黑豹"57辆，"虎"式20辆，强击火炮60辆，坦克歼击车13辆。总计205辆

德军在西线损失也很惨重，按照早期报告，自美英入侵以来至1944年11月30日，德军陆军和武装党卫军在西线死亡了54 754人，失踪338 933人[5]。而根据最新数据，西线德军在1944年共死亡超过24万人（确数244 891人），是早期报告的4倍。另外，战后西欧各国清点德军收埋情况为：法国230 764人；比利时45 400人；荷兰31 513人[6]，这还不包括西部德国（1944年秋以来也属于西线）等地德军的尸体数量。

东西两线以外其他地区德军在1944年

共死亡 278 419 人（包括苏军打击下的巴尔干与芬兰战区）。此外，还有 45 330 名德国俘虏死在战俘营内。⑦

尽管伤亡很大，但到 1944 年冬季，除了匈牙利战场，德军在各条战线大体都趋于稳定。此时，希特勒依然拥有庞大的军队。仅部署到各战区的作战部队就超过 650 万人。但具体分配却依然不合理。

东线依然保持着最大战区地位，拥有 154 个陆战师，占用了 307 万人的庞大兵力（确数 3 076 016 人。1944 年 12 月 1 日数据）。在东线以外，德军另有 340 多万兵力，其中用于对付西线和意大利盟军的只有 200 多万。尽管希特勒放弃了一些地盘，大量兵力却依然被留置在一些几乎没有战斗或较为次要的战区。

首先是所谓北方战区（丹麦和挪威）。这里的德军除了应付海空战和小规模骚扰外，在地面所面临的直接对手只有进入挪威北部的苏军。但 10 月之后，彼此也没有什么大规模战斗。如此平静的战区，却部署了 19 个师的重兵集团：挪威北部的 9 个师；挪威南部 5 个师；丹麦 5 个师。⑧ 1944 年底至 1945 年初，光是挪威德军的"供给员额"就有 46 万人。包括：第 20 集团军 183 195 人和"挪威"集团军 281 611 人。⑨德国人倒也不是没有意识到这有多浪费，企图将从芬兰撤入挪威的 7 个师转送到本土用于防御战。但由于英国海空军以及挪威抵抗组织的干扰，到 12 月底仅运出 2 个师。⑩结果到大战结束时，挪威境内依然有 36 万德军⑪。除了在挪威北部对抗红军外，这个庞大德国重兵集团几乎未参与地面战斗。

另一个耗费大量兵力的次要战区是巴尔干。放弃希腊后，德军在南斯拉夫仍有 10 个师。⑫一部分对付苏军，一部分对付铁托。

而在战略地位仅次于东线的西线战区，德军只有 74 个师；意大利战线另有约 27 个师和旅。西线德军实力这段时期变化很大。在 1944 年 12 月 1 日，其"作战力量"只有 416 713 人。1 个月后就增加到 132 万人（确数为 1 322 561 人）⑬。按所谓"供给员额"计算，1944 年底至 1945 年初，西线德军共有 144 万人（确数 1 442 622 人）。区分为：B 集团军群 566 708 人、G 集团军群 391 258 人、H 集团军群 484 656 人。意大利战线另有 40 多万德国陆军部队。

相比之下，在 1945 年 1 月 3 日，西欧大陆上的美英盟军集团更为庞大。总兵力超过 372 万人（确数为 3 724 927 人。不包括在意大利的部队）。编成为：

73 个师（另有 3 个美国师留在英国）。

其中按兵种划分为：49 个步兵师、20 个装甲师、4 个空降师。

按国籍划分单位构成为：49 个美国师，12 个英国师，3 个加拿大师，1 个波兰师，8 个法国师。⑭

以国籍来区分的盟国兵力构成为：美军 2 699 467 人，英军 925 664 人

（1944 年 11 月 8 日数据。包括海空军）。⑮法军 118 560 人。⑯

无论军队的构成特点还是统计方式，德国与美英的差别都相当大。所以很难单纯用现有数字比较双方实力。不过有利的是，在这个阶段，两军的野战师数量几乎相当（73 个对 74 个）。西线德军各师的实力天差地别。少的只有 8 000 人，多则 17 000 人。按美国人评估，其平均兵力少于 1 万人。⑰而美英军师平均 15 000 人左右。以此推算，盟军在地面作战人员方面大概拥有超出德军 50%的优势——倒不像德国人渲染的那么恐怖。

盟军真正的优势在于巨量的武器装备和源源不断的充足后勤供应。在西线有上万辆盟军坦克和近 8 000 架作战飞机，而且不愁油料。美英不像苏军那样热衷于公布详细的火炮统计数据，但我们知道其炮兵装备基本是足额的。按编制测算可能有 3 万门左右的火炮和迫击炮，弹药也相当充足。

不可思议的是，希特勒竟然把制胜希望放在德军的坦克飞机和大炮上。当然，为了实现他的阿登计划，西线的装甲力量得到了特别强化。11 月初已拥有各种战车 1 998 辆（包括坦克、强击火炮、自行反坦克炮和自行榴弹炮）。反击开始前夕的 12 月 15 日，西线德军共有主力型号坦克 1 097 辆（同一天东线有 1 709 辆主力型号坦克）。⑱空军方面，据说戈林向希特勒保证说可以提供 3 000 架飞机用于阿登之战，其中还有大量的喷气式战斗机（ME-262）。但希特勒也知道这根本是没法兑现的牛皮，能有 800 架飞机就不错了。事实证明他估计得蛮准确。因此相对于获得空中优势，希特勒更希望战役开始时天气比较坏，这样德军就可以免遭美军的轰炸。

美国陆军（含陆航）在西欧兵力⑲

日期	总计	野战部队	航空部队	后方部队	病员	补充单位	师
1944 年 12 月 30 日	2 699 467	1 315 201	443 634	657 129	172 078	111 375	52
欧洲大陆	2 022 749	1 196 999	178 151	513 349	52 331	81 919	49
英国	676 718	118 202	265 483	143 830	119 747	29 456	3
1945 年 1 月 31 日	2 829 039	1 402 060	440 517	654 525	195 337	136 600	55
欧洲大陆	2 179 026	1 333 132	179 285	519 653	62 671	84 285	55
英国	650 013	68 928	261 232	134 872	132 666	52 315	0

二、阿登攻势

1. 孤注一掷的资本

在希特勒看来，数百辆坦克加上没法飞行的坏天气也许能帮助他扭转战局。但现实并非如此乐观。希特勒内心深处或许也意识到了这一点。1944年11月20日下午，希特勒登上专列，带着沮丧而冷漠的表情离开了"狼穴"。尽管他命令继续修筑强化"狼穴"的工事，却从此再未回来。在柏林停留一段时间（其间希特勒做了一个声带息肉切除手术）后，于12月11日清晨抵达西线的"鹰巢"大本营[20]（位于巴特瑙海姆附近的齐根贝格）。他将在此地亲自指挥阿登反击战。

在此前后，希特勒继续为了未来的反击战竭力搜罗兵力和装备。他原本打算能搞到45个师，其中包括12个装甲师和装甲步兵师。但由于东线无底洞式吞噬了德国的大部分战略资源，希特勒的宏伟构想根本无法实现，只能拼凑出大概相当于计划三分之二的兵力，其中还包括大量新组建不久战斗力低下的"国民步兵师"。另一个讨厌问题是油料不足，只够德军走一半的路程。穷困窘迫的德国人只好盘算在战役中夺取美军的油料来供应德国战车。也不光是油料，据说连德军的厨子都进行了特别训练，学会如何用美国食材来做德式军队午餐。种种的麻烦使进攻计划一拖再拖，一直延迟到12月16日。11月底计划又有所变更，决定在夜间把一队空降兵空投到美军后方，以提前占领位于马尔梅迪的重要路口。

尽管兵力不够，德国人还是最大限度发挥了他们集中优势兵力于一点的能力，在他们选定的战场：宽度达115公里的阿登地带，德国B集团军群参战部队有第5装甲集团军（7个师）；党卫第6装甲集团军（9个师）；第7集团军（4个师）。加上1个师的预备队，总计21个师，包括：12个步兵师、2个伞兵师、7个装甲师。

德军统帅部还准备了7个师的后备兵力。构成为：2个装甲师，1个装甲步兵师，4个步兵师。

加上这些后备部队，预定投入阿登战役的德军共有28个师合计人员25万。配备有805辆坦克和339辆强击火炮。西线战场约一半的兵力和绝大部分坦克都倾注于此。[21]

而参加第一轮进攻的部队有20万人（17个师），装备500辆中重型坦克，另有一些强击火炮和自行高炮坦克，还有1900门火炮和火箭炮。

而与之对峙的美军，只有第1集团军的83 000人。重型装备包括242辆"谢尔曼"坦克；182门坦克歼击炮；394门火炮。[22]阿登地区的美军不仅兵力薄弱，战斗力也较差。不是新开到的部队就是休整中的疲惫之师。不过美军依托的战区森林密布，加上天寒地冻白雪皑皑，并不利于德军展开大规模装甲攻击。但希特勒和约德尔也正是利用盟军的麻痹心理，希望以突然袭击获胜。

希特勒的计划是否瞒过了盟军的耳目？持肯定意见者们强调，战场环境和德军的保密措施发挥了决定性作用。尤其是以下因素：天气恶劣使盟军较难通过空中侦察获得情报；战场进入或迫近德国本土提供了意外的便利，使德军可以不必依赖无线电（其密码往往为盟军破译），而改用内线电话等较可靠通讯工具；希特勒还禁止用飞机或电台传递命令；"7·20"事件后德国内部进行了大规模清洗，且采取了更为严密的监视措施，叛变泄密现象似乎也减少了（据说1944年12月头12天，西线德军确认的叛逃者只有5人）；㉓美军情报部门战前似乎一直没搞清党卫第6装甲集团军的准确位置，阿登前线也低估了当面德军的实力。

另一方面，德国人的保密并非天衣无缝。虽然"确认叛逃"只有5人，但最后几天故意叛变或被俘的实际人数却不止于此。他们大都透露了进攻在即的消息。希特勒严禁文件外泄的命令也没有得到彻底贯彻。因为在12月16日，当德第66军一个军官被俘时，随身就携带着阿登战役最高机密——"狮鹫计划"的文件。㉔

早在12月12日，巴顿就警告德军将攻击其北翼的美第1集团军地带（阿登正处于第1集团军防区），且为此制订了应对计划。㉕近年也有人认为艾森豪威尔早就识破了德军的意图，却故意引诱其攻击薄弱的阿登地区，这样就能把德国人从坚固阵地里骗出来加以歼灭。以艾森豪威尔深藏不露的个性，这并非没有可能。

按艾森豪威尔本人的说法，德军会选择在阿登进攻并不出他意料，只是未能准确估计到时间和规模。也就是没料到德军会在蒙受巨大损失后，这么快就调来新锐部队发动反攻。㉖但艾森豪威尔坚持认为，既然德国人在实力不足条件下发动进攻，其势头必然有限。因此当德军反攻开始后，艾森豪威尔却宣称这是值得高兴的"好机会"。巴顿更是兴高采烈地高呼，干脆让德国人冲到巴黎，好把他们分段全歼。

> **"狮鹫计划"**
>
> 所谓"狮鹫计划"，其创意据说来自希特勒本人（希特勒本人则把创意归功于美国人：据说亚琛战役中，美军曾利用3辆被缴获的德国坦克进行破坏活动）。党卫军著名冒险家奥托·斯科尔兹内再度登场，负责实施这一计划。其要点是组成一支冒充美军的机械化特种部队，潜入美军后方夺取缪斯河上的桥梁，并最大限度制造混乱。为此组建了所谓"第150装甲旅"。据说总数有2500人，其中160人会说英语（但也只是"会说"而已，真正精通者不多）。
>
> "第150装甲旅"编成为"X"、"Y"、"Z"三个战斗群。其装甲单位只有1个连实力。既然为了迷惑美军，自然应该尽量配备缴获的美国车辆。但在坦克方面，不知是实在找不到还是野

战部队不肯拿出战利品,据说只给了2辆"谢尔曼"(因为机械故障还不怎么能用)。结果只能用德国战车凑数。包括:5~10辆经过改造伪装成美军M10坦克歼击车的"黑豹"坦克(这玩意大体只能在远距离上糊弄一下美国新兵,近距离很容易看出本尊);还有同样涂上美军白星标志的10辆三号强击火炮。

战斗开始后,"狮鹫计划"出师不利。由于调度不利,"第150装甲旅"居然被堵在路上。加上文件泄密,美军提前有了防备,挫败了破坏计划。几天内就有130名破坏者被逮捕并遭到处决[27](一说只有44人破坏分子投入美军后方,其中18人被捕杀)。据说有些被捕者还供称他们企图暗杀艾森豪威尔以及其他盟军高官。这个消息于12月20日被通知给了艾森豪威尔本人。[28]美军因此大大强化了对高官的警备措施。战后斯科尔兹内否认"狮鹫计划"有刺杀高官内容,但真相至今不明。

另一方面,美国人严密的防范和检查,也给自身带来相当的混乱。美国宪兵向来往人员提出各种刁钻古怪的问题以验证其是否是德国特务。甚至有些将军也因此被扣押。美军的调动因此大受影响。

"第150装甲旅"本身几经拖延,最终作为野战部队投入进攻。却非但没有取得显赫战功反而陷入美军的凶猛炮火而损伤惨重——据说又是因为有叛变者泄密。斯科尔兹内本人也被美军炮火击伤。12月28日,"第150装甲旅"被迫撤离前线。

类似"第150装甲旅"的伪装部队,并非阿登战役首创。此前德军在东线就曾多次使用;也有些线索提及苏军曾利用德国战俘或者德裔苏联人组织过敌后破坏小组。德军称其为"塞德利茨"部队。虽然有些研究者认为"塞德利茨"部队只是战场上的谣传,但也有些官方材料反映出其存在过的蛛丝马迹。

被美军抓获枪决的德军伪装人员

而"第150装甲旅"与其显赫名声相比，却是一个相当粗糙低效的存在。众所周知，战前德国与美国有着相当密切的联系和交往，德裔美国人更是美国最大的民族族群之一，且积极为美军情报和侦察部门服务。同为轴心国，只是小族群的日裔美国人在二战期间有七千人到一万人左右参加日本陆海军，其中很多也是利用英语专长服务于日军情报与通讯部门。仅战舰"大和"上就有6名日裔美国人身份的帝国海军通讯兵（另一方面，美军也利用留在美国的日裔翻译日军情报资料或审讯俘虏等等。称为"语学兵"）。

比较来说，为了赢得决定德国命运的阿登之战，居然只能凑出几十个精通英语的战士——而事实证明，除英语外，这数十人的多数对美国也谈不上特别熟悉。在苏德战场，德军利用过大量被缴获的苏联坦克。到了阿登战役，居然不能为"第150装甲旅"拿出一辆能投入战斗的美国坦克，只能用"黑豹"做些可笑伪装去冒充M10坦克歼击车。

显然，900万德军和8 000万德国人中绝不可能只有数十人精通英语且熟悉美国。德军手上能开动的"谢尔曼"也绝不会是0。但这个由希特勒本人构思，由冒险家斯科尔兹内实施的"狮鹫计划"，却实实在在地遭到了德军官僚部门上上下下的消极抵制。不给人才；不给装备；一开战就给堵在路上。德国陆军的冷漠或许出自固有的傲慢和不屑，却也难保没有妒嫉成分（陆军将军们在回忆录中丝毫不掩饰对希特勒重视

伪装成M10坦克歼击车的德军"黑豹"坦克

党卫军的不满）。行动还没开始，计划却两次落入美军之手：一次也许是无心之过，另一次则出自背叛。钩心斗角、人心浮动的第三帝国，已很难组织起真正隐秘而周到的行动。

2. 初战不利

1944年12月15—16日，一个极为黑暗的霜冻之夜。凌晨5时30分，德军开始了猛烈炮击，宣告阿登反击战开始。8时整，德国3个集团军开始全线进攻。其基本态势如下[29]：

北部为党卫第6装甲集团军，以6个师（第326国民步兵师；党卫第12、1装甲师；第277、12国民步兵师；第3空降师），攻打美军第99步兵师；

中路是第5装甲集团军，以7个师（第18、62、560国民步兵师，第116、2、"李尔"装甲师，第26国民步兵师）攻击美军第106、28步兵师；

南路是第7集团军，以4个师（第5空降师，第352、276、212国民步兵师）攻击美军第9装甲师（其两翼分别由第28、4步兵师各一部掩护）。

党卫第6装甲集团军本是希特勒寄予最大厚望的部队，但在其战区北部的推进却很不顺利。美军第99步兵师在第2步兵师配合下顽强抵抗，凭借配备近炸引信的炮兵和密林的掩护，重创了来犯的德国国民步兵师。这迫使德军将装甲部队提前投入战斗，却很快陷入因暴雪造成的糟糕路况和交通阻塞。

德军中路的第5装甲集团军在曼托菲尔将军指挥下打得比较顺利，很快就突破了当面由美军第28步兵师和第106步兵师所据守的阵地。还成功地包围了美第106师的两个团（第422和423团），美军的损失在7 000~9 000人之间，大量美国士兵被俘虏。这成为美军在欧洲战场最惨重的一次战术失败。

德军南路集团遭到依托村落支撑点的美军极为顽强的抵抗，除第5空降师外，这一线也未能获得重大进展。美军方面，拖延了一段时间后方才得到德军进攻开始的准确报告。艾森豪威尔意识到阿登之战的规模具有决定性意义，开始调遣大量援兵。12月17—18日，8万多美军搭载在1万辆军车上开往阿登，一周内就送去了25万人。还有一些精锐部队被紧急调往可以作为抵抗枢纽的后方战术要点，其中第82空降师到达列日，而第101空降师被送到巴斯托涅，此地将成为整个战役的关键所在。

德军的地面进攻开局不顺。特种空投作战也基本搞砸了。令美国空军无法出动的恶劣天气也迫使德军推迟了空投行动，可当行动实际开始后，狂风加上黑夜导致很多德国飞机偏离航线，把伞兵投放到了目标区以外很远的地方。即使在目标区上空投放的伞兵，很多也被强风给吹偏了。经过一番周折,好不容易才有 300 名伞兵集结到了一起,但这点可怜兵力根本无力夺取路口。开始这些德国空降兵还打算打游击,可是身处敌后连饭都没得吃,最后只好分批逃回德军阵地。

12月17日在北部地区,党卫军第6装甲集团军所辖的"派普"战斗群取得了相当进展。所谓"派普"战斗群,主力来自党卫军"希特勒"第1师。战斗群拥有4 800名士兵和600辆机动车,装备了70辆"黑豹"和四号坦克(两种型号大概各占一半),另有配属的党卫第501重坦克营的45辆"虎王"超重型坦克。其实力超过当时的德军常规装甲师,大量官兵都是富于东线作战经验的老兵。在不到30岁的党卫军中校约亨·派普带领下,战斗群迅速突入美军第99步兵师后方纵深,还夺取了5万加仑燃料,然后继续向西推进到马尔梅迪前方。包括"派普"战斗群在内的"希特勒"师官兵沿途枪杀了362名美军战俘和111名平民,其中较大一股来自美军第7装甲师第285野战炮兵观测营。这类集体屠杀在东部战线本属于司

被德军俘虏的一群美军

空见惯，对武装党卫军"希特勒"师来说更是家常便饭，但美国人在西线倒的确是第一次见识。

"派普"战斗群序列㉚

党卫第1坦克团第1营（"黑豹"和四号坦克各2个连，1个半履带装甲车搭载工兵连，1个自行高炮连）

党卫第501重坦克营（"虎"式坦克3个连）

党卫第2装甲步兵团第3营（4个半履带装甲车步兵连，一个自行步兵炮连）

党卫第1装甲炮兵团第2营（3个连）

党卫第1装甲工兵营第3连

第84高炮营（3个连）

12月18日，"派普"战斗群突进到斯塔沃格，遭到美军的顽强抵抗。此后战斗群又试图寻找其他突破口，但通道上的桥梁却都被美军提前炸毁。在美军的强力堵截下，"派普"战斗群变得无所适从，而党卫第6党卫军装甲集团军主力自18日起也停滞不

推进中的德军"派普"战斗群,一个路牌上写着马尔梅迪13公里

东线：1945 年的春天

落入美军之手的"派普"战斗群204号"虎王"坦克

前，且被美军以顽强抵抗牵制于埃尔森博恩—克林凯尔特地区。冒进的"派普"战斗群陷入孤立境地，且在 12 月 19 日被美军切断了退路。被包围的"派普"战斗群还有至少 1 200 人以及 25 辆坦克（6 辆"虎王"、13 辆"黑豹"、6 辆四号），但在寒冷饥饿下的战斗中很快减少到 800 人，残部被迫于 12 月 24 日凌晨丢下车辆和重型装备突围，最终有 770 人撤退成功。自进攻开始以来，战斗群人员的总伤亡情况不详，但有 353 人在包围圈中被美军俘虏。另外还彻底损失了 45 辆坦克，2 个连的火炮和 60 辆装甲运兵车。伴随其行动的党卫第 501 重坦克营在 12 月 18—25 日彻底损失了 12 辆"虎王"㉛。阿登战役开始前，整个"希特勒"师加上党卫第 501 营也只有 124 辆坦克，现在光一个"派普"战斗群就给葬送了 45 辆。该师其他单位这个时候也蒙受了很大损失。

马尔梅迪审判

"派普"在阿登之战后，几经周折，最终还是跑到美军那里投降——他这种人落到俄国人手中生还几率肯定不高。但美军在战后追究了马尔梅迪屠杀

事件，逮捕了派普等人。1946年，原"派普"战斗群的73名德军官兵被美国军事法庭判决有罪，其中包括派普在内的43人被判绞刑。但这个案件随后搅成了一团浑水，有人揭发说德国战犯遭到饥饿折磨和严刑拷打，有的甚至被打碎了下巴和睾丸。其实，当时美军虐待或对轴心国战犯严刑逼迫他们编造证词本也很普遍，为何唯独这个案件被拿出来特别渲染，其背景至今不清，只知道一些美国国会议员为了讨好德国血统选民对案件施加了影响。某个曾被派普俘虏的美国军官也出来给他说好话。派普突围时曾带着这个军官。当时风传美军会杀掉被俘的党卫军，处于困境的派普很可能是为了保命才优待此人。加上20世纪50年代美国需要德国人与之共同对抗苏联，派普等人被逐渐减刑直至释放。派普后来化名移居法国，被揭穿真实身份后于1976年被人烧死在家里。据传可能是法国原反纳粹战士所为。

战后受审的原"派普"战斗群成员

党卫第 6 装甲集团军指靠不上，德军的希望被寄托在中路第 5 装甲集团军。该集团军一面与路障和交通阻塞斗争（当时道路糟糕到莫德尔与曼托菲尔都只能步行前往战场，这样反而比汽车快点），一面虽然缓慢但依然坚决地向前推进，于 12 月 21—22 日夺取了美军曾长时间据守的交通枢纽圣维特——原定应该在 12 月 17 日就夺取此地。同时也逼向美国此前已经强化过的另一个抵抗枢纽巴斯托涅。德军"李尔"装甲师奉命分兵支援第 26 国民步兵师攻打巴斯托涅，防守此地的除了前面提到过的美军第 101 空降师外，还有美第 10 装甲师一部（B 战斗队）。德军向对巴斯托涅以北和以东实施了进攻，虽然被美军的顽强抵抗所阻止，但还是于 12 月 21 日包围了巴斯托涅。美国守军处境危险，药品、粮食、弹药都严重不足。

阿登战役中德军攻入美军阵地

德军派出打着停战旗的军使，要求巴斯托涅的美军投降，被美军指挥官麦考利夫准将以粗鲁的言词拒绝。德国曼托菲尔将军后来评价说这次劝降是个大失策，因为德军根本没有足够炮弹持续轰击巴斯托涅。对德军来说，另一个不祥之兆是，21 日由于天气有所好转，德军装甲部队开始遭到少量盟军战斗轰炸机的袭击。22 日空中攻击进一步加剧。盟军空军还向巴斯托涅的守军空投了大量弹药、药品、食物、毛毯，令其防御能力大为增强，甚至在 22 日向德军发动了一系列凶猛反击，德国人竭尽全力才勉强将其遏制住。

巴斯托涅之战出乎意料地吸引了大量德军参加，原因之一是莫德尔元帅想恢复"小解决"方案——实际上也是德国将军认为唯一现实的方案，于是命令第 5 装甲集团军不惜代价一定要攻克该城。结果德军一度动用 2 个军 9 个师的兵力来攻击巴斯托涅这个"大旋涡"，原本用来攻打马斯河的兵力也都给吸引了过去。德军对巴斯托涅的进攻本身也组织得相当混乱分散，各部队彼此之间缺乏配合，没有集中优势兵力，结果迟迟无法攻陷。

12 月 24 日，德军先头部队逼近马斯河，但前方盟军已作好准备。此前，艾森豪威尔决定把美国第 1、9 集团军都交给蒙哥马利的英国第 21 集团军群指

挥，蒙哥马利则于12月19日着手强化马斯河的防御，将英国第30军部署到了马斯河西岸的迪南地区。与之相对，德军的油料和弹药几乎耗尽，其先头少量兵力也根本无力实施突破。当晚，感到战局无望的曼托菲尔将军打电话给约德尔，建议集中力量（也就是要第6装甲集团军把部队都给他的第5装甲集团军）进攻马斯河，但约德尔没有作出决断，只是含混保证会提供更多增援。至25日，德军自开战以来虽然推进了90公里，却不要说安特卫普，甚至距离马斯河还有4公里距离。

此前美军的战术反击已经开始。自19日以来，巴顿指挥下美军第3集团军的13万3 000辆载重汽车和坦克就日夜兼程地赶往战场，并于21日展开救援巴斯托涅的战斗。但在茫茫白雪覆盖下的田野上，美军进展缓慢，巴顿对此极不耐烦。直到12月23日天气进一步放晴，盟军的空中优势再次有了用武之地。他们的首要目标是靠近前线的德军补给线，为此大量飞机沿着铁路和公路实施了地毯式轰炸。以至于德军后期无法在白天输送物资。P-47机群也对道路上的德国地面部队展开攻击。美军不仅拥有强大坦克部队和空军，炮火也极具杀伤力。到12月23日，盟军已向阿登战场投入4 155门火炮[32]。激战至12月26日16时50分，美军先头部队终于沿着一条狭窄通道杀到巴斯托涅。随后经过几天战斗，最终解除了巴斯托涅的包围。同一个12月26日，德军先头部队停顿在迪南地区，再也无法前进了。

当阿登攻势逐渐趋于失败之际，希特勒又在12月21日决定再发动一次新攻势。这次的目标是阿登战场以南的阿尔萨斯地区，行动代号为"北风"。此次作战在美军战史上被列为广义"阿登战役"（即所谓"阿登—阿尔萨斯"战役）的一部分。

戈林也决心显示一下存在感。1945年第一天（1月1日），德国空军大举出击，以1 035架飞机袭击了盟军在荷兰南部、比利时和法国北部的机场。德军宣称击毁或重伤了盟军的479架飞机——实际上只有144架被摧毁[33]，另有110架受损。德国空军本身也有277架飞机被击落。其中62架损失于空战，88架被盟军高射炮击落，还有84架被德军自己的高炮打下来了——由于保密过于严格，不知情的高炮部队错把己方飞机当成敌人。但对德国空军来说，更大的打击是失去了超过230名飞行员。盟国方面并不在乎此次袭击所造成的损失，而全部也只有1 800多架飞机的德国西线空军却无法承受一次就失去数百架飞机和数百名飞行员的重大消耗。尤其雪上加霜的是，由于东线形势吃紧，西线德国空军接下来还必须抽调出750架战斗机和攻击机给东线，这等于向美英彻底让出天空。

同一个1月1日，希特勒的新攻势——"北风行动"终于开始了。德国G集团军群沿110公里长战线攻击美国第7集团军。主攻的德军第1集团军自北向南对美第15、6军施压。在侧翼友邻配合下，德军在美第6军防线上取得较大进展，并对其形成三面合围之势，迫使美军放弃大片阵地，退守到默德尔河南岸。但德军也耗尽了锐气，于1月25日结束进攻。这是一次规模相对较小的战役。美军投入了11个师约23万人，损失约11 609人。德军损失约22 932人。

3. 盟军反攻与总结

1944年12月26日以来，德军在阿登前线实际上已经停止进攻，却依然以一个箭头型突出部威胁着盟军在马斯河地区的防线。艾森豪威尔决心从南北两侧实施向心突击来消灭这个突出部，斩断德国进攻部队的退路。南面，巴顿的第3集团军将以巴斯托涅为中心向北攻击；北面，美国第1集团军（现在由蒙哥马利管辖）则向南进攻。艾森豪威尔希望蒙哥马利能够在1月1日开始行动。可是蒙哥马利却拖到1月3日才让美第1集团军发起进攻。事后蒙哥马利还开记者招待会大吹大擂，令本来就很讨厌他的美国人更为反感，布拉德利和巴顿等美国将军甚至扬言要么蒙哥马利滚蛋，要么他们也不干了。

由于盟军之间配合不顺畅，德国人乘机一边打一边逐步撤出战区，沿途被迫丢弃了大量没有燃料的战车。在1月初，交战双方在阿登地区已经使用了相当庞大的兵力。至1月2日，德军在阿登地区投入了8个装甲师和20个步兵师，另有2个摩托化旅；盟军投入8个装甲师、16个步兵师、2个空降师。㉞美国官方在阿登战役六十周年发布的数字是：四周时间内，美军共投入50万人；英军55 000人；而德军有60万人参战。㉟

美德两军的损失，资料相当混乱。美军的一份早期统计资料显示，在阿登战役防御阶段，即1944年12月16日—1945年1月2日，美军共损失41 315人。包括4 138人阵亡；20 231人受伤；16 946人失踪㊱。但这份材料公认不完整。稍后提出的一份报告记载的数据是，战至1月17日（比上面那个多统计了15天），美英盟军一共在阿登损失了76 890人。具体情况如下表：

盟军（包括英军）在阿登战役中的损失

（至1月17日）㊲

	总计	阵亡	负伤	失踪
全体盟军	76 890	8 607	47 129	21 144
美军	75 482	8 407	46 170	20 905

但上述报告依然只是战时所作的"初步评估"。"最终报告"直到战后50年代才正式公布，显示所谓"阿登—阿尔萨斯战役"（1944年12月16日—1945年1月25日）期间，美军（含航空部队）共损失10万人（确数105 102人）。其细目如下：㊳

死亡19 246人（阵亡16 001人，因伤致死2 439人，被俘后死亡572人，失踪后死亡234人）；

受伤62 489人（含前述死亡者）；

被俘23 554人（含前述死亡者）；

失踪3 058人（除前述死者外，基本得以返回）。

需要特别加以说明的是，上述数字的统计范围并不是只限于一般所说的阿登战场，也包括了美军同期在阿尔萨斯损失的 11 609 人。去掉这部分，美军在阿登的实际损失是 9 万多人。美军另外还损失了 800 辆坦克㊴，以及其他大量武器技术装备。

德军在阿登的损失至今没有如美国这样的战后"最终报告"，而只有各种杂七杂八的战时临时统计。即使这些数字，其统计时间、范围和项目也很少被准确注明。根据德国来源，德军在阿登的损失有如下说法：说法一，总损失 67 675 人。包括 10 749 人阵亡、34 439 人负伤、失踪 22 487 人㊵；说法二，总损失 81 834 人。其中死亡 12 652 人、受伤 38 600 人、失踪 30 582 人。㊶也有些德国将军估计损失为 9 万人。

盟国估计德军损失了 10 万到 12 万人（截至 1 月 16 日），包括 4 万不可恢复减员（被打死 24 000 人，被俘 16 000 人）㊷。比较来看，德国自己统计死亡和失踪总数为 33 236~43 234 人。由此观之，盟军给出的数据也许最接近事实，尤其是交代了德军下落不明者的归宿。这样我们可以得出阿登战役两军不可恢复损失的大致对比：死亡，德军 24 000~27 000 人对美军 15 000~16 000 人；被俘，德军 16 000 人对美军 23 000 人。从数字看，美军对德军拥有战术优势。需要说明的是，以上对德军损失的估计，可能依然是偏低的。

德军在阿登损失说法一细目：

党卫第 6 装甲集团军：

阵亡	3 818
负伤	13 693
失踪	5 940

第 5 装甲集团军：

阵亡	4 415
负伤	10 521
失踪	8 276

第 7 集团军：

阵亡	2 516
负伤	10 225
失踪	8 271

总计

阵亡	10 749
负伤	34 439
失踪	22 487

阿登之战按苏德战争标准，大概算一次中等规模战役，但作为希特勒寄予厚望的翻盘之战，德军也算最大限度投入了精兵良将，而且在战场上一度形成极大的兵力优势，人员和坦克数量都是美军的两倍以上；德国战车的火力和装甲也都大大强于美军战车；火炮数量更是接近五倍。加上天公作美，美军的空中优势在一周时间内都得不到发挥。但与投入的力量相对，德国哪怕战术成就都相当有限，战役一开始就严重受挫，

推进速度比预期晚了5天左右，到最后不要说希特勒的"大解决"目标，就连将军们的"小解决"都没能达成。在苏德战场上德军还能占据一定的战术以及素质优势，技术上总体也优于苏联。而在美军面前，这些优势都荡然无存，甚至德军赖以自豪的"虎王"超重型坦克也没吓倒美国人，美军在逆境下的顽强性更是大出德国人意料。阿登战役中，德军表现出一种空前的无力感和混乱状态，标志着一个技术上更优越，装备资源更是绝大丰富的对手的登场。

美军在阿登战役中的弊端，与其说是没能猜对德军的进攻计划，倒不如说是追击战展开得很不得力，没能堵住德军后路将其大量俘获。除了蒙哥马利的懈怠和无能（上次也是他在法莱斯放走了德国人），美军即使在战役后期对德军也不具备显著人力优势，要打歼灭战的确困难。老成持重的艾森豪威尔似乎也不特别介意于此。说到底，无论基于政治原因还是军事需要，全面占优的美军都没必要为了一点战果而在战术上过分冒险，只要稳扎稳打地逐步推进即可。真正决定战争结局的地方，依然是那辽阔的东部战线。

注释：

① 《希特勒副官的回忆》，第422页。

阿登战役中被美军俘虏的德军第352国民步兵师官兵

② 《希特勒档案》，第 208 页。
③ 《德国国防军大本营》，第 482 页。
④ 《德国在第二次世界大战的损失》，第 277 页。
⑤ 《德国陆军 1933—1945》，卷三，第 265 页。
⑥ 《希特勒战争的另一种代价》，第 24 页。
⑦ 《德国在第二次世界大战的损失》，第 266 页。
⑧ 《第二次世界大战史》，卷十，第 58—59，61—62 页。
⑨ 《帝国与二战》，卷十，第一部分，第 277 页。
⑩ 《希特勒的欧洲》，第 900 页。
⑪ 《欧洲的重组》，第 949 页。
⑫ 《大独裁者希特勒：暴政研究》，第 798 页。
⑬ 《阿登：突出部战役》，第 675 页。
⑭ 《最后战役》，第 5 页。
⑮ 《最高统帅》，第 543 页。
⑯ 《德国陆军的武器与秘密武器》，卷二，第 268 页。
⑰ 《阿登战役》，第 651 页。
⑱ 《装甲部队 2》，第 202、230 页。
⑲ 《陆军后勤支援》，卷二，第 288 页。
⑳ 《希特勒副官的回忆》，第 428—429 页；《希特勒与战争》，第 914 页。
㉑ 《大事记》，第 315 页。
《第二次世界大战史》，卷九，第 490 页。
《德国陆军的武器与秘密武器》，卷二，第 272 页。
㉒ 《阿登战役》，第 650 页。
㉓ 《希特勒与战争》，第 921 页。
㉔ 《纳粹将领的自述——命运攸关的决定》，第 243 页。
㉕ 《军界雷神——巴顿自传》，第 227 页。
㉖ 《艾森豪威尔回忆录：远征欧陆》，第 383 页。
㉗ 《第二次世界大战史》，卷九，第 493 页。
㉘ 《艾森豪威尔回忆录：远征欧陆》，第 396 页。
㉙ 依据《阿登突出部之战》附图及相关文字描述
㉚ 《阿登 1944 派普与斯科尔兹内》，第 24 页。
㉛ 《虎在行动》，卷二，第 257 页。
㉜ 《阿登突出部战役》，第 659 页。
㉝ 《德国空军画史》，第 157 页。
㉞ 《阿登突出部之战》，第 650 页。
㉟ 美国国防部官网新闻《突出部战役 60 年纪念》
㊱ 《阿登突出部之战》，第 674 页。
㊲ 《最高统帅》，第 396 页。
㊳ 《第二次世界大战陆军的战斗损失与非战斗损失》，第 92 页。
㊴ 美国国防部官网新闻《突出部战役 60 年后的重逢》。
㊵ 《西线的撤退 1944》，第 315 页。
㊶ 《第二次世界大战史》，卷九，第 495 页。
㊷ 《最高统帅》，第 396 页。

第四章 1945年的春天

DONGXIAN:1945 NIAN DE CHUNTIAN

一、1945年初东线形势

1. 迷雾中的东线

阿登战役逐渐趋于尾声。但由于形势看起来依然紧张，美英对红军何时在东线采取行动变得特别关心起来。早在阿登战役开始前的12月14日，美国驻苏大使哈里曼曾从斯大林处获悉，红军正等待一个较长的好天气，以便于发动军事行动。战斗打响后，面临巨大压力的温斯顿·丘吉尔首先沉不住气，于1月6日向斯大林发了一份私人电报，询问红军何时能发动冬季攻势。斯大林于1月7日答复，他正在等待天气好转，但最迟也会在1月下旬采取行动。

正在阿登豪赌命运的希特勒，也同样惴惴不安地留心关注着东线的动态。虽然希特勒相信，当德军在西线发动猛攻时，斯大林不会急于干预，而会等到德军与盟军都筋疲力尽后才出手。可俄国人具体什么时候采取行动，依然是生死攸关的重大问题。

直接负责东线作战的德国陆军总部及其负责人陆军总参谋长古德里安，最初似乎对东线形势还比较乐观。阿登战役开始前的12月5日，古德里安还把东线部队的参谋长们召集到措森，聚在一起大吃大喝狂欢胡

德国陆军总参谋长古德里安大将

闹。据说当时陆军总部几乎每晚都喝得酩酊大醉，一副高枕无忧的景象①。如果说古德里安在12月多数时候对东线战局有什么忧心之处，似乎主要也是关注匈牙利而非波兰②。

很多迹象似乎也证明东线形势值得乐观。比如说德军此前曾抓到一个苏联俘虏，他说进攻日期将是12月20日——正好将是德军开始阿登攻势后4天。但希特勒不为所动，反而坚信一旦德军西线反击开始，斯大林出于政治考虑反而会延迟攻势，以等待战局变化。12月20日到来后，果然什么都没有发生。这令希特勒大为安心。③德军情报和气象部门也认为，红军要等到晴朗的霜冻天气到来后才能行动。而这样的天气似乎还遥遥无期。另外，德国人还获得了俄国人正与美英为了波兰而大肆争吵的情报，希特勒由此怀疑斯大林是故意按兵不动，等着被德国打得鼻青脸肿的美英把波兰献给莫斯科当礼物——也就是承认苏联扶持的波兰卢布林政府。

12月底，事态有了变化。据希特勒副官的说法，当时古德里安从东普鲁士来到西线大本营。这次他带来的是坏消息：东线局势趋于恶化。根据侦察，苏军正在集中兵力，准备进攻东普鲁士和维斯瓦河。古德里安希望得到援助。可是希特勒对此表示怀疑。因为根据大本营气象专家的预告，近期东线气候不适合飞行。尽管如此，希特勒还是在当天召开了一次小范围会议，承认红军将在东线发起进攻。而这将毁掉阿登攻势的成果。

第二天，希特勒决定中止阿登战役，以抽出装甲部队增援东线。正式发布命令前，他派出副官去通知党卫装甲军撤离，该副官于1月7日抵达。④

古德里安回忆录的说法有些出入。据说到12月23日，他已确信西线攻势失败，而东线正面临红军迫在眉睫的进攻。12月24日他跑到西线大本营向希特勒汇报东线危局，提出放弃西线攻势以抽调部队到罗兹以北充当预备队。为了增加说服力，古德里安还带去了盖伦的东线外军处所作的力量对比估计：红军在东普鲁士和维斯拉河一线共有225个步兵师和超过22个坦克军。苏军对德军的优势是：步兵十一比一，坦克七比一，火炮和飞机都是二十比一。这遭到希特勒反驳，认为古德里安带来的苏军情报资料根本是胡说八道，不过是自"成吉思汗"以来的最大骗局。事实是苏军兵力薄弱，一个步兵师最多7 000人。一直和古德里安明争暗斗的约德尔也反对削弱西线⑤。即使对东线本身，希特勒也更关心匈牙利的战况，还在12月25日下令将原本部署在华沙以北的党卫军第4装甲军（"骷髅"装甲师、"维金"装甲师）调往布达佩斯。⑥

希特勒副官和古德里安的描述貌似差别很大，其实在关键问题上是一致的。在1月3日，希特勒的确放弃了阿登攻势的目标，并于1月8日下令把阿登前线的党卫第6装甲集团军后撤并转为预备队⑦。但也正如古德里安所说，希特勒抽下党卫第6装甲集团军，并不是要送往波兰，而是要送到匈牙利去。

与此同时，红军即将进攻的预警信号越来越明确。同一个1月3日，东线外军处宣称苏军攻势再次推迟到1月中旬。⑧此前的1月7日，A集团军群观察到新的苏军部队正进入巴拉努夫桥头堡（苏联称为"桑多梅日"桥头堡）西面；苏军炮兵得到增强。这显然是进攻前的最后准备。⑨1月10日，德军抓获了一名苏联军人，他供述说红军将在1月11—16日发动进攻。⑩

希特勒并不完全否定红军攻势的可能性，但三个因素令他拒绝增援波兰战场。第一，如果苏军真的在1月中旬进攻，那么增派援兵也来不及了；第二，希特勒相信东线德军的实力足够应付红军的攻击；第三，希特勒坚信与波兰相比，德国最后的燃料来源匈牙利更重要。1月9日希特勒的发言有助于我们了解他的细节思路。当天午间形势报告会上（下午8时18分结束），希特勒对苏军的攻势表示怀疑："如果俄国人不行动，应该是为政治原因而拒绝。"古德里安附和说："因为英国。"⑪当天晚间形势报告会上（12时55分开始，1时12分结束。古德里安没有参加这次会议），希特勒又强调东线德军拥有3 000辆坦克强击火炮（当指战备战车数），而苏军无论如何也不会有9 000辆。与会者也附和说东线德军的火力远比苏军凶猛。不过这人随即报告说苏军在巴拉努夫桥头堡后勤集结频繁，"给人的印象是他们很快会开始（行动）"。⑫

2. 斯大林的1945年战略构想

事实上，早在1944年10月，朱可夫和安东诺夫就奉命开始为新的进攻战役制订计划。11月1日或2日，两人将计划草案呈给斯大林。然后，斯大林将草案分割出相关部分交给各方面军加以详细讨论，各方面军再把想法回馈到总参谋部汇总。其间，朱可夫于1944年11月16日就任白俄罗斯第1方面军司令员。11月底，斯大林批准了新的作战计划，却没有明确规定战役开始的时间，只要求作战准备要在12月15—20日前完成⑬。读者应该还记得，曾有一个苏联战俘告诉德国人，进攻日期将是12月20日，此人大概通过什么渠道知道了斯大林的上述命令。

那么，斯大林对1945年战争计划的构想，将以何处为重点呢？为此先让我们了解一下1945年初的苏德战场基本态势（由北向南）⑭：

挪威北部和芬兰边境（巴伦支海—拉多加湖）：

红军独立第14集团军；

德军"纳尔维克"战役集群（挪威北部）

芬兰南部边境和波罗的海沿岸（卡累利阿地峡—西德维纳河口）：

列宁格勒方面军第23、8、67集团军，第13航空集团军；

当面无德军部队

库尔兰地区：

波罗的海第2、1方面军（7个集团军，2个航空集团军，1个独立坦克军，1个机械化军）；

德军北方集团军群（第16、18集团军）

东普鲁士—波兰北部：

波罗的海第1方面军第43集团军，白俄罗斯第3、2方面军（14个集团军，1个坦克集团军，2个航空集团军，4个独立坦克军，1个独立机械化军，1个独立骑兵军）；

德军中央集团军群：第3装甲集团军，第4、2集团军

波兰（西布格河河口—亚斯沃）：

白俄罗斯第1方面军和乌克兰第1方面军（15个集团军，4个坦克集团军，2个航空集团军，5个独立坦克军，1个机械化军，3个骑兵军）

德军A集团军群：第9、17集团军，第4装集团军

波兰与捷克斯洛伐克交界地区（亚斯沃—科希策）：

乌克兰第4集团军（3个集团军，1个航空集团军）

德军A集团军群：第1装集团军，匈牙利第1集团军

捷克斯洛伐克和匈牙利（科希策—奥西耶克）：

乌克兰第2、3方面军（7个集团军，1个坦克集团军，2个航空集团军，1个骑兵机械化集群，2个独立坦克军，3个机械化军，1个骑兵军）

德军南方集团军群：第8、6集团军，第2装甲集团军，匈牙利第3集团军

南斯拉夫德拉瓦河以南：

南斯拉夫人民解放军（奥西耶克—扎达尔地区）。苏联航空兵集群（1个强击航空师和1个歼击航空师）

苏军第37集团军（保加利亚地区）

德军F、E集团军群（4个师与4个旅与苏军交战）

上述战役方向中，斯大林最重视的是波兰战区。沿着维斯瓦河战线，红军白俄罗斯第1方面军和乌克兰第1方面军与德国A集团军群对峙于此。在这条战线的后方，不仅有德国占领下的大片波兰领土、第三帝国的首都柏林，也有德国控制下最重要的工业区之一的西里西亚。斯大林对这个工业区有相当强烈的兴趣。当1944年11月底，科涅夫带着乌克兰第1方面军的作战计划到莫斯科时，斯大林用手指着地图上的西里西亚画了一个圈，对科涅夫说

道："宝地啊。"⑮

可在计划的最初制订阶段，朱可夫和安东诺夫却提出了异议。他们认为沿着波兰攻向柏林的计划，有可能遭到北面东普鲁士地区德军（中央集团军群）的侧翼威胁。为了消除这种威胁，应该给进攻波兰北部的白俄罗斯第 2 方面军再增加一个集团军。这个集团军可以从波罗的海站区抽调——在朱可夫看来，波罗的海方面的苏军只需要紧紧包围住库尔兰半岛内的北方集团军群，并不需要投入过多兵力去歼灭这股德军。但斯大林拒绝了朱可夫的建议。

红军在 1944 年底到 1945 年的作战构想具体如下：

主攻目标，自然是波兰—柏林和西里西亚方向。斯大林本人将亲自协调各方面军在柏林方向的推进。不过苏联总参谋部认为，在这条生死的进攻轴线上，红军必然遭到最激烈最顽强的抵抗。此前他们甚至一度认为，俄国人竭尽所能或许也只能推进 140~150 公里。可能逼近柏林，却难以一举夺取。所以当时预定把夺取第三帝国首都的任务放到下一个阶段完成。

为了保障向柏林的推进，红军也将继续攻打东普鲁士。俄国人期待这一攻势可以吸引走柏林方向的一些德军。

南面的苏军也应保持 1944 年秋季以来的进攻势头，夺取捷克斯洛伐克、匈牙利、奥地利等国。红军总参谋部同样希望这些进攻能牵制住德军尽可能多的兵力，使之无法用来保护柏林方向。事实证明，俄国人这一图谋取得了相当不错的效果。

至于围困库尔兰半岛的苏军，据说在 1945 年 1 月 13 日接到了停止进攻的命令。不过此后红军也曾恢复攻势，据说只是为了阻止德国人把部队从半岛内调走。这个战区由华西列夫斯基元帅负责。

对所谓主攻方向，也就是向东普鲁士和柏林方向进攻的相关训令在 1944 年 11 月 25 日至 12 月 13 日陆续下达。进攻日期经过变更，改在了 1 月 20 日。据英国军事历史学家西顿分析，直到 1 月 9 日前，气象部门还不能准确预知气候的变化，这可能令斯大林推迟了行动。事实上，12 月份维斯瓦河上还出现了流冰，给苏军的渡河准备造成很大困难。

而到了 1 月 7 日，正如我们此前已经介绍的那样，斯大林决心给美英一个人情，向丘吉尔承诺将在 1 月下旬开始进攻。据科涅夫的说法，他于 1 月 9 日接到代理总参谋长安东诺夫的高频电话，通知说进攻日期将提前一周至 1 月 12 日发起⑯。科涅夫抱怨说这剥夺了他宝贵的八天准备时间，尤其是补充新兵的训练时间（科涅夫接受的新兵很多是从西乌克兰、波兰等地搜罗来的，相当一部分连俄语都不会说），而且根据天气预报 1 月 12 日的天气也不好，这样战斗开始时也没法指望空军优势了。而和德国人，哪怕是 1945 年的德国人打仗，也是不能放松任何一点优势的。

3. 德军与苏军

1944年11月初　德国战车在3条主要战线的分布：[17]

	东线	西线	意大利
三号坦克	133	35	49
四号坦克	759	532	166
"黑豹"	684	371	39
"虎"式	317	84	36
坦克总计	1 893	1 022	290
强击火炮	2 128	497	287
自行反坦克炮	876	366	98
自行榴弹炮	576	113	29
战车总计	5 473	1 998	704

1944年冬季，东线德军实力逐渐得到恢复。经过大量补充，东线陆军人数从10月份历史最低纪录的180万人恢复到11月份的203万人；至1945年1月1日又增加了20万，达到223万人[18]。加上海空军部队等等，东线德军仍有307万人的庞大兵力（确数为3 076 016人。1944年12月1日数据）。编成为154个师、4个集团军群、8个集团军、4个装甲集团军。除了德军外，苏德战场上还有21万人的匈牙利军队在为希特勒卖命。这些部队被编成为2个匈牙利集团军，计16个师又1个旅。

东线还不是苏德战场德军的全部。另外还要加上：挪威北部的德军9个师；以及巴尔干战区E集团军群的4个师与4个旅。[19]

一个流传甚广的说法是，为了实施阿登战役，希特勒似乎把德国装甲部队主力配置到了西线。但这并非事实。在1944年11月初，东线德军拥有各种战车5 473辆（包括在修和调配中的装备）。而同期西线只有1 998辆，仅相当于东线的三分之一多。12月30日，部署在东线的主力型号坦克（指"虎"、"黑豹"、四号坦克这三种型号。不含三号等旧型号）共有1 755辆，同期西线只有1 117辆。东线的强击火炮数量更是比西线多几倍。不算修理中的装备，东线在

1944年底至1945年初　德军在东西两线的主力型号坦克数量对比：[20]

1944年12月15日	"虎"式	"黑豹"	"四号"	合计
东线	268	737	704	1 709
西线	123	471	503	1 097
1944年12月30日	"虎"式	"黑豹"	"四号"	合计
东线	261	726	768	1 755
西线	116	451	550	1 117
1945年1月15日	"虎"式	"黑豹"	"四号"	合计
东线	199	707	736	1 642
西线	110	487	594	1 191

12月31日共有2 932辆战车可随时投入战斗，包括1 079辆坦克和1 853辆强击火炮。[21]另一方面，德国全军的坦克总数却在1944年最后两个月从7 059辆减少到6 284辆。与此同时，德国陆军的其他武器装备，从轻武器到火炮迫击炮强击火炮，数量大都有所增加。尤其是新式的44式突击步枪从11万支增加到19万支。这种武器将在战后得到大发展，取代传统步枪和冲锋枪的地位。

东线装甲部队依然有相当实力。但分布却不很均衡。全部21个装甲师中，10个师在匈牙利，3个师在库尔兰，4个在东普鲁士。而在红军最主要攻击目标的波兰战场，德军只有5个装甲师（其中一个是预备队）。

> **1945年初 东线德国装甲部队分布[23]**
>
> 北方集团军群：第4、12、14装甲师
>
> 中央集团军群：第5、7装甲师，"赫尔曼·戈林"装甲师，"大日耳曼"装甲师
>
> A集团军群：第16、17、19、25装甲师
>
> 南方集团军群：第1、3、6、8、13、20、23、24装甲师，党卫军"维金"、"骷髅"装甲师
>
> 注：第4装甲师在1月中旬调往但泽

不仅是装甲部队，防守波兰的德国A集团军群整体实力（不含匈军）都已大为缩减。1944年7月14日至1945年1月1日，A集团

德国陆军武器数量变化[22]

武器	1944年10月1日	1945年1月1日
44型突击步枪	110 000	191 408
机枪	211 000	231 078
80迫击炮	14 900	16 454
120迫击炮	3 510	4 070
75步兵炮	2 800	3 062
150步兵炮	952	1 304
105榴弹炮	6 592	8 059
150榴弹炮	2 521	3 000
75~88毫米反坦克炮	5 383	5 646
坦克	7 059	6 284
强击火炮	3 031	3 574
100加农炮	550	714
210巨炮	?	218

军群的步兵人数从 123 000 人减少为 93 075 人；野战炮（不含要塞炮）由 2 072 门减少为 1 816 门；战备坦克由 413 辆减少为 318 辆；战备强击火炮由 454 辆增加为 616 辆；战备反坦克炮由 1 229 门减少为 793 门[24]。

总体来看，虽然希特勒预感到红军攻势将指向波兰，也已经放弃阿登攻势并撤下了党卫第 6 装甲集团军，却没有为 A 集团军群增派多少成建制援军。他这种犹豫矛盾态度的动机之一或许是因为相信德军在维斯河的防御力量已经足够了。东线中部战场数个月来较为平静，步兵师大都补充到 8 000~12 000 人以上，而且很多都编制了强击火炮或坦克歼击车连，要害阵地后方也都有相当数量的装甲预备队。依然坚信德军拥有无与伦比素质和武器优势的希特勒和陆军总部对现状似乎有理由乐观。正如希特勒在 1 月 9 日会议上所坚信的：俄国人没有三倍于德军的坦克，是打不赢的。

> 1945 年 1 月初，海因里希集团级集群（第 1 装甲集团军）兵力统计：[25]
> 防守正面 163 公里。99 064 人（步兵 16 025 人），装备 135 辆战车（90 辆可用），240 门 75 毫米反坦克炮，17 门 88 毫米反坦克炮，野战炮 279 门
> 第 75 步兵师：8 441 人
> 第 208 步兵师：9 840 人
> 第 253 步兵师：8 584 人
> 第 254 步兵师：9 109 人
> 第 97 歼击师：10 113 人
> 第 100 歼击师：9 669 人
> 第 101 歼击师：8 510 人
> 第 1 滑雪歼击师：12 014 人
> 第 3 山地师：9 805 人
> 第 4 山地师：12 979 人

正向前线开进的德国强击火炮部队。1945 年初，东线很多步兵师也装备了强击火炮，以强化一线阵地的反坦克防御

在 1945 年 1 月 10 日，德国空军在东线只有 2 070 架飞机（西线第 3 航空队同一天有 1 802 架飞机），与 1944 年 5 月底的 2 392 架相比有所下降。不过希特勒为了应对预期中的红军攻势，正陆续从西线抽调出 750 架战斗机和对地攻击机。这些飞机不久后将抵达东线，配属给实力最强的第 6 航空队，以增强面临严重威胁的维斯瓦河和东普鲁士防线。希特勒上述举措几乎等于抽空西线的战斗机和攻击机部队，与他不向维斯瓦河前线派出大量地面援军的做法形成鲜明对比。给人感觉是希特勒似乎认为东线更需要飞机而不是陆军。

1945 年 1 月 10 日，东线德国空军实力具体构成如下[26]：

> 第 1 航空队：243 架飞机（96 架战斗机，39 架 FW-190 攻击机，34 架夜间攻击机）
>
> 第 4 航空队：776 架飞机（93 架战斗机，87 架 He-111 轰炸机，249 架攻击机，131 架夜间攻击机）
>
> 第 6 航空队：1 051 架飞机（194 架战斗机，94 架夜间战斗机，14 架 He-111 轰炸机，313 架攻击机，60 架夜间攻击机）

除了航空部队外，德国空军在苏德战场上依然保持着强大的高炮部队，不仅承担防空任务，也为陆军提供了有力的炮火和反坦克支援，其数量在 1944 年 11 月为 8 733 门高炮。具体包括[27]：

> 4 741 门 20 毫米高炮；668 门 20 毫米四联装高炮；867 门 37 毫米高炮；1 门 37 联装高炮；2 394 门 88 毫米高炮；58 门 105 毫米高炮；4 门 128 毫米高炮。

但是德国空军人员臃肿冗余的状况并未根本改变。1944 年底，戈林依然坐拥 230 多万人员，光是空军通讯兵就超过 30 万。

1944 年 12 月 15 日　德国空军人员构成[28]：

> 飞行员、行政人员、地面指挥部：596 250 人
> 高炮部队：816 200
> 通讯人员：305 000
> 供应人员：109 100
> 医疗人员：42 500
> 工程人员：9 100
> 民防组织：63 250
> 伞兵：200 100
> 其他：163 000
> 总计：2 304 500

1944 年 11—12 月，斯大林也为前线提供了更巨量的人员和武器。包括 483 000 名补充兵，5 900 门火炮和迫击炮，6 100 辆坦克与自行火炮[29]。这样到 1945 年初，苏军在苏德战场共有 670 万人，装备有 107 300 门火炮和迫

经过凯尔采的红军 ISU 152 重型自行火炮

乌克兰第 1 方面军的"斯大林-2"重型坦克,1945 年 1 月

100 毫米火炮、222 门 82 人迫击炮、138 门 120 人迫击炮、48 辆 M13 火箭炮、98 门 57 毫米炮、80 门 37 人高炮[30]。这几乎完全符合苏联 1945 年的新编制。此前苏联坦克集团军的编制变化包括:1944 年 9 月新增的轻型炮兵旅(48 门 76 毫米火炮,20 门 100 毫米火炮),以及轻型自行火炮旅(编制有 65 辆)。

苏联陆军的自行火炮部队这个阶段采取轻(76 毫米)、中(85~100 毫米)、重(122~152 毫米)三种旅的编制。

红军对德作战部队共有 14 700 架作战飞机。其中配合陆军的各航空集团军以及统帅部预备队有 3 220 架轰炸机、4 171 架

击炮、12 100 辆坦克和自行火炮。与希特勒想象的不同,此时红军真的拥有超过 9 000 辆的战车。同期红军总员额为 940 万人。仍有大量军队被用来警戒日本和土耳其。

经过补充的苏联坦克集团军有些近乎齐装满员。以第 3 近卫坦克集团军为例,在 1945 年 1 月 1 日拥有 701 辆坦克、60 辆 Su-57;63 辆 Su-76;63 辆 Su-85;63 辆 Su-122。还有 220 门 76 毫米火炮、20 门

强击机、5 810 架战斗机、侦察机 638 架、炮兵校射飞机 97 架[31]。

此外,配合苏军行动的有 1 个波兰集团军、2 个罗马尼亚集团军、1 个保加利亚集团军、1 个捷克斯洛伐克军。这些部队共有 347 100 人,拥有基本为俄国提供的 3 979 门火炮和迫击炮、181 辆坦克自行火炮、427 架作战飞机。[32]

4. "主要方向"

670万对德作战红军当然不是平均分布的。如前所述,斯大林1945年初战略的最重点是夺取波兰—柏林战略方向,为此红军集中了空前强大的军力,也是人类历史上为一次战役所集中的空前强大战役集团。在480公里宽的战线上,展开了苏联元帅朱可夫的白俄罗斯第1方面军;和苏联元帅科涅夫的乌克兰第1方面军。总计220万人。包括苏军211万人(确数2 112 700人),另有波兰第1集团军9万余人(确数90 900人)㉝。装备的武器有:火炮和迫击炮33 500门、坦克和自行火炮7 000辆、飞机5 000架。编成为16个诸兵种合成集团军、4个坦克集团军、2个空军集团军,以及众多独立部队:独立坦克军、机械化军、骑兵军和方面军直属部队等等㉞。总体而言,这个战场集中了对德作战苏军三分之一的人员,近6成的坦克与自行火炮,三成多飞机。

坐拥这庞大重兵集团的朱可夫和科涅夫,奉命利用红军所控制的维斯瓦河左岸三大登陆场:马格努谢夫、普瓦维、桑多梅日,从几个方向以重兵向当面德军发起强大突击,将其分割成几块加以歼灭,然后乘着德军残部撤退,预备队也来不及赶到之际,快速突入德军纵深,一路杀到德国中心地带的奥得河一线。

要实现这一目标,就必须击败与之对峙的德国A集团军群。在哈佩大将指挥下,A集团军群在1945年1月1日扼守着自华沙北部沿维斯拉河延伸至喀尔巴阡山总长700公里的战线。除了匈牙利第1集团军(4个匈牙利步兵师和1个匈牙利山地旅)外,A集团军群所辖的德国部队有40万作战兵力(确数为400 556人。包括93 075名步兵)。另有约4万名国民突击队。如果算上后勤单位等等,则A集团军群总兵力共有51万人㉟。

按德军的传统标准,A集团军群拥有一支实力不能算弱的装甲部队。1944年底编成为4个装甲师、1个装甲步兵师,外加第10装甲步兵师战斗群(折合为一个旅)。其装备数量在1月1日为:1 131辆坦克、强击火炮、坦克歼击车(318辆坦克和616辆强击火炮可随时投入战斗)。另有236辆自行火炮。到了1月10日,实力又增加为1 346辆坦克、强击火炮和坦克歼击车,其中1 104辆可随时投入战斗。

A集团军群在1月初的炮兵力量包括:1 816门野战炮(不含要塞火炮);1 159门75毫米摩托化反坦克炮;120门88毫米反坦克炮。㊱一说其火炮总数为4 103门㊲。德军的迫击炮数量不详。

为哈佩提供空中掩护的是德国空军第6航空队,有1 051架飞机,还将得到来自西线的750架战斗机与攻击机的增强。不过该航空队同时也负责配合东普鲁士方面的德军。

哈佩显然觉得自己的战线太长而兵力太少,曾向古德里安建议,在苏军进攻前主动

放弃维斯瓦河河岸，后撤十几公里以节约兵力。㊳希特勒当然不干。事实上，经过几个月的经营，哈佩所依托的防御阵地相当坚固。在波兰境内维斯瓦河、奥得河之间建立了一个纵深达 500 公里的庞大防御体系，包括 7 道防御地区。德军不仅沿着维斯瓦河、瓦尔塔河、奥得河及其他江河构筑完整防线，还把很多城市变成强大的防御支撑点，包括莫德林、华沙、拉多姆、罗兹、凯尔采、克拉科夫、布龙贝格（比得哥什）、波兹南、布雷斯劳（弗罗茨瓦夫）、奥珀伦（奥波莱）、施奈德米尔（皮瓦）、屈斯特林（科斯琴）、格洛高（格沃古夫）等。德军有两处最坚固的阵地，一个是处于最前方的维斯瓦河防线，主要由 4 个防御地带组成、总纵深 30~70 公里；另一个阵地是直接掩护德国本土核心地带以及柏林的三个筑垒群：波美拉尼亚筑垒群（北）、梅泽里茨筑垒群（中）和格洛高—布雷斯劳筑垒群（南）。

当德国人大修阵地的同时，红军上上下下、前线后方也都在紧张地展开战役准备工作。无数的物资和武器装备源源不断地送往前线。在 1944 年 11—12 月间，白俄罗斯第 1 方面军的运输量就达到 923 300 吨。战役开始前维斯瓦河前线积累起来的物资储备包括：弹药 3~4 个基数、汽油和柴油 4~5 个基数、航空油料 9~14 个基数、给养 20~30 日份。

红军在战前还展开了大量的专业集训和演习。科涅夫的坦克部队把夏季战斗中缴获的"虎王"超重型坦克（原归德第 501 重坦克营所有）拿来当靶子，训练在行进间如何摧毁这种当时世界上装甲最坚固的坦克。从苏联内地、乌克兰、波兰等地征召的大量新兵也匆匆忙忙接受了训练。

不过苏军的准备工作也有些麻烦。朱可夫后来抱怨说，在波兰地盘上无法像在苏联时那样从游击队获得德军情报，波兰人中反而混有不少德国间谍。1944 年 11 月 20 日苏联的一份内部报告不仅对波兰游击队的消极怠工表示不满，还指出有与苏联为敌的波兰武装存在（如波兰"国家军"），波兰民众也不配合㊴。从另一些资料可知，德军甚至组织了一些波兰辅助人员和民兵与苏军对抗，波兰一些城市也建立了国民突击队（可能以德侨和德裔为主）。

二、桑多梅日攻势

1. 桑多梅日登陆场

作为红军维斯瓦河攻势的南翼集团，苏联元帅科涅夫麾下乌克兰第 1 方面军的具体任务是：

以桑多梅日登陆场为进攻基地，向西面的赫梅尔尼克—拉多姆斯科总方向实施主攻，突破德军一线防御后将各坦克集团军投入进攻，在北侧苏联元帅朱可夫的白俄罗斯第 1 方面军协同下，于全纵深分割歼灭当面德军集中在凯尔采—拉多姆的重兵集团，夺取波兰南部，然后向布雷斯劳发展进攻。红军将突入斯大林所梦寐以求的西里西亚工业区，进抵奥得河并在对岸占领登陆场。如果实现上述目标，则可以为将来攻取柏林和德累斯顿建立进攻阵地。乌克兰第1方面军的作战纵深预定为280~300公里。

参加部队包括：

第6集团军、近卫第3集团军（以坦克第25军加强）、近卫第5集团军（加强有坦克第31军和近卫坦克第4军）、第13、52、60、21、59集团军、近卫坦克第3集团军、坦克第4集团军

在宽达230公里的战线上，科涅夫拥有将近110万人（确数1 083 800人）的庞大兵力。武器装备包括3 244辆坦克与自行火炮、16 000多门火炮迫击炮（9 025门火炮、7 038门迫击炮）、2 582架飞机。编成为：65个步兵师、1个空降师、3个骑兵师、6个坦克军、3个机械化军、3个独立坦克旅、3个自行火炮旅、1个筑垒地域。组成为8个诸兵种合成集团军、2个坦克集团军、3个独立坦克军。

为了突破德军阵地，科涅夫最大限度地集中兵力。这个老炮兵甚至把整个乌克兰第1方面军90%的火炮都集中在主攻方向上，同样还集中了75%的步兵和90%的坦克。

科涅夫的主要对手是格雷泽尔将军的德军第4装甲集团军，以及第17集团军主力。两个集团军的作战兵团加在一起共19万人（确数190 562人。如果再算上后勤和直属机关等等，估计总兵力可能在25万左右）。装备714辆坦克、强击火炮或坦克歼击车。还有522门75毫米反坦克炮、14门88毫米反坦克炮、951门野战炮。德军迫击炮数量没有找到相关资料。其实力构成如下：

第4装甲集团军：防守正面187公里。133 474人（步兵30 275人），装备575辆战车（534辆可用），348门75毫米反坦克炮，4门88毫米反坦克炮，野战炮596门

第68步兵师：11 697人

第72步兵师：10 493人

第88步兵师：10 662人

第168步兵师：9 978人

第291步兵师：10 957人

第304步兵师：10 667人

第342步兵师：10 124人

第10装甲步兵师：5 932人

第20装甲步兵师：14 484人

第16装甲师：10 361人

第17装甲师：9 576人

第70工兵旅：4 892人

第3火箭炮旅：2 771人

第4装甲集团军强击火炮团：2 380人

炮兵部队：8 500人

第17集团军：防守正面128公里。57 088人（步兵14 475人），装备139辆战车（129辆可用），174门75毫米反坦克炮，10门88毫米反坦克炮，野战炮355门

第78国民步兵师：9 715人

第320国民步兵师：9 981人

第544国民步兵师：9 363人

第545国民步兵师：8 082人

第359步兵师：10 081人

第371步兵师：9 866人

科涅夫控制下的桑多梅日登陆场是红军在维斯瓦河对岸所拥有的最大桥头堡，正面宽75公里，纵深55公里。因此科涅夫有足够空间在登陆场内集中大量重兵和巨量武器装备，包括有火炮和迫击炮11 934门、坦克和自行火炮1 434辆。因此在预定的突破地段形成了惊人的兵力和火力密度：平均每公里战线上摆放了230门火炮和迫击炮，还有21辆直接支援步兵的坦克。参战的各集团军都被编成2~3个梯队，有些还配属了快速集群。下辖各师和团也编成为2~3个梯队的战斗队形。

其态势如下（1945年1月11日）：[40]

苏军在登陆场内自北向南展开了：

一线第6集团军左翼一部、近卫第3集团军（加强有第25坦克军）、第13、52集团军，近卫第5集团军（加强有坦克第31军，近卫坦克第4军），第60集团军右翼一部

二线（方面军快速集群）坦克第4集团军（司令员为列柳申科上将）、近卫坦克第3集团军（司令员雷巴尔科坦克兵上将）。

第二梯队（多集中在登陆场后方）第59集团军，第21集团军。方面军预备队：近卫骑兵第1军，近卫机械化第7军

包围着登陆场的德军自北向南为：

一线第72、88、291、168、68、304步兵师（德国第4装甲集团军所辖。分属雷克纳格尔的第42军和冯·埃德尔斯海姆的第48装甲军）；第371、359步兵师（属于第17集团军左翼的第59军）。

后方（凯尔采地区）集中了内林的第24装甲军。自北向南展开了第10装甲步兵师（降格为战斗群。该师配置靠北，主要用以支援北邻友军），第20装甲步兵师，第16、17装甲师。

登陆场以北的河岸，德军部署了第342步兵师，对峙苏军第6集团军右翼集团。

登陆场以南，德军第17集团军右翼对峙苏军第60集团军左翼

科涅夫的主攻集团集中在桑多梅日登陆场中段只有39公里宽的狭窄正面上，包括：

如下：

> 近卫第 3 集团军（第 21、76、120 步兵军。加强有第 25 坦克军）一部：77 000 人，279 辆坦克与自行火炮，1 252 门火炮火箭炮，636 门迫击炮。
>
> 第 13 集团军（第 24、27、102 步兵军，由第 150 坦克旅支援）。9 万人，241 辆坦克与自行火炮，992 门火炮和 707 门迫击炮。
>
> 第 52 集团军（第 48、73、78 步兵军，支援单位包括第 152 坦克旅和 3 个独立坦克团）：8 万人，245 辆坦克与自行火炮，907 门火炮和 1 167 门迫击炮。
>
> 近卫第 5 集团军（第 32、33、34 步兵军）：8 万人，143 辆坦克与自行火炮，1 000 门火炮和 800 门迫击炮。配属的坦克第 31 军和近卫坦克第 4 军，共有 488 辆战车。
>
> 第 60 集团军（第 15、28 步兵军）一部：1 271 门火炮和迫击炮，50 辆自行火炮。

将由这个重兵集团突破德军的战术防御地幅。不过如果遭遇抵抗激烈而前进缓慢，就提前投入方面军快速集群的 2 个坦克集团军。其中第 4 坦克集团军预定在第 13 集团军突破地段进入战斗；近卫第 3 坦克集团军则在第 52 集团军地段。科涅夫希望 2 个坦克集团军第一天就能投入战斗，并在第三天推进到皮利察河渡口。两个坦克集团军实力

> 第 3 近卫坦克集团军（第 6、7 坦克军，第 9 机械化军），共有 55 000 人，638 辆坦克，239 门自行火炮，800 门火炮迫击炮火箭炮，5 500 辆汽车。
>
> 第 4 坦克集团军（第 10 近卫坦克军，第 6 机械化军，第 93 独立坦克旅），总有 32 000 人，528 辆坦克，153 门自行火炮，550 门火炮迫击炮火箭炮。

主攻集团的北面，第 6 集团军和近卫第 3 集团军另一部最初只承担侧翼掩护任务，但稍后也要投入进攻，与北部友邻的白俄罗斯第 1 方面军合作，围歼奥斯特罗维茨—奥帕图夫一带的德军。

主攻集团的南面，第 60 集团军另一部将在 80 公里宽正面保持防御态势，而以主力在 3 公里宽正面上发起攻势，目标是夺取克拉科夫。方面军第二梯队的第 59 集团军将于第二日进入交战并配合第 60 集团军（乌克兰第 4 方面军也将提供帮助）。另一个处于第 2 梯队的第 21 集团军奉命攻向布雷斯劳。

科涅夫左翼的第 60 集团军（当面主要是德国第 17 集团军）虽然只是承担侧翼掩护任务，科涅夫却希望德国人以为这里还部署了一个坦克集团军外加一个坦克军。为此科涅夫的工兵做了 400 个坦克模型、500 个汽车模型、1 000 个火炮模型。这套手法他

过去就很喜欢，切尔卡瑟之战时就大规模玩过一次，可是效果不佳（据说是因为模型做得太假）。利沃夫之战时又搞了更多的假坦克、假大炮，据说效果好了不少。

这次科涅夫在维斯瓦河故伎重演，手法有所改进。他先让近卫坦克第4军开到第60集团军待上两三天，然后悄悄撤走再摆上模型。这套真真假假的手法让德国人上当了。德军前后出动250架飞机侦察这一区域，还朝着科涅夫的模型炮击了220次。由于担心科涅夫会在此有所动作，德国第17集团军所辖的主力5个师第78、545、544国民步兵师、第371、359步兵师，还有第301强击火炮旅（34辆战车）都给牵制住了。

2. 科涅夫的攻势

1945年1月12日5时，科涅夫以突然袭击方式开始战斗。红军大炮先打了15分钟的急袭射击，随即投入一些先遣营实施战斗侦察。俄国人知道德军按惯例会在遭到炮击时把部队撤到防御纵深，前沿不会留多少兵力，但其主力会在什么地方就难说了。战斗开始后，红军很快夺取了防备薄弱的第一道堑壕，某些地段甚至占领了第二堑壕。几个小时内，俄国人肃清了桑多梅日—巴格努

在Su-76自行火炮掩护下进攻的苏联步兵

夫桥头堡四周的德军前沿支撑点。更重要的是，经过这次小规模攻击，苏军确认德军正据守在第二道壕堑内。

10时，通过战斗侦察获得了德军更详细情报的红军开始了更大规模炮击。持续107分钟的长时间凶猛轰击下，德军通信系统遭到严重破坏。不过因为天气不好，苏联空军没有出动轰炸。

11时17分，也就是炮击结束前30分钟，一些苏军士兵和坦克向德军阵地冲去。德军认为俄国人的主攻终于开始了，于是把躲在隐蔽工事里的士兵全部拉出来应战。可他们上当了，冲击而来的并不是什么主力，而是由苏联第一梯队每个营各抽出一个排加上少量坦克，目的就是要把德军骗出来。就在此时，苏联炮兵发起了一轮更为猛烈的急袭射击，把暴露在外的德军炸了一个昏头黑天，一些侥幸未死的德国士兵不理睬狂吼的军官，掉头就跑。

11时47分，苏军炮火延伸，第一梯队各强击营（包括一些惩戒部队）终于登场，在纵深2.5~3公里的两层徐进弹幕掩护下发起冲击，与他们一道行动的还有各坦克集团军派遣的先头坦克支队。短短2~3小时，德军的防御就瓦解了，其主要防御地带的两道阵地都被红军夺取。德第304步兵师在炮击下损失惨重，所属一个步兵团完全瘫痪，团长被冲上来的苏军抓住。

科涅夫决心尽快扩大战果，于是在中午前下令把近卫坦克第3集团军、坦克第4集团军投入战场，坦克第31军和近卫坦克第4军也冲了进去。2 000多辆坦克和自行火炮同时涌入了德国第4装甲集团军防线上的裂口，使之急速扩大为35公里宽，12~15公里深。就在这时，天气有所好转，苏联空军第2集团军抓住时机出动了466个架次支援地面战斗。

德国第4装甲集团军的形势危急万分，急需救援。可援军却迟迟不到。在德军后方的凯尔采以东，部署了一支相当强大的装甲部队——第24装甲军（军长为内林）。该军有2个装甲师和2个装甲步兵师，战役开始时共有346辆战车和142门75毫米反坦克炮，包括第424重型坦克营的53辆"虎"式和"虎王"坦克。可是如此强大的装甲部队，却必须等待陆军总部下达命令才能行动。而命令一直拖到晚上才到。因为靠前线太近，装甲军也在红军的凶猛炮击下损失惨重。

第24装甲军	1月10日编成[①]	
	战车	75毫米反坦克炮
直属		14
第744歼击营		37
第17装甲师	101	23
第16装甲师	106	12
第20装甲步兵师	49	44
第10装甲步兵师	37	12
第424重型坦克营	53	
总计	346	142

内林终于带着他的装甲军乘夜出击。沿

途尽是从前线溃败下来的德军，从坦克旁窜过一路向西奔逃。当事人描绘道"太晚了……所有的凝聚力都瓦解了，他们的军官跑了"。尽管战场上一片混乱，内林还是摆开了迎战架势，在左翼以第16装甲师与第20装甲步兵师由凯尔采向南，右翼以第17装甲师（由第424重型坦克营配合）由赫梅尔尼克（凯尔采东南面）以南向东北方，试图切断突入的苏联第4坦克集团军。当晚，第17装甲师先遣队已经撞上了红军先头——近卫第10坦克军所属的近卫第63坦克旅[42]。但第24装甲军在当晚并未组织起强有力反击，反而选择后撤。第二天（13日）早晨，内林接到了命令，要求其固守凯尔采。

此时，苏联第4坦克集团军正冲向尼达河。其队形布局为：左翼近卫第6坦克军（近卫第3坦克集团军所辖）、中路近卫第10坦克军、右翼近卫第6机械化军。德军的抵抗逐渐增强。苏近卫第6机械化军陷入与退却中的德军第168步兵师的战斗；近卫第6坦克军则遭到了一次突如其来的反击，其所辖的近卫第53坦克旅被德军第17装甲师和第424重型坦克营联手击败——4个月前，正是这个近卫第53坦克旅设伏重创了德军第501（第424营过去的老番号）重型坦克营，这次德国人算是报仇成功。近卫第6坦克军前进受挫。这使中路的近卫第10坦克军陷入孤军境地。为了保护侧翼，该军命令所辖的第61近卫坦克旅夺取了凯尔采以南一个叫利苏夫的小村镇。上午9时，第61近卫坦克旅占领了利苏夫并就地转入防御。

他们大概不曾料到，苏德战争史上规模最大的重型坦克决战即将开始。

红军第61近卫坦克旅拥有65辆T-34/85坦克，以及第72近卫坦克团的5辆"斯大林-2"型坦克（一说属于第13近卫坦克团），还有些ZIS-3型反坦克炮。当他们占据利苏夫不久，德军第17装甲师和第424重型坦克营就猛扑了过来。前者在战前有101辆战车（主要是"黑豹"和），后者拥有53辆"虎"式和"虎王"坦克。在德军超重型坦克的冲击下，第61近卫坦克旅与主力的联系被切断。

可是第61近卫坦克旅没有被这些当时世界上最强大的"虎王"坦克吓坏。战役开始前，苏联第4坦克集团军曾专门对第501营遗弃的"虎王"坦克进行过实弹射击演练（包括行进间射击），对其防护强弱可谓了如指掌。激烈的坦克战持续了一天，红军成功挫败了德军的12次强力攻击。根据西方史料的描述，德军第424营遭受了毁灭性惨败。他们的"虎王"因为侦察不力而陷入红军"斯大林-2"重型坦克和反坦克炮的火力陷阱。这与该营4个月前遭受惨败的模式几乎一模一样，只是代价更为惨重。第424重型坦克营当天究竟损失多少坦克，没有详细统计。"虎"式坦克部队作战史的说法是"几乎被歼灭"、"大部分被击毁"，营长也和座车坦克一道被摧毁[43]。剩下的一些坦克则在此后几天被摧毁或丢弃。也就是说，第424营在战役开始时所拥有的53辆"虎"式和"虎王"重型坦克全部丧失殆尽。

在苏军空军400架强击机和轰炸机的直接配合下，红军在赫梅尔尼克地区打败了德军的反突击。经过两天激战，科涅夫已经在60公里宽正面推进了25~40公里，夺取了德军重要支撑点希德武夫、斯托普尼察、赫梅尔尼克、布斯科—兹德鲁伊（布斯克）、维希利察等地。

德第24装甲军遭到了重创，但依然盘踞在凯尔采，迟滞着苏联第13集团军和第3近卫集团军的推进。于是科涅夫命令第4坦克集团军从南面迂回凯尔采，保障其南侧的第3近卫坦克集团军强渡尼达河并向皮利察河推进。各步兵集团军在2个坦克集团军后方跟进。1月14日早晨起，科涅夫的主力集团开始展开追击。在距离凯尔采更远的南面，由于第5近卫集团军和第60集团军之间出现了空当，科涅夫又投入了第二梯队的第59集团军（司令科罗夫尼科夫，且加强了近卫第4坦克军），向西南面的克拉科夫展开突击。

此前还在专注阿登战役的希特勒，已为东线的惨败所震撼，正忙着调兵遣将挽回败局。1月13日，希特勒下令从西线抽调2个步兵师；1月15日又命令南方集团军群为A集团军群提供两个装甲师㊹。希特勒还下令从西线紧急抽调大量飞机增援东线的第6航空队，包括6个（第1、3、4、6、11、77战斗航空）联队的650架战斗机和第4攻击航空联队的100架FW-190攻击机。东线航空部队的作战飞机数量增加到2 600架，包括1 700架Bf-109和FW-190。直接支援维斯河战斗的第6航空队实力猛增近一倍至1 800架作战飞机㊺。

1月15日，科涅夫在凯尔采以南收获丰

被红军摧毁的德军第424坦克营"虎"式坦克

厚。第3近卫坦克集团军已经抵达皮利察河并渗透到了对岸；第5近卫集团军也到了皮利察河；第59、60集团军则逼近到了克拉科夫东北面外围，这里是德军第三道防线所在。但希特勒最担忧的却是凯尔采的形势。防守此地的第24装甲军（另有前线退下来的4个步兵师）正遭到红军第13集团军、第3近卫集团军、第4坦克集团军的猛攻。希特勒为了拯救凯尔采，专门从中央集团军群编成内调出冯·绍肯的"大日耳曼"装甲军（"勃兰登堡"装甲步兵师、"赫尔曼·戈林"第1装甲师）。"大日耳曼"装甲军从东鲁普鲁士一路赶到罗兹，其行踪被苏联侦察机发现，卸车时就遭到了苏军的炮击。而凯尔采已陷入恶战。一切都来不及了！1月15日，第24装甲军已经被赶出了凯尔采，其残余部队逃入北面的森林地带。后来这些残部好不容易才与"大日耳曼"装甲军会合。第24装甲军本是德军寄予厚望的一支强大装甲预备队，结果却一败涂地。这令德军统帅部陷入一片愤怒、指责和互相推诿责任的混乱。先是希特勒获悉哈佩曾命令第24装甲军固守凯尔采阵地不得贸然还击，丧失了战机，遂将哈佩召来问责。哈佩却回答说自己是根据希特勒的命令行事。希特勒否认下达过这样的命令，而怀疑是古德里安背着他捣鬼。

凯尔采丢失当天的1月15日19时20分，古德里安致电希特勒"紧急请求将一切都投入东线"。希特勒随即下令从库尔兰抽调2个装甲师和2个步兵师。不过此时希特勒最关心的似乎依然是匈牙利的油田，因为同一天他还决定把西线的党卫第6装甲集军调往匈牙利。[46]

希特勒的关注重点再一次，也是最后一次聚焦于东线直至末日。古德里安强烈要求他回到柏林，以鼓舞东线德军的士气。于是就在这忙碌杂乱的1月15日晚上，希特勒乘专列离开西线"鹰巢"大本营。1月16日抵达被大雪覆盖的柏林。一个随行的党卫军军官开了个玩笑：柏林最合适当大本营，因为很快就可以坐着电车在东线和西线间往返[47]。当天希特勒在被空袭严重炸毁的帝国总理府接见了古德里安，下令把西线所有能够抽调的军队都搬到东线来。古德里安表示满意，不过他随后获悉希特勒所谓"支援东线"，依然将以匈牙利为重点，不禁大失所望。两天前，红军朱可夫元帅已经开始向华沙方向进攻，这一战役将直接导致希特勒与古德里安关系崩溃。

三、华沙及其以南攻势

1. 战区态势

作为维斯瓦河攻势的北翼，朱可夫元帅麾下的红军白俄罗斯第1方面军并没有和科涅夫一道于12日行动，而是推迟了2天。按计划，朱可夫应在三个方向上实施突击（自北向南），把当面的德军重兵分割歼灭各个击破：

第一个方向位于华沙以北，红军第47集团军将在此处实施次要的辅助突击。另外,波兰第1集团军也将进攻华沙。但他们并不参加最初的战斗,而是要等到战役第四天,俄国人替他们打开突破口之后,再由华沙以北及其以南开始进攻。红军的第47、第61集团军、近卫坦克第2集团军都将参加夺取华沙。俄国人对波兰军队的军事价值并没有什么期待,只是要利用他们宣传"波兰军队占领波兰首都",为苏联所扶持的波兰政府积累政治资本。

第二个方向是中部的马格努谢夫登陆场。这里将是朱可夫的主攻点,进攻方向是库特诺—波兹南。在这一线朱可夫使用的兵力最多,包括4个步兵集团军、2个坦克集团军和1个骑兵军。具体番号为:

第61集团军、突击第5集团军、近卫第8集团军、突击第3集团军、近卫坦克第2、第1集团军、近卫骑兵第2军。其中西蒙尼亚克中将的突击第3集团军为方面军第二梯队,负责在战役过程中加强对波兹南的攻击力量。

第三个方向是南部的普瓦维登陆场,进攻目标是拉多姆—罗兹。为此将动用第69、第33集团军,还加强有坦克第11、第9军和近卫骑兵第7军。另外,第33集团军还将分出一些兵力攻击希德沃维茨,与南侧的科涅夫乌克兰第1方面军右翼一道围歼拉多姆、奥斯特罗维茨地区的德军。

朱可夫白俄罗斯第1方面军的预定战役总纵深为300~350公里。为了实施这次规模宏大战场辽阔的行动,朱可夫得到的军事实力大体与科涅夫相当。其总兵力超过110万人,除了苏军外,还下辖有前述的第1波兰集团军。其具体构成如下:

苏军有1 028 900人。编成为:63个步兵师,6个骑兵师,5个坦克军,2个机械化军,4个独立坦克旅,2个自行火炮旅,2个筑垒地域。波兰第1集团军另有90 900人。5个步兵师,1个骑兵师,1个独立坦克旅。

朱可夫的作战集团兵力为789 958人。白俄罗斯第1方面军所拥有的武器装备包括:8 900门火炮(含2 374门45~57毫米反坦克炮)、7 180门迫击炮、1 975辆坦克和1 245门自行火炮。不过朱可夫占据的2个登陆场面积没有科涅夫的桑多梅日那么大,朱可夫只能向狭小的桥头堡塞进13 792门火炮和迫击炮,加上768辆坦克和自行火炮。但朱可夫还是尽最大可能把重兵集中在主要突击方向上。在只占进攻地带总宽度15%的突破地段上,集中了他所辖54%的步兵师、53%的火炮和迫击炮、91%的坦克和自行火炮。这样平均每公里正面有240~250门火炮和迫击炮,还有100辆坦克和自行火炮。

朱可夫当面的主要对手是德军A集团军群所辖的第9集团军,指挥官为冯·吕特维茨装甲兵上将。第9集团军的防守正面为222公里,其作战集团(不含后勤以及司令部等等)兵力为110 930人(步兵32 300人)。装备战车497辆(351辆可用)、75毫米反坦克炮397门、88毫米反坦克炮89门、野战炮586门(不含要塞炮)。编成为4个军9个师(7个步兵师,2个装甲师),另有一个专设的"华沙要塞"。第9集团军

作战集团的兵力构成如下：

第 17 步兵师：10 828 人

第 73 步兵师：10 782 人

第 214 步兵师：10 328 人

第 251 步兵师：11 488 人

第 6 国民步兵师：9 436 人

第 45 国民步兵师：10 118 人

第 337 国民步兵师：10 386 人

第 19 装甲师：14 888 人

第 25 装甲师：13 076 人

"华沙"要塞：6 900 人

第 1 阻塞旅：2 700 人

按朱可夫前述的作战计划，分为三个方向（由北向南）的战区内，苏德两军具体对峙态势如下：

第一个方向是以华沙为中心的北段战区。红军在这一线展开了第 47 集团军（司令为佩尔霍罗维奇少将）和波兰第 1 集团军。当面为德军华沙"要塞"（相当于一个旅）和第 46 装甲军，封锁着通向波兹南的道路。虽然挂着"装甲"的名号，弗里斯纳将军的第 46 装甲军实际只有 2 个步兵师（第 73 步兵师和第 337 国民步兵师），另有一个第 661 重型坦克歼击营，装备了 36 辆 88 毫米重反坦克炮。

中段战区为马格努谢夫登陆场。在这个正面仅为 24 公里、纵深为 11 公里的登陆场内及其后方，集中了 40 万红军和 1 700 辆

在波兰行进中的苏军 Su-76 自行火炮连，1945 年 1 月

（门）坦克和自行火炮。其在一线展开了：

第 61 集团军（司令为别洛夫上将）：75 911 人、火炮 580 门、迫击炮 655 门、44 辆自行火炮。

突击第 5 集团军（司令为别尔扎林上将）：9 个步兵师，81 000 人、3 060 门火炮和迫击炮、637 辆坦克与自行火炮㊽。

近卫第 8 集团军（司令为崔可夫上将）：共有 101 096 人，装备 1 361 门火炮、1 013 门迫击炮，还有 69 辆坦克和 188 门自行火炮。

后方的方面军快速集群由 2 个坦克集团军组成，包括近卫坦克第 1 集团军（司令为卡图科夫坦克兵上将）和近卫坦克第 2 集团军（司令为波格丹诺夫坦克兵中将）。另有近卫骑兵第 2 军。方面军快速集群实力如下：

	兵力	"斯大林-2"	T-34/85	M4A2 等	坦克总计	Su-122 Su-152	Su-76 Su-85	Su-57	自行火炮总计
近卫坦克第 2 集团军	58 229	42	432	195	669	42	130	15	187
近卫坦克第 1 集团军	40 280	42	511	0	553	21	85	94	200

马格努谢夫登陆场当面德军主要为哈特曼的第 8 军。所辖有第 45 国民步兵师（10 118 人，9 辆战车，22 门 75 毫米反坦克炮）；第 6 国民步兵师（9 436 人，10 辆战车，9 门 75 毫米反坦克炮）；第 251 步兵师（11 488 人，7 辆战车，21 门 75 毫米反坦克炮）。加强部队包括 920 教导强击火炮旅（42 辆战车，10 门 75 毫米反坦克炮），第 743 坦克歼击营第 1 连（12 辆战车）。8 个要塞反坦克连（总计 96 门 75 毫米反坦克炮，27 门 88 毫米反坦克炮）。

其后方预备队为第 25 装甲师（13 076 人，87 辆战车，18 门 75 毫米反坦克炮）。这个师属于亨里齐将军的第 40 装甲军——第 9 集团军的预备队。

连同上述预备队在内，德军在马格努谢夫登陆场周围部署了 167 辆战车、176 门 75 毫米反坦克炮、27 门 88 毫米反坦克炮。但与集中在登陆场的庞大红军集团相比，德军这点兵力相当弱小。

战区南端是普瓦维登陆场，正面 30 公里，纵深 2~10 公里，总面积 145 平方公里。苏军在这个狭小桥头堡内集中了 2 个集团军。第 69 集团军（司令为科尔帕克奇上将）、第 33 集团军（司令为茨韦塔耶夫上将）。分别加强有坦克第 11、第 9 军和近卫骑兵第 7 军。

当面德军为布洛克将军的第 56 装甲军（第 17、214 步兵师。2 个师有 20 辆战车和 56 门 75 毫米反坦克炮）。另外加强有第 210

强击火炮旅（35辆战车）。后方预备队为第19装甲师。

更具体态势为：

位于普瓦维登陆场北段的第69集团军，作战正面15公里，纵深3~10公里，总面积80平方公里。集团军拥有3个步兵军（第25、61、91），10个步兵师，第11坦克军（274辆坦克），20个工兵营。总计99 460人。拥有2 421门火炮迫击炮，197门火箭炮，129门高射炮，512辆坦克与自行火炮。[49]

当面为德军第17步兵师。10 828人。装备10辆战车，还拥有32门75毫米反坦克炮。得到2个炮兵团和1个重炮旅以及5个警卫营的加强。第17步兵师后方部署了德军第19装甲师（第40装甲军的另一个师），兵员14 888人，有107辆战车和17门75反坦克炮。

登陆场南段的第33集团军。105 916人，火炮1 255门，1 063门迫击炮，282辆坦克，183门自行火炮

当面为德军第214步兵师，10 328人。装备10辆战车，拥有24门75毫米反坦克炮。后方为友邻所属的第10装甲步兵师战斗群，只有5 932人（因此在德军兵力评估中被视为一个旅），装备37辆战车和12门75毫米反坦克炮。

与科涅夫相比，朱可夫虽然也采取了一些措施，想让德国人相信红军的主攻将指向华沙城，但总体来说不是很有效。当然朱可夫的优势实在太大，能否迷惑德国人根本不重要。比较来说，朱可夫对如何扩大炮击和轰炸效果更有兴趣。因此他希望进攻开始时天气能好转。1945年1月13日夜间，朱可

德军第6国民步兵师阵地，1944年11月（中立者穿将军服者为师长）

夫阵地里的扬声器按惯例播放着音乐,而为第二天战斗所做的庞大准备工作已经就绪。

2. 朱可夫攻势开始

科涅夫攻势后两天,也是希特勒到达柏林前2天的1945年1月14日,朱可夫的第1白俄罗斯方面军沿着普瓦维和马格努舍夫两大桥头堡发动进攻。令朱可夫等人失望的是,现在天气和科涅夫的战线一样糟糕,也许更坏。早上的浓雾使人无法看清10米之外的东西。这样朱可夫也没法指望已经挂好炸弹的数千架飞机,而只能靠火炮与坦克——事实上因为雾实在太浓,连炮兵观测都没法进行,因此炮击也只能采取直接盲射。

1月14日8时30分,苏军开始炮击,但持续时间并不是原定的2个小时35分钟,而是只有25分钟的急袭射击。俄国人希望利用德军"红军的炮击一般都要持续2个多小时"的习惯思维,提前结束炮击而令其猝不及防。8时55分,红军的22个先遣营和25个连(即所谓"特别侦察梯队")从两个登陆场出发冲向德军战壕,苏军炮兵以单层徐进弹幕伴随其行动。

马格努舍夫桥头堡出击的突击第5集团军和近卫第8集团军进展极为顺利。所辖各先遣营冲破了德国第8军的前沿,推进了2~3公里。苏军第一梯队各师主力立刻随之进入战斗,徐进弹幕也立刻变成双层,经过一天战斗前进约12公里,重创了德国第8军。但是右翼的第61集团军为皮利察河所阻挡,打了一天才强渡该河并楔入德军阵地2~3公里。

普瓦维登陆场上,苏第69、33集团军先遣营打的同样顺手,只用1个小时就推进到德军第三、四道壕堑前。红军一直突破至5~6公里处(德军第二阵地所在地),又投入了坦克第11、第9军。激战中,德国第56装甲军被击溃。

第40装甲军实力1945年1月10日		
	战车	75毫米反坦克炮
第25装甲师:	87	18
第19装甲师:	107	17
合计:	194	35

短短一天时间内,德国第9集团军所属两个军都被击败,迫使司令官吕特维茨于1月15日晨投入预备队第40装甲军(军长亨里齐)的第25、19装甲师实施反突击。结果在出动过程中就遭到了苏军的火炮、坦克和步兵的猛烈攻击,被迫后撤。这天中午,苏联近卫坦克第1集团军通过近卫第8集团军打开的突破口进入战场。当天日终前,苏联坦克第11、9军也已冲出了40~50公里,逼近拉多姆并开始强渡皮利察河。第二天凌晨,拉多姆被苏军占领。

1月16日,红军继续扩大战果,近卫坦克第2集团军通过突击第5集团军地带内进入战场,一天内就快速突进了80公里,冲到索哈切夫地域,自南面切断了华沙方面德军的后路,防守于此的德弗里斯纳将军慌忙率领第

苏联组织的波兰军队通过化为废墟的华沙

46装甲军后撤，往北退过维斯瓦河。这样从华沙通向波兹南和奥得河的道路几乎敞开了。

同一天在华沙以北，苏联第47集团军也开始行动，很顺利地把德军驱赶到维斯瓦河对岸，并通过华沙以北实施了强渡。1月16日天气有所好转，苏联空军第16集团军即从早晨开始出击轰炸德军部队、支撑点和交通枢纽、桥梁和渡口等等，当天（1月16日）就共出动了3 470架次飞机。而德国空军只出动了42个架次。根据苏联公布的数据，配合白俄罗斯第1方面军的空军第16集团军，以及配合乌克兰第1方面军空军第2集团军，在战役期间共出动5.4万架次，而空战次数为214次，仅击落了200余架德国飞机。可见德军第6航空队几乎没有了还手之力。

华沙要塞师编制[50]
第8、88、183要塞团
第1 320要塞炮兵团
第22、23要塞迫击炮营
第67要塞工兵营
第669要塞通讯连
第1 320供应队

红军开始攻打华沙城。此处德军部署了所谓"华沙要塞"，其正式名称是"华沙要塞师"。按编制应该有3个要塞步兵团12个营，再加上2个要塞炮兵营和一些加强部队。古德里安却说要塞实际只有4个步兵营和少量工兵和炮兵的加强单位。且不论编成如何，有一点可以肯定：德军统计证实要塞共有 6 900 人。拥有 35 辆战车、33 门 75 毫米反坦克炮、7 门 88 毫米反坦克炮。其实力超过同期的多数苏联步兵师。

1 月 15 日，第 9 集团军司令冯·吕特维茨装甲兵上将请求放弃华沙，被希特勒拒绝。但在 1 月 16 日 20 时 13 分，集团军群司令哈佩却下令从华沙撤出所有"不必要"的部队、后勤人员以及装备。1944 年 1 月 16 日深夜，波兰第 1 集团军渡过维斯瓦河自南突向华沙城，随即与苏联第 47、第 61 集团军攻入城内展开巷战，到 17 日中午时分占领了华沙。经过去年的华沙起义和德国人随后的大屠杀与破坏，华沙现在只剩下一片断壁残垣，居民还剩 16 万。俄国人刻意安排波军第 1 集团军与苏军一起进入华沙，自然是要赋予其特殊的政治意义。俄国人还任命波军第 2 师师长为华沙卫戍司令。

华沙的失陷在德国阵营内引发了一场骚动。1 月 17 日，古德里安在总参谋部作战处处长冯·伯宁上校建议下，"假定"华沙已经丢失——理由是他们相信华沙已无法挽救，而且已失去联系。然后古德里安去柏林开会，告诉希特勒说华沙已经失守。就在此时，一份来自华沙的无线电报却被送到希特勒和古德里安面前，华沙守军报告说城市仍在德军手中，将在夜间根据命令撤离。希特勒顿时感到被愚弄了，暴跳如雷起来，下令逮捕了冯·伯宁上校和 2 个中校助手。几天后，古德里安也遭到帝国保安总局传讯。[51] 希特勒同时撤换了一批将领。1 月 17 日，A 集团军群司令哈佩被解除职务，转交给前北方集团军群司令舍尔纳。舍尔纳上任后，又于 1 月 20 日罢免了第 9 集团军司令冯·吕特维茨装甲兵上将。接替吕特维茨的是原第

封锁桑多梅日桥头堡的德军 88 毫米重炮

1军军长布塞步兵上将。㊾A集团军群1月25日起改称中央集团军群。

朱可夫的行动不仅撕裂了德国第9集团军防线，也令科涅夫打击下焦头烂额的德国第4装甲集团军及其司令格雷泽尔雪上加霜。格雷泽尔下辖的第42军处在朱可夫和科涅夫的分界线上，现在朱可夫和科涅夫分别从第42军北侧的普瓦维、及南侧的桑多梅日两个桥头堡推进，对第42军形成合围之势。格雷泽尔命令第42军立刻后撤到凯尔采以北，与当时还死守在凯尔采的第24装甲军合流。

德国第24装甲军被击溃后，科涅夫就突入了开阔地带，随即开始高速扩张战果。17日日终前，科涅夫的大军强渡了皮利察河及瓦尔塔河，所辖近卫第3集团军部队在斯卡日斯科—卡缅纳与白俄罗斯第1方面军会合。此时德军已经乱成一团，尤其是通信系统完全被破坏加剧了混乱。德军第42军此时已部分陷入围困，正企图撤退之际，军部突然遭到苏军坦克的攻击，第42军军长雷克纳格尔步兵上将和军参谋长以及数百名士兵一起被打死。其所辖部队中，除第342步兵师还比较完整，第72、88、168、291步兵师均在红军打击下丧失战斗力。㊿德军第42军几乎被歼灭。此时，天气已经大为改善，俄国空军每天出击的架次从300增加到1700。在南面，科涅夫不仅重创了德军第4装甲集团军，还与乌克兰第4方面军一道击退了德军第17集团军。

四、向奥得河挺进

1月17日占领波华沙之后，苏军的进展大大超出了预期。战前红军总参谋部要求进攻开始后第10—12天推进到日赫林、罗兹、拉多姆斯科、琴斯托霍瓦、梅胡夫一线（纵深120~180公里），可实际只用了5~6天就达成了。德军A-中央集团群兵败如山倒，到1月17日其防线被撕开一个500公里宽的大缺口，深度达100~150公里，德军第9、17集团军和第4装甲集团军被迫全线退却，却在红军多个方向打击下乱成一团，被分割成多个集团，根本无法在自身的防线纵深内组织起新的连贯防线。红军的坦克集团军、坦克军、机械化军完全不理会沿途据点里从前线溃退下来或者由后方临时拼凑的各路德军（包括大量德国军校学员和党卫军及警察治安部队），而以大胆机动绕开这些据点，如入无人之境般向西一路狂奔，仿佛是在展开赛跑。尽管很多地段道路泥泞难行，红军机动部队每天推进速度仍达到30~45公里，与后续步兵集团军的距离在白俄罗斯第1方面军为45~100公里，乌克兰第1方面军为30~35公里。

被苏军甩在后方的诸多德军"要塞"中，比较典型的一个是所谓"托伦要塞"。该要塞处于华沙西北，自1月21日起由第73步兵师、警察、要塞部队和军校学员组成㊾。经过8天战斗后，要塞残部弃城而逃，于 2 月 2 日回到德军防线。

1. 朱可夫的追击

在朱可夫的白俄罗斯第 1 方面军战区内，红军只用 4 天时间就击溃了德军第 9 集团军主力，突破其整个战役防御纵深，向西急进 100~130 公里。1 月 18 日早晨，朱可夫继续展开追击，先头坦克部队一路攻城略地。1 月 19 日夺取罗兹。战至 1 月 22 日，朱可夫麾下各坦克集团军进逼到华沙至柏林交通线上的中间站——波兹南。未来红军如果要进攻柏林，就需要夺取波兹南作为后勤枢纽。第二天 1 月 23 日，朱可夫命令崔可夫指挥第 8 近卫集团军一部兵力，加上第 69 集团军（当时尚未赶到，所辖 2 个很弱的步兵师 1 月 27 日晚才抵达）和第 1 近卫坦克集团军部分兵力，在 1 月 25 日前夺取波兹南。朱可夫当时以为德军在波兹南只有 2 万兵力，却没料到守军远比他想象的更强大，以至于红军用了一个月时间才攻陷此地。

特别插入：波兹南要塞争夺战

波兹南作为工业中心和柏林几乎正东面的交通枢纽，被德军列为所谓"要塞"城市。波兹南要塞司令兼驻军总指挥官原本是少将马特恩，1 月 28 日由一个军校校长克内尔上校接替了要塞司令职务（马特恩留任波茨南总指挥官，克内尔在 1 月 30 日晋升陆军少将）。波兹南守军人数说法不一，有些研究报告认为有 32 500 人或 4 万人，也有些作者认为共有 61 000 人。数字混乱的原因在于守军的构成属性太杂乱，有正规野战陆军和空军（22 600 名正规军），据说还有后备陆军、2 000 名军校生、当地的党卫军和警察治安部队、数千名国民突击队，一队匈牙利士兵，甚至还动员了一些波兰居民。

所辖下的单位有：

2 个士官学校、2 个军官学校、1 个强击火炮教导营、11 个内卫营、机场维护部队、1 个航空教导团、2 个工兵营、当地党卫军"伦采尔"战斗群、由第 10 装甲步兵师、第 251、6、45 步兵师的休假人员或散兵游勇组成的 17 个战斗连。[55]

波兹南守军所依托的防御工事极为坚固，该城历史上就是一座著名要塞，拥有一系列堡垒群，包括墙壁和顶盖厚达 1.8~2 米的巨大五角形堡垒，德军又新修筑了大量野战工事，并把城内的砖石构造房屋和半地下室都变成街垒。

1 月 26 日早晨，红军以 3 个步兵师发起第一次总攻。朱可夫事先特意在城西留了一个口子，希望德军由此弃城而走。可是德军却选择抵抗到底。1 月 28 日，攻城部队增加到 6 个师，却仍无法彻底占领要塞。朱可夫拿出斯大林巷战时的经验，以强击群（得到 152~203 毫米重炮、坦克、工兵加强的小股步兵，还大量使用缴获的德军长柄反坦克火箭

弹）逐个消灭德军堡垒。艰苦而残酷的战斗在继续，要塞的地盘日渐缩小，至2月16日只剩下瓦尔塔河东岸一小地段。很多企图投降的德军官兵被自己人打死。但即使是指挥官也逐渐意识到不会有援军了。2月22日，克内尔少将命令所辖2 000人突围，但被苏军击溃。第二天2月23日，马特恩少将带领残部12 000人投降，克内尔则自杀身死。据称整个战役中，共有23 000名德军被俘，5 000名德军被打死并埋在当地公墓内。不过德军伤员据说大都被德第6航空队运走了。苏军投入10万兵力攻城，据说战死了1万多人。130公斤重的大胖子马特恩少将在苏联被关押到1946年，后来又交给波兰当局。1949年获释。

虽然波兹南的战斗拖住了朱可夫，却并没有影响朱可夫继续前进。1月25日，红军在波兹南以南强渡瓦尔塔河。1月26日，白俄罗斯第1方面军推进到克罗伊茨、温鲁施塔特一线。几乎是同时的1月25日，希特勒下令组建了"维斯瓦"集团军群，把它塞在溃不成军的中央集团军群与东普鲁士德军（现在改称北方集团军群）的大缺口之间。"维斯瓦"集团军群不仅奉命保卫北部的波美拉尼亚，也接管了柏林到法兰克福的奥得河前线。中央集团军群的战线则缩短到南面的西里西亚和捷克斯洛伐克地区㊲。

"维斯瓦"集团军群司令职务没有交给古德里安推荐的魏克斯（大家应该还记得此人此前在南斯拉夫与红军周旋），甚至也没有交给任何一个职业军人，而是由希特勒做主让党卫军及德国警察总头子希姆莱担任。希姆莱没有任何实战经验，希特勒任命他的理由之一是希姆莱同时也担任了德国后备军司令，手头有几百万后备人员可以拉上前线。事实上希姆莱在此前后的确搜罗了大量人力，甚至把大量军校学员直接投入战斗。

希姆莱的北部波美拉尼亚战区漫长的战线由魏斯大将的第2集团军防守，1月26日下辖有15个师和一些战斗群（包括所谓"华沙"要塞残部以及前面提到的"托伦要塞"）。所拥有的机动部队包括：第7装甲师、党卫军"警察"师（经由南斯拉夫和斯洛伐克调过来的）、"赫尔曼·戈林"装甲补充训练旅。随后又增加了第4装甲师。

而柏林到法兰克福前线则由溃退下来的第9集团军防守，该集团军现在由布塞步兵上将指挥，其原有部队不是被消灭击溃就是转走，现在正到处调兵重组。1月26日纸面上所辖兵力主要是"大日耳曼"装甲军，包括第20、25装甲步兵师，"勃兰登堡"装甲步兵师，"赫尔曼·戈林"第1装甲师，第19、16、17装甲师。另有第608特种师。但上述部队有一些还困在包围圈内。1月26日当天，德第9集团军和第4装甲集团军序列上，共有2个军和9个师"下落不明"。

当德国人手忙脚乱之际，朱可夫还在继

续前进。由于苏军速度太快,甚至多次赶在德军援兵前到达德国人修筑的预备阵地。1月28日,苏联近卫坦克第2集团军突破了德军的波美拉尼亚筑垒群。1月31日,苏军突进到了梅瑟里茨,在此击溃了来援德军,仅第8近卫集团军就俘获2万德军。2月3日,朱可夫的中央和左翼集团进抵奥得河,在柏林以东的屈斯特林(科斯琴)南北占据登陆场。现在,俄国人距离柏林只有60~70公里。

但朱可夫并没有兴趣立刻就扑向德国首都。经过十多天激战,他的方面军实力已有所衰退,到2月1日所辖各步兵师平均只有5 500人,2个坦克集团军只剩下740辆坦克,后勤枢纽波兹南当时还在德军手中,后勤部队却还远在后方,空军也因为沿途机场被雨雪冲毁而无法前移。他因此非常警惕北面波美拉尼亚境内的"维斯瓦"集团军群左翼(第2集团军),担心德军会南下攻击他的右翼。为此朱可夫调动了4个步兵集团军、1个坦克集团军、1个坦克军、1个骑兵军加以应对。在朱可夫的左翼,从凯尔采败退下来的德国第24装甲军残部与"大日耳曼"装甲军于1月22日在瓦尔塔河附近的

早年视察东部前线的希姆莱,大概自己也没料到会在战争最后阶段成为野战集团的指挥官

屈斯特林前线的一群德军士兵,隶属第9集团军

以西搜捕逃亡或掉队的德军官兵,然后把他们编成混成营或连后火速送往前线。与此同时,大量德国居民也从东部逃亡,2月1日人数达450万,至3月6日达到1000万人。在西里西亚,1944年2月尚有470万德国居民,到1945年4月中旬,只剩下62万人。几乎逃了一个精光。

2. 科涅夫的追击

科涅夫自歼灭德第42军后,一面以右翼向布雷斯劳快速挺进,一面在左翼以第59、60集团军攻打克拉科夫,并于1月19日夺取该城。科涅夫第二梯队的第21集团军在瓦尔塔河一线进入交战。红军就此开始夺取西里西亚工业区。科涅夫担心会把这个宝贵工业区的坛坛罐罐打烂,决心迂回到西

谢拉兹取得联系,两个军仍有大量坦克,加上沿途搜罗的各路散兵游勇,在苏军重围内一路打一路撤。德军指挥部用无线电命令他们突向克罗托申—格洛高(格沃古夫)方向。内林将军指挥第24装甲军首先退到奥得河,在格洛高地区的东岸建立了桥头堡,随后"大日耳曼"军也逃了出来。1月28日,德国第24装甲军下达命令,在奥得河

被苏联第21集团军俘虏的德国民防组织国民突击队成员,据说都是波兰人

里西亚德军的后方把他们吓跑,于是命令近卫坦克第 3 集团军和近卫骑兵第 1 军向南攻击,同时故意给德军让出一条后撤通道。德军害怕会被包围,果然逃之夭夭。1 月 30 日,科涅夫拿下了斯大林心目中的"宝地"——西里西亚的大片工业区。1 月 27 日,苏联第 60 集团军还占领了著名的"奥斯维辛"集中营,据说有 200 万犹太人在该集中营内被屠杀。

1 月 22—23 日,红军自布雷斯劳南北两侧进抵奥得河(克本—奥珀伦地区),立刻开始强渡。但如前所述,第 24 装甲军残部与"大日耳曼"装甲军在月底退到了布雷斯劳以北的奥得河地区,对科涅夫构成一定威胁。希特勒严令这两个疲惫不堪的装甲军发起反击,拔除科涅夫在施泰瑙地区的登陆场,两个军长虽然不乐意但还是硬着头皮上了,经过一番战斗,德军果然败了回来。科涅夫终于在 2 月 3 日于奥得河左岸站稳了脚跟。

3. 总结

德国两个装甲军都无力击退科涅夫的先头强渡部队,这点其实并不奇怪。逃出包围的德军机动部队都已经相当脆弱。第 16 装甲师在 1 月 10 日本有 106 辆战车,至 2 月 10 日只剩下 27 辆(战备 16 辆);第 17 装甲师同期由 101 辆减少到 28 辆(战备 24 辆);第 19 装甲师同期从 107 辆减少到 27 辆;"大日耳曼"装甲军所辖 2 个师一共只剩下 49 辆战车(战备 13 辆)。更不用说全军覆没的第 424 重坦克营。

整个 A-中央集团军群在 1945 年 1 月 10 日有 1 346 辆战车(战备 1 104 辆),到 2 月 10 日只剩下 728 辆(战备 350 辆)[57]。而这三十天内该集团军群还得到了大量新的装甲单位,如"大日耳曼"装甲军、从匈牙利战场调来的第 8 装甲师 67 辆战车和第 20 装甲师 69 辆战车,以及第 103 坦克旅的 17 辆战车等等。

由此粗略推算,A-中央集团军群在维斯瓦河战役中彻底损失(消籍)的战车在 1 000 辆左右。这还不包括"维斯瓦"集团军群的损失。

德军的人力损失方面,有一份战时粗略估计显示,1945 年 1—2 月间,东线北部和中部的 3 个集团军群一共损失了 45 万 1 000 人。其具体构成为:[58]

	阵亡	后送伤员	失踪	总计
北方集团军群	30 000	126 000	57 000	213 000
维斯瓦河集团军群	15 000	50 000	33 000	98 000
中央集团军群	15 000	77 000	48 000	140 000
总计:	60 000	253 000	138 000	451 000

1945年初被红军俘虏的德军官兵

按上述资料，参加维斯瓦河之战的"维斯瓦"中央集团军群一共损失了近24万人（确数为238 000人）。有理由对上述数据表示怀疑，因为第一，参战的德军已不再限于陆军野战部队，还加入了大量的后备军、军校生、地方治安部队、国民突击队等等，更不用说空军的航空及地面单位。第二，这一时期德军的伤亡报告，依然以战斗单位为主，较少见到后勤单位以及机关人员的损失。而苏军在维斯瓦河战役中不到一个月就推进600多公里，必然有大量德军后方单位被消灭。第三，德军战斗部队这一时期指挥关系变化频繁，很多单位被切断联系，其损失未必能及时反映到统计上。此前笔者曾列举美军关于阿登战役的前后三份人员损失数据，可知战时的"初步报告"，要比战后"最终报告"的人数少很多。而德国人的问题则在于，他们至今也拿不出二战多数战役的"最终报告"。

苏联宣布的战果是：击溃德军25个师，全歼35个师。共消灭50万人。仅被红军俘获的德军官兵就超过14万人（确数为147 400人），缴获的战利品包括14 000门大炮和迫击炮，1 400辆坦克与强击火炮[59]，还有1 000架飞机。其中科涅夫抓到的俘虏有43 000人，同时歼灭德军15万余人，缴获了5 000门火炮迫击炮、300多辆坦克和200架飞机[60]。

苏军自己付出的代价，根据苏联解体后发布的报告，战斗伤亡再加上非战斗伤病不到20万人。如果去掉病员，可能还要少几万人。红军还损失了1 267辆坦克与自行火炮、374门火炮与迫击炮、343架作战飞机[61]。考虑到红军220万人的空前参战规模和歼灭几十万德军的战果，这样的损失算是比较轻微的了。

红军在维斯瓦河—奥得河战役中的损失
（1945年1月12日—2月2日）

	纯减员（死亡失踪被俘）	卫生减员（伤病）	总计
白俄罗斯第1方面军	17 032	60 310	77 342
乌克兰第1方面军	26 219	89 564	115 783
总计	43 251	149 874	193 125
波兰第1集团军	225	841	1 066

维斯瓦河之战给苏联和红军带来的战略成果是空前巨大的。不到20天内，白俄罗斯第1方面军和乌克兰第1方面军在宽达1 000公里的正面突破到600公里纵深，直接推进到了德国腹地，饮马于德国首都柏林前方60公里处的奥得河两岸。波兰首都华沙、波兰南部地区、西里西亚工业区等等也落入红军之手。

从战役开始阶段，红军的突破就极为顺利，空前凶猛的炮击加上狡猾引诱战术，使德军精心构筑几个月的坚固阵地几乎瞬间瓦解，德军的颓败之势，甚至令俄国人都感到吃惊。德军以4个装甲师加1个重坦克营实施的两次战术反击，都在开始阶段就惨遭失败，其后投入的装甲援兵，也都未能挫败红军的攻势。

红军在进攻中快速推进和大胆迂回给人留下深刻印象。红军机动部队几乎避开一切缠斗的快速穿插，使德军在整整600公里纵深内都没有获得重建连贯防线的机会，甚至连派去防守奥得河前方筑垒群的部队，都在开进中遭遇苏军而被就地击溃。

维斯瓦河战役中，德军装甲部队威力不再，另一方面却普遍采用了"要塞"战术，但除了波兹南外，多数都未能长期坚守。俄国人也看透了德国人害怕被包围的秉性，总是故意给"要塞"留出逃生通道，不过这个招数在波兹南没有见效，当地的德军守军选择坚守，这令苏军颇为意外，对这个攻克柏林所必需的后勤通道要点又没法绕开，于是增加兵力转入攻坚，耗费了大量时间和性命。攻坚战总体来说不是苏军的强项，他们的步兵单位太小太弱，而且在追求快速突破高速推进的思路以及辽阔战场环境下，也没有很多时间对路上突然冒出来的德军坚固筑垒进行周密侦察和进攻准备。因此要塞战术对一些关键节点无疑是有效的。但前提是要塞守备队必须做好全军覆灭的心理准备。

五、1945年初的库尔兰半岛

舍尔纳被调任A集团军群司令后，留下北方集团军群司令由原驻芬兰的第20山地集团军司令伦杜利克接替[62]。1月25日，北方集团军群改称为"库尔兰"集团军群[63]。1月26日，伦杜利克抵达库尔兰。可仅仅12个小时后，他就收到德国陆军总部的新命令，去东普鲁士接管原来归赖因哈特指挥的"原"中央集团军群（此时已改称北方集团军群）。希特勒当然也必须给"库尔兰"集团军群再物色一个新司令。人选终于确定，在1月29日到任。此人名字比较啰唆：菲廷霍夫·谢尔·海因里希·戈特弗里德大将。

由于不断的损失加上一些单位从海上撤离，与1944年12月份相比，库尔兰半岛内的德军兵力在新年的1月份大为减少，但总数仍有近39万人（确数389 500人），包括：

陆军：357 000人

空军：20 500 人

党卫军和警察：12 000 人

总计：389 500 人

库尔兰半岛德军有 12 315 辆机动车（10 050 辆属于陆军，2 265 辆属于空军），以及 8 778 匹马。集团军群还有一支规模不大不小的装甲部队。但是原有的 3 个装甲师（第 4、12、14）中，第 4 装甲师已经在 1 月 8 日接到命令，将撤往但泽[64]。装甲支援部队还包括第 510 重型坦克营，1 月 15 日该营拥有 22 辆"虎"式坦克且全部都可以投入战斗。[65]

1 月 24 日早晨，经过一番凶猛而短促的炮击，苏军又一次向库尔兰半岛发起进攻。德国人将其称为"第四次库尔兰会战"。德军实施了顽抗。但俄国人还是取得一定进展。迫使德军投入了装甲预备队。1 月 25 日，第 14 装甲师在第 510 重型坦克营的支援下，于集团军群右翼发动反击并取得成功。德军宣称摧毁了 63 辆苏联坦克，大部分归功于第 510 营的"虎"式坦克。第 12 装甲师也在集团军群左翼参战。1 月底，随着大雪和泥泞的降临，战斗逐渐减弱直至恢复平静。德方估计从 1 月 24 日到 2 月 3 日，苏军共损失了 4 万人，还丧失了 541 辆坦克和 178 架飞机[66]。这些数字或许有很多夸大成分。

注释：

① 《希特勒与战争》，第 920 页。

② 《希特勒与战争》，第 928 页。

③ 《希特勒与战争》，第 926 页。

④ 《希特勒档案》，第 210 页。

⑤ 《闪击英雄》，第 454—455 页。

⑥ 《闪击英雄》，第 457 页；《当巨人冲突》，第 234 页。

⑦ 《斯大林格勒到柏林》，第 419 页。

⑧ 《希特勒与战争》，第 934 页。

⑨ 《斯大林格勒到柏林》，第 419 页。

⑩ 《苏德战争》，第 600 页。

⑪ 《希特勒与将军》，第 587 页。

⑫ 《希特勒与将军》，第 593 页，595 页。

⑬ 《第二次世界大战史》，卷十，第 64—65 页；《回忆与思考》，下卷，第 1 004 页。

⑭ 《第二次世界大战史》，卷十，第 58—59 页；《苏联军事百科全书·军事历史》(下) 插图。

⑮ 《方面军司令员笔记》，第 338 页。

⑯ 《方面军司令员笔记》，第 347 页。

⑰ 《德国陆军的武器与秘密武器》，卷二，第 267 页。

⑱ 《当巨人冲突》，第 304 页。

⑲ 《第二次世界大战史》，卷十，第 58—59 页。

⑳ 《装甲部队 2》，第 202、230 页。

㉑ 《帝国与二战》，卷十，第一部分，第 495 页；《当巨人冲突》，第 304 页；《德国在第二次世界大战》，卷六，第 499 页。

㉒ 《德国在第二次世界大战》，卷六，第 499 页；《陆军 1933—1945》，卷三，第 180 页。

㉓ 《苏德战争》，第 727—728 页，另根据《德国武装部队与党卫军的兵团与部队》做了修正。

㉔ 《帝国与二战》，卷十，第一部分，第 501 页。

㉕ 《帝国与二战》，卷十，第一部分，第 504 页。

㉖《德国空军数据书》，第 130—138 页。
㉗《德国在第二次世界大战》，卷六，第 158 页。
㉘《德国空军的最后一年》，第 114 页。
㉙《第二次世界大战史》，卷十，第 68 页。
㉚《希特勒的报应：红军 1930—1945》，第 146 页。
㉛《巴格拉季昂到柏林：最后的东线空战》，第 132 页。
㉜《第二次世界大战史》，卷十，第 55 页。
㉝《苏联在第二次世界大战的损失与战斗伤亡》，第 153 页。
㉞《第二次世界大战史》，卷十，第 92—93 页。
㉟《凯尔采 1945》，第 26 页。
㊱《帝国与二战》，卷十，第一部分，第 502，508—509 页；《德国与二战》，卷六，第 503 页。
㊲《当巨人冲突》，第 367 页。
㊳《闪击英雄》，第 459 页。
㊴《苏联历史档案汇编》，卷十九，第 475—477 页。
㊵《凯尔采 1945》，第 37 页；《第二次世界大战史》，卷十，第 97 页。
㊶《帝国与二战》，卷十，第一部分，第 508 页。
㊷《军事学术史》，第 613 页。
㊸《虎在行动》，卷一，第 47 页。
㊹《从斯大林格勒到柏林：德国在东线的失败》，第 422 页。
㊺《巴格拉季昂到柏林：最后的东线空战》，第 89 页。
㊻《德国国防军大本营》，第 502—503 页。
㊼《希特勒与战争》，第 938—939 页。
㊽《集团军战役》，第 4 页。
㊾《集团军战役》，第 4、34、56 页。
㊿《武装力量与党卫军的兵团与部队》，卷十四，第 253 页。
(51)《希特勒与战争》，第 940 页；《闪击英雄》，第 472 页；《德国国防军大本营》，第 503—504 页。
(52)《中央集团军群》，第 268 页。
(53)《中央集团军群》，第 264 页。
(54)《中央集团军群》，第 269 页。
(55)《从斯大林格勒到柏林》，646 页。
(56)《德意志帝国与第二次世界大战》，卷十，第 584—585 页间彩图。
(57)《德意志帝国与第二次世界大战》，卷十，第 577 页。
(58)《帝国与二战》，卷十，第一部分，第 559 页。
(59)《第二次世界大战史》，卷十，第 141 页。
(60)《方面军司令员笔记》，第 377 页。
(61)《苏联在二十世纪的损失与战斗伤亡》，第 263 页。
(62)《北方集团军群》，第 346 页。
(63)《武装部队和武装党卫军的兵团与部队》，卷十四，第 131 页。
(64)《第 4 装甲师在东线》，卷二，第 4 页。
(65)《虎在行动》，卷一，第 377 页。
(66)《北方集团军群》，第 347—349 页。

重庆出版集团文艺出版中心
朱世巍《东线》系列书目

已出版

《东线：从哈尔科夫到库尔斯克》

1943年初，德军在东线南部遭受连续惨败，直到哈尔科夫反击才稳住阵脚。苏德战场因此迎来较长的平静时期。而随着战局的改观，交战双方都在考虑以何种方式结束战争。因此需要一次战役来检验新的力量对比。

1943年夏季，德军集中了庞大的装甲部队，在库尔斯克发动了苏德战争中的最后一次战略进攻，但很快失败。红军乘机收复了哈尔科夫和奥廖尔地区。

《东线：决战第聂伯河》

1943年夏秋，随着德军在库尔斯克战役中失败，红军开始了大反攻。东线南部第聂伯河成为主要决战地区。与此同时，其他战线的红军也发起进攻。经过上述战役，红军收复了斯摩棱斯克、基辅、顿巴斯和塔曼半岛。苏联因此坚定了以武力手段结束战争的决心。

《东线：从乌克兰到罗马尼亚》

1944年上半年的红军进攻。重点介绍1944年上半年东线南部的几次合围战役，以及苏军收复克里木和推进到罗马尼亚境内。由于这几次战役，德国工业部门为装甲部队提供的大量精良战车遭到了不可恢复的损失。

《东线：中央集团军群的覆灭》

1944年夏季的白俄罗斯之战。这次战役直接导致了德国中央集团军群覆灭，也是苏德战争史上的大规模合围战役之一。加上西方军队开始进入西欧大陆，德国武装部队的总崩溃开始了。在外部压力下，德国内部出现叛乱，但被镇压。

《东线：大崩溃》

白俄罗斯之战后，红军的全面进攻。包括波罗的海地区的战役，以及苏军向东南欧和德国本土的推进。在苏军打击下，德军在波兰遭到重创，其部署在罗马尼亚的重兵集团几乎被全歼，布达佩斯集团被包围。在战争进程中，德国的盟友陆续背叛。

《东线：1945 年的春天》

1945 年春季的东线全景。包括在波兰、东普鲁士、匈牙利境内的战役。德军波兰集团崩溃，东普鲁士集团也在挣扎中走向灭亡，布达佩斯被苏军占领。

为了挽救败局，德军集中最后的精锐装甲部队，在巴拉顿湖地区发动反击，却以惨败而告终。苏军随后占领了维也纳。

即将出版

《东线：攻占柏林》

东线战争的最后阶段。苏军的全面推进，直到柏林的最后决战，希特勒自杀。东线各战区的最后结局。

随着战争走向结束，东西方之间的利益争夺开始加剧，出现了错综复杂的军事和外交态势，并由此产生了战后欧洲秩序雏形。苏德战争的最后总结。

《东线特别卷：远东战役》

1945 年 8 月苏军进攻中国东北境内的日本关东军。美国人也投下原子弹。日本陷入绝境。关东军在遭受重创后，放下武器。第二次世界大战最后终结。

与此同时，中美苏三角之间的明争暗斗也在进行。亚洲战后秩序雏形确立。

《巴巴罗萨与十八天国境交战》

主要介绍苏德战争的基本历史背景，苏联和德国各自的战争准备，巴巴罗萨计划，以及苏德战争最初的十八天边境交战。

《辽阔的南方大地》

边境结束交战后，德军统帅部围绕战争下一步的展开方向进行了激烈辩论。夏季和秋季战役的决战焦点由中部转向南部，相继爆发了斯摩棱斯克和基辅战役。围绕这一战役方向改变的得失，史学界争论至今。

《莫斯科的秋与冬》

东线战争由夏季进行到了秋季，德国军队开始集中力量去夺取苏联的首都莫斯科。自边境交战后，苏德战争史上再度爆发数百万人规模的激烈交战。德军在最初的胜利后，攻势逐渐陷入停顿。冬季即将来临，战局又将如何变化？

《1941 年的冬天》

德军在莫斯科城下的攻势陷入停顿后,苏军趁势发动了反攻,致使德军遭受了苏德战争爆发以来的首次大惨败。

《命运:斯大林格勒》

德军经过了 1941 年冬季的惨败后,开始策划 1942 年夏季攻势。苏德两军在意义重大的斯大林格勒展开激烈争夺。巷战过后,冬季来临,苏军再度反击,合围并歼灭了德军第 6 集团军。